ÉLITE

AVRIL ZAMORA

ÉLITE

RENTRÉE MORTELLE

Traduit de l'espagnol (castillan)
par Axelle Demoulin et Nicolas Ancion

hachette
ROMANS

Couverture : © Netflix, Inc., 2020.
Design de couverture : © Pixel and Pixel

Traduit de l'espagnol (castillan) par Axelle Demoulin et Nicolas Ancion

L'édition originale de cet ouvrage a paru en langue castillane chez Planeta sous le titre :
ÉLITE : ASIGNATURA PENDIENTE

Hachette Livre, 58 rue Jean Bleuzen, 92170 Vanves.

Prologue

Les murs de la salle d'opération étaient d'un bleu vif peu reposant qui rappelait à Paula la couleur des Schtroumpfs. Au lieu de la calmer, cette idée la perturbait. Penser à un dessin animé, étendue les pieds coincés en hauteur dans les étriers d'un fauteuil d'examen gynécologique au fond d'une clinique d'avortement, la ramenait durement à la réalité. Elle n'était qu'une gamine. Une petite fille allongée, les jambes écartées. Elle était mal à l'aise, inquiète, elle redoutait la douleur et les séquelles que l'opération lui laisserait… pas physiques – la médecin l'avait déjà rassurée à ce sujet – mais émotionnelles. Elle avait envie de sauter de la table, de fermer sa blouse d'hôpital pour qu'on ne voie plus ses fesses et de s'enfuir en courant, mais elle ne pouvait pas… Hors de question de mener à terme cette grossesse, pour de nombreuses raisons. Garder le bébé n'était pas une option. C'est du moins ce qu'elle avait expliqué à sa mère lorsqu'elle lui avait avoué qu'elle pensait être enceinte. Depuis ce jour-là, depuis qu'elle avait découvert cette expression horrifiée et inédite sur le visage de ses parents, pas une minute ne s'était écoulée sans qu'elle pense à Ana. C'est le prénom qu'elle avait donné à sa fille dans sa tête.

Je sais que c'est une fille, enfin que ce serait *une fille. Je sais que, si au lieu de l'extirper de mon corps je la laissais grandir, ce serait une fille. Je le sens, je le sais. Ana ? C'est le premier nom qui m'est venu à l'esprit. Ma grand-mère s'appelait Ana et, quand j'étais petite, j'ai lu un roman qui s'appelait* La Maison aux pignons verts *dont, dans la version espagnole, l'héroïne anticonformiste s'appelait Ana. Je suis comme elle… et ma fille lui aurait ressemblé. Ana. Je lui parle tout le temps. Cette histoire d'avortement est terriblement… comment dire ?… solitaire. Bien sûr, ma mère me prend sans cesse la main, elle me chouchoute et me caresse les cheveux comme si j'avais huit ans, mais c'est étrange, contradictoire, car le sujet est tabou entre nous. Même s'il est omniprésent, on n'en parle pas. Quand elle dépose le pain grillé devant moi le matin, les tranches me regardent et me crient : « Tu vas te faire avorter, salope ! » Quand je range les assiettes dans le lave-vaisselle et que je dispose des couverts sales sur le tiroir supérieur, j'ai droit à « tu exécutes des tâches ordinaires, mais tu vas te faire avorter ! » Le silence quand ma mère s'assied dans la balancelle le soir hurle : « Ta fille va avorter ! Tu es la pire mère du monde ! » Les objets parlent de nous, les silences et le néant chuchotent sur ce qui pousse dans mon ventre, mais nous n'en discutons pas, même s'il y a beaucoup de non-dits. Énormément. Quand ma mère me caresse les cheveux, comme je le disais tout à l'heure, ou quand elle m'observe du salon alors que je franchis la porte d'entrée, ou quand mon père me regarde manger au restaurant : je sais que c'est ça qu'ils ont en tête. On dirait que les pensées qui s'entremêlent forment un escalier qui descend.*

La première marche est l'avortement, bien sûr, le malaise y est déjà bien établi, mais on descend aux suivantes. Et là on atteint le sous-sol, l'évidence qu'il a dû y avoir du sexe pour qu'il y ait la grossesse. Aucun père n'aime imaginer sa fille dans un lit ou à quatre pattes sur le siège arrière d'une voiture. Et ça n'a rien à voir avec le fait que je sois mineure. Je pourrais avoir trente-huit ans, mon père détesterait encore visualiser ma nuit de noces, tu comprends ? Les parents n'aiment pas imaginer leur fille fertile, ou baisable, non… mais ils détestent aussi savoir qu'elle est étendue les pieds dans les étriers pour se faire extraire un « quasi-fœtus » des entrailles. Tout ça les fait souffrir.

Et moi ? Je n'ai pas pleuré une seule fois pendant tout le processus. Ça a été rapide, mais en même temps ça a duré une éternité. L'habituel : « Tiens, c'est bizarre, je devrais être réglée. Rhoo, j'ai toujours pas mes règles… » Je me suis posé toutes les questions possibles. Je pensais avoir chaque fois fait l'amour avec un préservatif, mais je me suis mise à douter, j'ai aussi pensé qu'une capote avait pu être déchirée ou périmée. J'ai envisagé toutes les éventualités. Certaines étaient très logiques, comme « Gorka m'a mise enceinte », d'autres complètement stupides – « Je n'aurais pas dû m'asseoir sur ces toilettes publiques » – et d'autres encore plus absurdes, surtout après avoir regardé Dark Skies, *un film d'extraterrestres : « Et si j'avais été enlevée par des aliens ? » Non, je n'ai pas été enlevée et je ne suis pas tombée enceinte parce que je me suis assise sur les toilettes du cinéma. Non. Je suis tombée enceinte parce que j'ai eu des rapports sexuels et parce que mon ex a éjaculé en moi plus d'une fois. C'est tout. Et, si je précise que je n'ai pas versé une larme, c'est parce que je suis fière de ne pas en avoir fait un drame. J'ai toujours été une pleurnicharde, tu le sais. Voir les lignes apparaître sur le test de grossesse m'a fait gagner deux niveaux en maturité, être enceinte m'a mis un peu plus de plomb dans la cervelle et je me sens… je ne sais pas comment l'exprimer : plus les pieds sur terre. Je suis mieux ancrée dans la réalité et capable de gérer ma propre vie. Je me répète en boucle : « Je ne suis plus une gamine et je ne pleure pas. Je ne suis plus une gamine et je ne pleure pas… »*

Paula éclata en sanglots. Elle contenait ses larmes depuis le début, un peu comme si elle avait roulé avec le frein à main sans s'en rendre compte et que ça avait endommagé la voiture. Le mur bleu, l'idée des Schtroumpfs, puis sa mère de l'autre côté de la vitre avec un petit sourire censé la rassurer, tout ça était flippant. Elle se sentit moins mature que jamais et se mit à pleurer. Les larmes ne coulaient pas délicatement sur ses joues, non, c'était le genre de sanglots qui fait trembler le menton, le genre que tu voudrais retenir, mais plus tu essaies, plus le nœud que tu as dans la gorge gonfle. Les pleurs d'une jeune fille de dix-sept ans. Elle avait mûri ? À fond. Mais grandir, ce n'est pas accéder à un niveau de plus dans un jeu vidéo. Oui, on débloque de nouveaux défis et de nouvelles aventures, mais ça ne signifie pas qu'on a d'un coup surmonté toutes ses craintes. Non. Grandir, c'est faire face à d'autres types de problèmes que l'on voit de loin ou dont on ne connaît même pas l'existence, mais sans obtenir en même temps les outils pour les résoudre, tu comprends ? Paula ne comprenait pas et c'est pour ça qu'elle pleurait et qu'elle avait envie de s'enfuir, mais elle n'avait nulle part où se cacher. Elle pensa tout d'abord que le fœtus allait rester avec elle si elle ne laissait pas entrer cette aiguille dans son corps. Elle oublia comme par magie tout ce que la médecin lui avait expliqué et ne vit plus qu'un instrument pointu approcher d'elle. Elle tourna la tête vers sa mère, qui affichait encore cette expression étrange, tirée de la gamme des moues qu'elle n'avait jamais aperçues, et elle tenta de murmurer quelque chose, un truc que personne dans la pièce ne pouvait comprendre, à part sa mère :

— Je suis désolée.

Elle se sentait bizarre de ne pas l'avoir dit à Gorka ; elle avait mis du temps à réaliser qu'elle aurait peut-être dû lui en parler, mais ça lui semblait trop gros et elle voulait que tout se termine rapidement, que personne ne soit au courant… et, même si au fond elle avait le sentiment de faire quelque chose de mal, elle le justifiait par toutes sortes d'excuses, certaines plus convaincantes que d'autres. Au final, Gorka était avec une autre, il était amoureux et découpait les filets de saumon pour les sashimis comme un pro.

Oui, c'est vrai, je suis un champion du sashimi. Ce n'est pas que mes parents ont pété un câble, mais ils sont sur mon dos, tout le temps. Trop, évidemment. C'est compréhensible. Une fille de ma classe, une fille que nous avons vue grandir et qui habitait quelques maisons plus loin, a été brutalement assassinée.

La mort de Marina avait choqué tout le quartier et contraint les parents à lever la tête de leurs téléphones portables et de leurs tablettes, à mettre de côté les réunions internationales sur Skype pour affronter la réalité. Dans le cas présent, la réalité leur signalait qu'ils n'avaient pas prêté assez attention à leurs enfants laissés sans surveillance.

Tous les parents n'étaient pas alarmistes, tous ne se mirent pas à s'intéresser à leurs enfants. Certains discutèrent avec eux pour en apprendre un peu plus sur leur vie, parfois sans succès, mais, pour les parents de Gorka, la mort de Marina fut une prise de conscience inattendue. Que firent-ils ? Marche arrière. Depuis que leur fils avait quinze ans, ils lui avaient accordé pas mal de liberté et l'excellente relation qu'ils entretenaient avec lui s'était dégradée peu à peu, parce que leur ado s'était renfermé. D'habitude, on ne parlait pas beaucoup de sentiments à la maison, c'était un sujet gênant, mais soudain il fallait s'y mettre. Ça ne signifiait pas que les parents de Gorka considéraient que ceux de Marina étaient responsables de la mort de leur fille, mais dans le fond ils pensaient que, s'ils s'étaient montrés plus protecteurs, elle serait peut-être encore en vie aujourd'hui et profiterait de sa bourse.

Ils se mirent à faire des activités familiales, des choses très simples. Aller au musée, manger au resto ou même regarder des films et des séries télé ensemble. Gorka, qui était agréable à vivre et comprenait le malaise de ses parents, avait accepté ces changements comme si c'était tout naturel. En réalité, il aurait donné n'importe quoi pour jouer quelques parties de *Call of Duty*.

Un cours pour apprendre à devenir chef de gastronomie japonaise ? Pas mon style du tout, mais qu'est-ce que je pouvais faire ? Dire à mes parents d'aller se faire cuire un œuf, leur assurer que je ne me ferais pas tuer si je restais à la maison ou si j'allais à la gym ? De toute façon, ce n'est que trois soirs par semaine et ce n'est pas vraiment un cours ordinaire. On y boit du saké et du vin blanc. Mes parents s'en fichent que je boive de l'alcool, tant que c'est avec eux. Ça semble en contradiction avec toute cette histoire de protection et tout ça, mais, si je suis sous leur surveillance, ça ne les dérange pas que je boive un peu.

Le cours avait lieu dans un local en rez-de-chaussée un peu étrange. On franchissait une porte en métal et on arrivait dans une sorte de jardin fermé plein d'arbres et de plantes, avec de petites lumières sur les murs et le toit. De l'eau, qui devait sortir d'une petite fontaine que je n'ai jamais repérée, créait une atmosphère très fraîche avec son glouglou et, même si ça donnait parfois envie de faire pipi, c'était relaxant. Non, je ne voulais pas suivre ce cours, mais quand je suis entré dans ce jardin pour la première fois…

… il est tombé amoureux.

Je suis tombé amoureux.

Andrea se faisait une queue-de-cheval pour dégager les longs cheveux foncés de son visage. Elle souriait et papotait avec sa sœur, Claudia, pendant qu'elles manipulaient un gros morceau de thon. Mlle Yamabuki, l'enseignante, présenta Gorka et ses parents en les incluant dans le groupe et, lorsque la jeune fille leva les yeux et croisa le regard du jeune homme, un étrange effet magnétique se produisit entre eux. Andrea ne savait pas pourquoi elle était incapable de détourner le regard, mais elle rougit en se rendant compte que c'était réciproque. Ils se dévoraient des yeux.

Andrea trouva qu'il était craquant et que ses oreilles décollées étaient super mignonnes. Elle aimait beaucoup qu'il ait quelques centimètres de plus qu'elle et était hypnotisée par la façon dont il utilisait ses mains. Elle le regardait découper le poisson ou former les boulettes de riz pour les nigiris et imaginait ces mouvements au ralenti. Elle l'écoutait parler et, même si elle devinait qu'il était de bonne famille – ça se voyait –, il avait un côté un peu bad boy qui ajoutait une touche d'exotisme.

Gorka la trouvait sexy. Elle n'avait pas le corps en forme de sablier qui lui plaisait – Gorka était le genre de mec à toujours chercher des latinas dans le porno –, mais il décida que sa taille étroite compensait son manque de hanches. Il aimait aussi son visage de bébé et ses joues roses sur sa peau blanche. Et ses cheveux. Il était dingue de ses cheveux.

Ses cheveux, on dirait ceux d'une Japonaise. Lisses, très lisses, longs, très longs, et si sombres. Sa frange droite me fait penser à une héroïne de mangas. Elle a les lèvres les plus pulpeuses et les cils les plus longs que j'aie jamais vus. En plus, je me suis approché d'elle une fois et elle ne porte pas de maquillage.

Elle n'était pas maquillée le premier jour. Le deuxième, après le coup de foudre avec Gorka, elle avait sorti l'artillerie lourde : du correcteur de teint et un peu de gloss couleur pêche qui donnait à ses lèvres un aspect brillant et juteux. Elle n'était pas idiote, elle savait que des lèvres hydratées attirent les garçons comme les mouches se précipitent vers la lumière. Andrea n'avait jamais cherché à séduire, les garçons ne l'intéressaient pas trop. Elle cherchait plutôt à se faire des amis, car elle venait de quitter un internat huppé de Munich et ne voulait pas gâcher ce nouveau départ en devenant la petite amie de quelqu'un. Elle voulait se concentrer, étudier, repartir du bon pied... Malheureusement pour elle, ses projets furent bouleversés dès que Gorka entra dans sa vie.

Je ne voulais pas le draguer, mais je le trouvais tellement mignon que j'ai un peu forcé le destin. Je suis allée me laver les mains en même temps que lui. Bon, c'est vrai, ma sœur, Claudia, m'a encouragée à le faire et c'était presque un jeu, je ne savais pas que je le reverrais après ce cours intensif de trois jours qui devait faire de nous des experts en cuisine japonaise. Et ses mains étaient à nouveau là, il les frottait avec du savon sous le robinet. Et je me suis approchée.

Le jet d'eau était trop violent.

— Vu la beauté de cet endroit, ils devraient régler ce robinet. Entre, entre, j'ai fini... déclara-t-il avec un sourire en coin.

Une chose en entraîna une autre, ils discutèrent de la difficulté de fabriquer des sushis, de sujets banals, mais qui leur servirent à se rapprocher un peu plus, à constater qu'ils avaient tous les deux envie de se parler.

— J'ai failli me couper.

— Ces couteaux sont super tranchants...

Elle fit un pas de plus.

— Tu n'as pas l'impression que Mlle Yamabuki n'est pas japonaise ? Je pense qu'elle exagère son accent et qu'en réalité elle est chinoise...

Gorka ne put s'empêcher de rire et lui expliqua qu'il n'y avait pas pensé, mais que, maintenant, il n'accordait plus cune crédibilité à la prof quand elle lui avait reproché de s'y prendre « tlès mal ».

— Tu t'appelles comment ? Moi, c'est Gorka.

— Andrea.

— Je ne t'ai jamais vue, si ?

— Non, je viens de l'étranger, je veux dire, j'ai étudié à l'étranger… pendant un bon bout de temps.

Elle sourit et ça lui donna l'air d'être une personne décidée dans les relations sociales, pourtant sa nervosité était flagrante : elle hésitait, comme si elle ne trouvait pas les mots. Il le remarqua et en déduisit qu'elle non plus n'était pas indifférente.

Le deuxième soir, après la conversation près du lavabo, Gorka la traqua comme un malade sur les réseaux sociaux. Il parvint à tout savoir sur elle en quelques clics :

Prénom : Andrea

Nom : Batallán

Âge : seize ans

Nombre de followers : 230k

Signe du zodiaque : Scorpion

Famille : son père est Juanjo Batallán, un politicien de gauche. Sa mère, Carlota, est une femme blonde qui sourit beaucoup et dont on ne sait pas grand-chose. Sa sœur, Claudia, a dix-neuf ans et étudie les sciences politiques. Elles adorent toutes les deux l'équitation.

Série préférée : *13 Reasons Why*.

Musique : elle aime beaucoup un groupe appelé The Vaccines et les vieilles chansons d'un certain Leonard Cohen.

Elle aime : les chevaux, la grande roue, la nourriture, la danse funky et les mandalas à colorier, les comptes Instagram de chiens laids et les grosses chaussettes.

Elle n'aime pas : l'intolérance, le machisme, les talons hauts, l'époque où elle avait les cheveux courts, les araignées, le lundi, les moules, la chasse, *Game of Thrones*.

En réalité, j'avais pas envie d'une petite amie, mais quand le destin met la fille parfaite devant toi et qu'elle n'arrête pas de te sourire et de te montrer que tu lui plais, c'est plus fort que toi : tu te lances...

Et Gorka s'est lancé, sans retenue. Ils se sont retrouvés plusieurs fois. Le premier rendez-vous était bizarre et peu naturel parce qu'ils voulaient tous les deux se montrer sous leur meilleur jour, au point qu'il n'y avait aucune place pour des silences gênants. Ils jacassaient comme des pies. Pas parce qu'ils avaient des points communs – ils en avaient peu –, mais parce qu'ils s'entendaient à merveille. Le deuxième rendez-vous fut plus détendu : le temps de parole était mieux respecté, il n'y avait plus de bousculades verbales ni de phrases inachevées. Gorka était sous le charme de ses yeux brillants. Andrea se perdait dans son sourire infatigable. Sans trop savoir comment, ils cessèrent de tourner autour du pot et s'embrassèrent. Ils savaient tous les deux qu'ils allaient vivre une histoire, une vraie, une longue histoire. Ils s'appréciaient autant l'un que l'autre. Il n'y avait pas de rôles bizarres, pas de jeux de pouvoir, juste de l'attirance et l'impression d'être à l'aise quand ils étaient ensemble. Mais ce n'est pas moi qui le dis, c'est elle...

... *quand je suis avec Gorka, j'ai l'impression d'être à la maison. Ça paraît bizarre ou idiot, mais j'ai vécu longtemps loin de ma famille, dans des internats, j'ai appris à communiquer dans une langue étrangère et je connais très bien ce sentiment de… de se sentir à la maison. Avec Gorka, je l'éprouve. Non, je ne voulais pas de petit ami, mais si le destin me le présente, qu'est-ce que je dois faire, laisser passer le train ? Non… non. Non.*

Ils se sont mis ensemble. Très rapidement.

Oui, je sais que tu te demandes… Gorka a oublié Paula comme ça ? Eh bien, la réponse est oui. Quand on a seize ans, on vit les choses très intensément, avec ce genre d'intensité qu'on ressent sur des montagnes russes… on monte, la folie commence, mais bientôt le tour s'achève. Si tu es maso et que tu aimes être secoué, tu peux repartir pour un tour encore et encore, mais Gorka en avait assez de courir après Paula et il est descendu du wagonnet dès qu'il a pu. Et comme Paula a mis un peu de distance entre eux, ils ne se sont pas revus, ce qui l'a aidé à l'oublier. Il pensait évidemment à elle de temps à autre, mais la seule chose qui lui manquait, c'était leur amitié, les conversations et les confidences avant qu'il ne la désire, avant que les relations sexuelles ne viennent à bout de leur amitié. Il s'était dit que la distance qui s'était installée entre eux n'était pas sur le point de disparaître et que ça ne le tracassait pas. Il a tourné la page, puis est tombé sur Andrea.

En résumé, l'été a été dramatique pour Paula, romantique pour Gorka. Et pour Janine ?

Mon été ? Waouh… il était hyper déprimant. On n'est allés nulle part parce que ma tante Emilia, la sœur de ma mère, était super bizarre et qu'on ne voulait pas la laisser seule une minute. On nous a dit qu'elle était atteinte d'une maladie rare, mais en réalité elle faisait une solide dépression parce que c'était fini avec son petit ami. Elle était tellement abattue qu'elle n'était pas capable de relever la tête, d'affronter la vie toute seule. Aucune maladie rare ne fait pleurer à gros sanglots toutes les deux heures ou ne t'oblige à rester en pyjama à manger de la glace et des chips, non, ce sont les ruptures qui te font ça. Je le sais parce que j'adore les feuilletons et les séries. Je n'ai peut-être pas une grande expérience des relations passionnelles et des chagrins d'amour dans ma vie, mais je suis une experte de la théorie. Donc, oui, un été génial. Je n'ai pas d'amis… et tout le monde s'est tenu à l'écart de peur que je pète un câble et que je porte plainte à nouveau. Et en plus de ça, une fille de ma classe a été assassinée brutalement et, d'après la rumeur, l'assassin est en liberté. Personne ne croit que Nano, qui a été arrêté, est coupable. Les gens ne parlent que de ça et les parents ne laissent plus leurs enfants sortir, se saouler… Ils leur demandent de rester à la maison en été ! Génial. Attention, je suis habituée à la solitude et je l'apprécie, mais quand c'est moi qui choisis. J'ai suivi un tuto de montage vidéo sur YouTube, oui, j'ai envisagé de devenir youtubeuse, mais je me suis rendu compte que je n'avais pas de contenu, rien… J'ai abandonné l'idée. La solitude me permet d'exploiter pleinement ma créativité, surtout la nuit. Le soir, je trouve des idées géniales pour, je ne sais pas, écrire un roman, une bande dessinée ou me lancer dans un court métrage, mais le matin, tout me semble nul. C'est comme si la lumière du jour me ramenait à la putain de réalité. Et ma réalité en ce moment, comme je le disais, c'est zéro ami, zéro plan, de la junk food pour me remonter le moral et des séries doublées… Avant, je regardais tout en VO, mais je deviens paresseuse.

J'attends septembre comme le Messie. Ça va être dur. Il y a des gens, surtout les amis de Mario, qui me détestent, mais dans le fond ça m'occupera, beaucoup plus que l'émission des jumeaux qui font des rénovations, ma seule occupation quotidienne… ça et prendre soin de mon axolotl.

Quand j'ai terminé les cours, mon frère aîné m'a offert un axolotl… Je n'avais aucune idée de ce que c'était, en fait. Quand je l'ai vu, j'ai trouvé que c'était la créature la plus répugnante de l'univers. On dirait un croisement entre une grenouille affreuse et la bite fripée d'un vieux, une espèce d'extraterrestre… Et c'est tout ça à la fois, sauf que, quand on l'observe, on se rend compte que derrière son apparence bizarre se cache son essence. Le mien est albinos, il a des yeux noirs brillants et un sourire en coin. Mon frère a eu beaucoup de peine pour moi à cause de toute cette histoire avec Mario, il m'a offert cet animal parce qu'il a une qualité vraiment cool : il guérit ses blessures, mais à un niveau dingue, genre on lui coupe une patte et elle repousse. Un axolotl a la capacité génétique de se régénérer sans laisser de cicatrices et mon frère a pensé que c'était un exemple formidable pour moi. C'est bête, mais ça m'a touchée… et, même si l'animal me dégoûte, il symbolise quelque chose de magnifique. Toute ma famille m'a vue avec le moral dans les chaussettes, plus déprimée que jamais, et c'est normal qu'ils aient cru que j'allais me jeter d'un pont, mais pas du tout… Mon existence est grise et merdique, mais j'y tiens. C'est comme une course d'obstacles. Il faut sauter, il faut courir, mais la vie est belle… en tout cas je trouve. En ce moment, je suis dans une mauvaise passe, d'accord, j'assume, je vais la traverser et aborder la suite, mais, s'il vous plaît, faites que ça arrive VITE !!!

Janine ne souhaitait pas seulement passer à la suite ; ce qu'elle aurait voulu, c'était un petit ami. Mais c'était mission impossible. Elle avait tenté sa chance sur Tinder, sans succès. Le conflit avec Mario avait eu un impact très fort sur elle, ça avait duré plusieurs semaines, mais l'affaire avait évidemment été éclipsée par le meurtre de Marina. Wendy, l'ex de Mario, s'était arrangée pour que tout le monde déteste Janine en prétendant qu'elle était folle, qu'elle avait inventé toute cette histoire de harcèlement… Du coup, les mecs ne voulaient plus l'approcher. Certains savaient que Janine avait raison, mais ils préféraient quand même ne pas s'afficher avec elle. Janine aurait voulu ne jamais avoir de conflit avec Mario ou, mieux encore, effacer l'année précédente de son historique personnel, mais c'était impossible, surtout avec le procès qui approchait. Elle recevait des menaces sur Instagram, des commentaires blessants de personnes qui ne la connaissaient même pas, mais les réseaux sociaux sont impitoyables. Mario allait passer devant un juge ; Janine, elle, était soumise au tribunal populaire des utilisateurs de Twitter et d'Instagram et, même si elle était objectivement la victime, pour beaucoup de gens elle n'était qu'une fille ronde et ringarde qui cherchait à se faire remarquer.

L'autre chose qui pesait sur son moral, c'était le désert en amitié. C'était le bordel dans son cercle, pourtant déjà restreint. Gorka sortait avec une fille et il lui consacrait tout son temps en dehors de la gym. Paula avait disparu de la circulation et Melena… elles n'avaient jamais été très proches. Aujourd'hui moins que jamais, parce que Melena travaillait dans le salon de thé qu'elle avait ouvert avec sa mère : elle n'avait plus une minute à elle. Elle avait un boulot, une famille, tous ses cheveux, une vie…

Ma vie a pris un tournant de… de plein de degrés, trois cent soixante, c'est pas assez. Tu vois, dans les films, quand le héros ou l'héroïne fait un vœu dingue en soufflant ses bougies ou en serrant un jouet magique et quand le souhait se réalise ? Tu vois ? Eh bien, si quelqu'un m'avait demandé de formuler un vœu l'année dernière, j'aurais demandé à me sentir normale, tout simplement. Et c'est exactement ce que je ressens… J'étais habituée au confort et ça a changé, mais je suis… heureuse, j'ai peur de le dire, mais tout va bien. Ma situation n'est peut-être pas objectivement la meilleure qui soit, mais si on compare ma vie actuelle à celle de l'année dernière, la différence est frappante. Les disputes avec ma mère se sont transformées en relation étrange, genre Gilmore Girls. *J'ai remplacé mes problèmes de drogue par une vraie expérience de serveuse et mes regards amers ont disparu, chassés par un sourire.*

N'exagérons rien, je ne me suis pas transformée en pub pour serviettes hygiéniques non plus. J'aime toujours les joints et ils ne me font pas trop de mal… Oui, j'ai vu des documentaires où on explique que les problèmes causés par l'herbe ne se constatent que des années après l'utilisation régulière… mais un pétard avant d'aller dormir, c'est pas un drame non plus. Pas pour moi, en tout cas. Ça m'aide à me détendre. Je n'envisage pas d'arrêter pour le moment, mais je reconnais que c'est encore un sujet tabou et que je fume en cachette… Le salon de thé est cool. On a imaginé plein de formules différentes et, finalement, on s'est décidées pour une franchise très sympa. Des gens se sont occupés de tout et, en quelques mois, c'était en place. Ma mère et moi, on travaille main dans la main. Je n'aurais jamais imaginé devenir serveuse… mais ça me plaît. Ça m'aide à m'améliorer sur le plan des relations sociales. Je n'étais pas misanthrope et je n'avais pas de problèmes avec les autres, mais je ne levais pas le nez de mon petit nombril et j'étais devenue un peu cheloue. Maintenant, je vais bien, je suis une fille comme les autres et tout se passe bien, sérieux…

Sauf un petit détail, qui avait son importance : Melena était toujours amoureuse de Gorka. Est-ce qu'elle pouvait le considérer comme son ami ? Oui, mais comme ils avaient eu des hauts et bas dans leur relation – ce qui est naturel entre amis pour la vie : je t'aime, je ne veux plus te voir, j'ai besoin de toi, je t'aime à nouveau et on recommence – et que Gorka était amoureux, ils ne passaient pas beaucoup de temps ensemble. Ils se voyaient parfois, Gorka venait de temps en temps au salon de thé, mais ils ne s'appelaient pas et ne se laissaient pas de petits messages idiots pour commenter les aléas de leur vie… Même si elle était amoureuse de lui, elle était intelligente et capable d'analyser la situation, sa situation, et de se montrer réaliste. Pour ça elle était championne. C'était idiot, d'aimer un type qui ne partagerait jamais ses sentiments, mais elle s'en fichait, elle aimait être amoureuse et elle n'avait pas besoin que les choses aillent plus loin.

Je l'aime, mais bon, c'est pas grave. Mes sentiments étaient confus, mais là je suis amoureuse comme une meuf ordinaire. Ce qui est drôle, c'est que je ne pense pas à Gorka sexuellement. Je ne me caresse pas en pensant à lui, non, je ne suis pas sexuellement active, ni seule ni avec quelqu'un d'autre. J'ai la libido un peu à plat et penser à Gorka ne la réveille pas non plus. Je veux dire que s'il entrait dans le café, qu'il jetait les tasses par terre et qu'il me prenait sur une des tables en bois, je ne m'y opposerais pas, mais ce n'est pas un fantasme qui me tient éveillée la nuit.

J'aime bien être amoureuse de lui… ça paraît bizarre, mais j'ai tellement l'habitude de ce que je ressens pour lui que, si je ne l'aimais plus, ça me manquerait. Les gens se trompent complètement au sujet de l'amour. Les films nous ont fourré de fausses idées dans la tête. Aimer quelqu'un, ça ne veut pas dire qu'il faut se battre pour le conquérir ou que le seul but est d'être avec lui, de l'embrasser… Non, c'est idiot… C'est pas parce qu'on est fan de musique qu'on doit sortir un album ou créer un groupe. Eh bien, c'est pareil avec Gorka. Il me plaît, enfin, je l'aime, merde, mais je n'ai pas besoin d'être avec lui, parce que j'ai compris que ça n'arrivera jamais, et sa copine, la brune qui ressemble à Blanche-Neige, est très sympa. Elle lui plaît plus que moi… Je te rappelle que Gorka m'a prise pour un assassin et a déposé mon putain de journal intime d'ado en colère au poste de police… on ne tombe pas amoureux d'une fille qu'on prend pour une dingue, si ? Voilà, il est avec la fille d'un politicien de gauche. C'est *pas grave. Moi, j'ai fait ma communion, j'ai été obligée, ma mère a vendu un reportage au magazine* ¡ Hola !, *rien de mémorable, deux pages en couleurs dont elle a tiré un bon prix en exhibant dans les médias sa fille en blanc dans une robe atroce et kitsch. La seule chose dont je me souvienne du catéchisme est une phrase écrite sur une affiche hideuse dans la salle paroissiale :*

« Dieu me donne la sérénité d'accepter les choses que je ne peux changer, le courage de changer celles que je peux changer, et la sagesse de les distinguer. »

Si on enlève Dieu de cette phrase : « accepter les choses que je ne peux changer, le courage de changer celles que je peux changer, et la sagesse de les distinguer », eh bien, j'applique cette phrase comme un mantra depuis que je suis toute petite. Bon, je ne veux pas lui retirer du mérite ou quoi, mais je ne crois pas en Dieu, parce que j'ai toujours eu l'impression qu'il ne croyait pas en moi. J'ai préféré avoir confiance en moi exclusivement et ne pas dépendre de lui. Je suis athée.

Chapitre 1

Mario ne voulait pas rentrer chez lui. Ses parents l'attendaient probablement avec le dîner sur la table. Un repas bourré de protéines respectant à la lettre les indications du nutritionniste. Le gymnase était sa vie. C'était la seule chose qui l'occupait, qui l'empêchait de penser, qui le reliait à lui-même. Il n'était pas mystique, il ne l'avait jamais été, mais après son altercation de l'année dernière avec Janine et en attendant la date du procès, il n'arrêtait pas d'analyser son comportement, sa vie, son avenir et surtout son passé. On aurait pu le prendre pour une brute sans scrupules, un mec superficiel qui ne pensait qu'à ses muscles et ses abdos en plaquettes de chocolat... Il était peut-être tout cela, mais l'éducation privilégiée, les goûts de luxe et les avantages auxquels il avait eu droit avaient fait naître un certain malaise. Il n'était pas paresseux intellectuellement, non. Mario n'était pas un fainéant, mais jusque-là il avait eu d'autres priorités dans la vie et n'avait jamais eu à remettre son comportement en question. Mais c'était avant.

Après avoir déversé son trop-plein de colère dans le sac de frappe pendant l'entraînement, il aimait se promener le soir avant de rentrer chez lui. Il ne prenait pas toujours le même chemin. Il réglait ses écouteurs sans fil à fond et c'est la musique qui le guidait dans ses pérégrinations de vingt à vingt-deux heures. Deux heures pour réfléchir, se repentir et profiter des petites choses simples qu'il n'avait jamais essayées, comme s'asseoir sur un banc ou aller au lac admirer le coucher du soleil. Il était devenu un mec solitaire. Alors qu'il était le coq de la basse-cour, le roi de la fête, et que le samedi soir son nom figurait sur la liste VIP de toutes les boîtes de nuit, il n'était plus qu'un type parmi tant d'autres, un simple Monsieur tout le monde. Celui qui parle peu, qui ne sort jamais et qui se délecte de son tourment et de sa solitude.

21 h 47. Mario était allongé sur l'herbe face au lac. Son cul refroidissait et, même s'il savait qu'il était déjà tard, il préférait attendre encore. Ses parents avaient une sorte de protocole pour l'heure du dîner : si à vingt et une heures trente il n'était pas assis à table, ils dînaient sans lui, et ça l'arrangeait. Il n'aimait pas être assis devant ses parents, affronter leurs regards déçus qui lui donnaient l'impression d'être pire encore qu'il ne l'était. Il faisait en sorte de toujours rentrer plus tard pour ne pas être abattu au moment de se coucher.

Est-ce que Mario était déprimé ? Très. Mais ni lui ni ses proches n'en étaient conscients. La nuit était tombée ce dimanche de septembre et la brise était passée d'une agréable fraîcheur à un vent mordant que personne n'apprécie. Mario se sentait plus triste que d'habitude. Pourquoi ? Facile. On était dimanche, le dernier soir avant que les cours ne reprennent à Las Encinas. Il n'avait pas oublié le sentiment de veille de rentrée qu'il ressentait avant… Il aurait payé cher pour le ressentir à nouveau. À présent, tout était différent. Il n'allait pas reprendre les cours le lendemain matin et l'amertume était le sentiment qui prédominait au fond de lui.

Ses fesses glacées commençaient à le gêner. L'humidité avait pénétré son survêt et il se leva d'un bond. L'obscurité avait tout enveloppé et, même s'il connaissait le chemin par cœur, il ne voulait pas marcher dans une flaque ou dans la boue. Il alluma la lampe torche de son portable, mais elle ne tint pas longtemps. Il avait écouté trop de musique à fond et utilisé tellement de 4G que sa batterie était morte. Tout devint noir à nouveau. Il se retrouva littéralement plongé dans l'obscurité.

Crac ! Le bruit d'une branche piétinée le fit sursauter. Il se retourna mais ne vit rien près de lui dans les buissons touffus. Il retira ses écouteurs – c'était idiot de les garder alors qu'il n'écoutait rien – et se mit à les ranger quand un nouveau bruit le fit bondir et lâcher un des deux écouteurs.

— Merde ! se dit-il.

J'ai pensé que ça devait être des animaux en train de baiser, mais mon sang s'est glacé quand je me suis souvenu qu'il n'y a pas de grosses bêtes dans le coin et qu'un rat des champs ne peut pas casser de branche. Je n'ai jamais été trouillard, j'ai toujours eu des couilles, mais quand j'ai vu une forme bouger dans le noir j'ai eu peur. Je ne me souviens pas de grand-chose. C'est flou. Tout ce que je sais, c'est qu'une silhouette s'approchait de moi.

Une silhouette s'avançait dans sa direction. Mario ne le remarqua pas, mais l'inconnu portait l'uniforme de Las Encinas. L'obscurité le cachait complètement, mais durant un instant, la faible lueur du croissant de lune fit miroiter le *E* brodé du blason du lycée. Est-ce qu'il vit son visage ? Non, il était dissimulé par une cagoule. Mario ne dit pas un mot, ne cria pas, ne demanda pas : « Qui est là ? » La scène lui semblait si étrange qu'il réagit comme ses pieds et son cœur lui ordonnaient de le faire : il s'enfuit en courant. C'est difficile, très difficile, de courir sur le sol humide qui borde le lac artificiel. La boue, les branches et les flaques rendent chaque enjambée plus difficile que la précédente, surtout sans lampe de poche. Mario trébucha assez vite. Il s'étala sur le sol et tacha son pull de marque.

C'était horrible. J'avais déjà fait plus d'un cauchemar au cours duquel il m'arrivait un truc de ce genre-là. Quelqu'un me poursuivait, essayait de me faire du mal et j'étais plus lent que d'habitude. Quand je suis arrivé près du lac, je ne me suis pas rendu compte que le sol était aussi spongieux. J'ai essayé de me relever, mais avant que je ne puisse prendre appui sur mes mains on m'a frappé très fort dans le dos. Je n'ai pas vu avec quoi… J'ai juste senti le coup et je me suis effondré. La personne s'est assise sur mon dos et je n'ai rien pu faire, j'ai tenté de me dégager et là j'ai vraiment crié, j'ai appelé à l'aide, mais ma bouche s'est remplie de terre, de boue et je ne pouvais pas faire grand-chose. J'ai senti qu'on me manipulait, puis une étrange odeur m'a laissé inconscient…

Quand je me suis réveillé, il était trop tard. Je n'avais plus une once de force en moi, j'avais perdu ma motivation et l'espoir qui aurait pu me donner envie de lutter. Il faisait froid et la boue pesait sur mon corps. J'étais traîné sur le sol. Pas par les bras ou les pieds, mais par une corde passée autour de mon cou. Je ne pouvais pas bouger. Mon cerveau se réveillait peu à peu, mais mon corps ne recevait pas les ordres qu'il lui envoyait. Je sais que j'ai pleuré, que j'ai peut-être gémi, mais je sais qu'à ce moment-là j'avais déjà jeté l'éponge. Les pierres qu'il y avait sur le chemin m'éraflaient le dos. J'ai tourné la tête pour tenter de voir le fils de pute qui me tirait et j'ai entrevu une silhouette sombre, peut-être le blazer du lycée, je ne sais pas… Je ne sais rien. J'ai fermé les paupières et je me suis laissé traîner. J'ai tenté de me faire encore plus lourd, j'ai visualisé des enclumes sur mes pieds, des ancres qui empêcheraient ce connard de m'emmener vers le destin qu'il avait prévu pour moi. Il s'est arrêté. Je me suis arrêté. J'ai cru que la torture était terminée et je me suis senti soulagé, mais non… le drame ne faisait que commencer. J'ai voulu crier à nouveau, mais ma bouche ne répondait pas, j'étais sans voix. Je voulais lui demander de me pardonner si j'avais fait quelque chose pour déclencher sa fureur, je voulais le supplier, lui dire que j'étais trop jeune et que j'avais toute la vie devant moi, mais je ne parvenais à rien dire. Je ne voyais rien dans la nuit, mais j'entendais tout. Je l'ai entendu jeter l'autre extrémité de la corde sur une branche d'arbre. Puis tirer de toutes ses forces. Il n'était pas très costaud. Il a forcé, ahané, tiré et m'a presque soulevé, mais je suis redescendu vers le sol. Je n'ai pas eu mal en tombant. Comme je n'avais aucun contrôle sur mon corps, c'était comme si je ne ressentais plus la douleur, comme si j'étais engourdi… Il a encore essayé de me hisser, en redoublant d'efforts. Il a tiré sur la corde et m'a soulevé. J'ai pensé à ma mère. Il a encore tiré sur la corde et m'a pendu ; là, j'ai pensé à mon père. Il a réussi à attacher le bout de la corde quelque part et ça s'est arrêté là. Oui. Il m'a laissé comme ça. Le nœud s'est aussitôt resserré autour de mon cou, m'étranglant comme quand on presse une éponge. J'ai pensé à ma grand-mère. J'ai entendu un clac, *comme si quelque chose se brisait en moi, peut-être ma nuque, peut-être ma vie... Et là, un dimanche de septembre, le corps couvert de boue et sans savoir qui m'avait fait ça... j'ai perdu la vie.*

Le corps inerte de Mario se balançait lentement, très lentement, pivotant dans le sens inverse des aiguilles d'une montre. La pointe de ses baskets n'était séparée du sol que par quelques millimètres, créant une illusion d'optique : on aurait dit que ses pieds voulaient toucher le sol, même si ce n'était pas le cas. Mario ne sentait plus rien et n'essayait pas de poser le pied à terre. Il n'y avait plus une étincelle de vie en lui. La cycliste qui le découvrit à six heures du matin décrivit une scène d'épouvante. Mario était habitué à ce que les filles le décrivent comme un adonis au menton marqué et au regard perçant, mais la jeune fille n'utilisa que des adjectifs dramatiques et sordides pour décrire le corps du jeune homme. La bouche ouverte, les yeux exorbités comme s'ils allaient sortir de sa tête, le visage violet et gonflé...

Il ne faudrait pas imaginer que la police de la région serait inefficace ou paresseuse : tout indiquait un suicide. Mario était en attente d'un procès pour maltraitance qui avait détruit sa réputation et sa vie sociale. Ses parents soutenaient cette hypothèse, affirmant que, même s'ils ne voulaient pas y croire, ils redoutaient que leur fils ne fasse une bêtise parce qu'il n'était plus le même. Il errait sans but de la salle de gym à la maison, de la maison à la salle, il ne sortait plus, ne parlait à personne. La mort de Marina avait été un coup dur pour la ville et personne n'avait envie de remuer la merde. La théorie du suicide arrangeait tout le monde. C'était un adolescent de plus qui avait mis fin à ses jours. Pour sa mère, c'était clair.

Mon fils n'allait pas bien. Je savais que ça pouvait arriver à tout moment. J'ai tenté de le protéger, vraiment, mais c'était comme essayer de protéger un mur. C'est impossible. Je ne pouvais pas passer ma vie à monter la garde devant un mur… Il était toujours en vie, mais c'était comme s'il ne l'était plus… comme s'il était déjà mort… il était éteint, il faisait peine à voir. J'essayais de lui faire relever la tête, je croyais que c'était juste une mauvaise passe et… Je suis désolée, je ne veux plus en parler. Non, je n'ai rien à ajouter…

Ne crois pas que la nouvelle du suicide de Mario a été accueillie à Las Encinas comme le grand événement tragique de l'année, non. Les élèves – à part Janine et Wendy, l'ex du jeune homme – ne se souvenaient pas bien de l'affaire de maltraitance et, comme Mario avait quitté le lycée avant la fin de l'année scolaire, il ne faisait plus partie des élèves populaires de Las Encinas. Il n'était plus personne. Alors oui, quelqu'un a entendu dire qu'il était mort et ça s'est glissé dans les conversations de trois ou quatre faux amis, mais le drame s'est dissous aussi vite que la mousse d'une bière disparaît en terrasse au soleil. En un rien de temps.

Janine se réveilla en pleine forme. Elle en avait assez de s'apitoyer sur son sort et d'être une victime pénible qui passe des heures retranchée dans son donjon. Elle se brossa vigoureusement les cheveux et essaya trois ou quatre coiffures. Elle rejeta la queue-de-cheval haute, les deux tresses avec les élastiques décorés des personnages d'*Adventure Time* et ce qu'elle appelait sa coiffure d'elfe : deux fines tresses partant des tempes qui s'accrochaient dans sa nuque avec une barrette en forme de feuille de vigne. Finalement, comme elle se sentait bizarre, elle décida de laisser pendre ses cheveux et de porter un serre-tête tout simple. Ceux couverts de perles genre diadèmes étaient réservés à Lu. Ce n'était pas une règle écrite mais un fait tenu pour acquis, et Janine voulait éviter de se faire fusiller du regard. Et puis la jeune Mexicaine semblait avoir une tête sculptée pour porter cet accessoire et personne n'avait le droit de lui faire de l'ombre.

Les cheveux lâchés et l'uniforme impeccable, Janine franchit la porte pour entrer dans le long couloir gris où le temps semblait s'être arrêté. Elle était motivée et sourit presque en retrouvant l'anonymat dont elle avait rêvé.

Je n'aurais jamais cru que je voudrais être de nouveau une loseuse du fond de la classe. Pourtant, c'est le cas… C'est super d'être populaire, mais être invisible présente bien des avantages, socialement parlant.

Tout allait bien, les choses se mettaient en place confortablement et le pouvoir d'invisibilité de Janine semblait réactivé.

Puis, quand je m'apprête à entrer en classe, alors que j'ai l'impression d'être invisible, quelqu'un met fin d'un coup à cette sensation merveilleuse. Je dis « quelqu'un » parce que je n'ai aucune idée de qui c'était. Quelqu'un m'annonce que Mario est mort, qu'il a mis fin à ses jours, oui, je crois qu'il a utilisé cette expression. Crac. *Je sens que mon cœur se brise, mais aussi mes os. Je crois que je ne tiendrai pas debout, je pense que je n'y arriverai pas et je me barre au beau milieu de la conversation en plantant ce « quelqu'un » les mots suspendus au bord des lèvres. Il faut que je parte, que je m'enfuie en courant, que je respire, mais je suis incapable de faire deux pas. Je m'assieds sur l'escalier pendant qu'une foule d'élèves, de nouveaux, passe à côté moi comme une avalanche qui me frôle sans me toucher. Mario est mort. Oui, le garçon qui m'a déflorée sur des draps à motifs d'animaux qui font du sport, le premier qui m'a... tout ça est mort. Il ne respire plus, il ne sourira plus, n'ouvrira plus les yeux et ne regardera plus les gens avec arrogance, pensant qu'il est le roi de la fête...*

Janine avait du mal à respirer, comme le premier jour de la rentrée précédente. Elle se leva avec difficulté et se dirigea vers les toilettes en s'appuyant à la cloison. Les élèves entrèrent en classe et elle se retrouva seule. Le silence emplissait tout, même si des voix criaient dans sa tête. Des voix tirées de toutes les conversations, réelles ou fictives, qu'elle avait eues avec Mario. Comme si quelqu'un avait appuyé sur le bouton *play* pour les repasser toutes en même temps, créant une cacophonie insupportable, mélange de leurs voix et de leurs souvenirs, vrais ou imaginaires. Elle avait envie de pleurer et c'est ce qu'elle fit, en s'agrippant à la poignée de la porte, comme si elle savait qu'en entrant elle serait dépouillée de sa composante sociale et que ses larmes feraient place à un tsunami d'émotions incontrôlables. Et c'est ce qui se passa. Si tu avais vu par le trou de la serrure les sanglots et les gémissements de Janine, si tu l'avais vue hurler, ruer, s'asperger le visage et s'essuyer la bouche pour tenter d'évacuer un peu de son chagrin, pleurer et pleurer encore, s'arracher littéralement les cheveux et donner des coups de pied comme si les murs étaient les vrais coupables, si tu l'avais vue, tu te serais dit qu'il n'y avait personne au monde de plus brisé qu'elle. Objectivement, sa réaction peut paraître excessive, mais Mario symbolisait beaucoup de choses dans son petit univers. Il était l'un des piliers les plus solides de son histoire, un des personnages principaux de sa vie. Un peu comme quand on apprécie le méchant d'une série et que, du jour au lendemain, il disparaît. Ce sale type est indispensable pour que les gentils soient gentils. C'est un peu ce qu'elle ressentait. Avec la disparition d'un des protagonistes les plus importants de sa vie, elle avait l'impression que plus rien n'avait d'intérêt. Et, alors que les derniers retardataires se pressaient d'aller en classe, une Janine décomposée marchait dans la direction opposée. Peut-être que c'était trop et qu'elle préférait rentrer chez elle, appeler un Uber, se mettre au lit et souhaiter de toutes ses forces revenir au dimanche qui avait précédé cette matinée fatidique.

Andrea et Gorka n'étaient pas assis côte à côte. Ils étaient dans la même classe et ne voulaient pas être le couple relou typique, qui s'embrasse dès que les profs ont le dos tourné. Ils ne voulaient pas se tripoter pendant les cours. Elle lui avait clairement fait savoir que son objectif était d'étudier, de se former et de réussir son année.

Elle ne voulait pas donner raison à tous ces adultes idiots qui affirment qu'être en couple à seize ans détourne de ce qui est vraiment important. Gorka trouvait ça un peu bizarre, mais d'un côté ça l'arrangeait que leur relation reste plus ou moins secrète. Andrea était nouvelle à Las Encinas et il n'avait pas une super réputation. Ou plutôt il n'avait pas de réputation du tout et il n'avait pas envie qu'elle sache qu'il était un *nobody* au lycée. Il avait peur qu'un type de terminale s'approche de sa chérie et lui dise : « Qu'est-ce que tu fous avec ce minable ? » Ce n'était donc pas plus mal que chacun reste dans son coin. Mais d'un autre côté, et c'était plus personnel, ça le faisait enrager de ne pas pouvoir se vanter d'avoir une petite amie… Elle était très belle, en tout cas lui la trouvait très belle, et, en plus… elle était géniale.

Le cours n'allait pas commencer tranquillement. Guzmán et Samuel s'étaient battus dans le couloir et Azucena était entrée pour leur faire un speech de circonstance et les avertir qu'elle ne tolérerait plus ce genre de comportement. Tout le monde avait de la peine pour Guzmán. Il suffisait de voir ses yeux tristes et injectés de sang pour se rendre compte qu'il ne s'était pas remis de la mort de Marina. Et, même si personne n'était convaincu à cent pour cent que Nano soit coupable, il était derrière les barreaux : la cote de Samuel était au plus bas. Pauvre Samuel… Tabassé, dans une situation difficile, surtout pour un ado… Qu'est-ce qui se serait passé si Paula, qui avait été dingue de lui, avait assisté à la bagarre dans le couloir, ce matin-là ? Probablement rien, parce que Paula n'en avait plus rien à faire de Samuel. Sa grossesse l'avait fait grandir et ce genre d'amour idiot, de niveau collège, 'essait plus. Le nouveau lycée de Paula était… un ‚articulier, du moins en comparaison avec l'élite qui ıréquentait Las Encinas. Pour commencer, les élèves ne portaient pas d'uniforme, ce qui permettait à la jeune fille de juger tout le monde. Elle n'était pas du tout élitiste, elle l'était peut-être quelques années plus tôt, mais plus maintenant. C'est vrai qu'à seize ans les apparences en disent long sur la tambouille intérieure.

La salle de classe était en piteux état. J'avais l'impression d'être comme Michelle Pfeiffer dans ce film des années 90 où elle est enseignante et débarque dans une mauvaise école, je ne me souviens pas du titre, parce que j'étais petite… mais le mobilier scolaire avait l'air d'avoir été récupéré à la déchetterie. C'est vrai que, sans uniforme, on voit qui est plus ou moins flippant et je voulais éviter de détonner comme Elle Woods dans La Revanche d'une blonde, *d'être la bourge typique qui débarque dans le lycée des pauvres. Je me suis donc habillée très simplement, trop même. Si Carla ou Lu m'avaient vue, elles m'auraient demandé si tout allait bien à la maison. Même si ce n'étaient pas mes amies, elles m'auraient posé la question…*

Il y avait quelques gothiques, quelques nazes avec des looks de skinheads, quelques pétasses, enfin beaucoup *de pétasses, pas mal de personnes plus « normales » avec des fringues de chez Zara ou Bershka qui datent de trois ou quatre saisons et pas grand-chose d'autre. Personne n'a prêté attention à moi, je n'ai pas été harcelée, mais personne ne m'a rendu la vie facile non plus. C'est pas que je me sente supérieure à eux, mais bon, je me suis fait avorter et, qu'on le veuille ou non, on se sent plus mûre après une expérience comme ça. Pendant la récré, j'ai entendu des conversations débiles et banales sur* The Voice *et d'autres émissions de télé-réalité, mais moi ça ne m'a jamais intéressée, alors, même si j'avais voulu m'intégrer, je n'aurais pas pu… J'avais pas envie, de toute façon.*

Les cours du premier jour étaient des présentations hyper faciles. Des profs pas motivés nous ont expliqué que leurs cours allaient être passionnants, avec des programmes que je connaissais déjà sur le bout des doigts. Ma vie sociale ne va pas se détériorer à cause de mon changement de lycée, mais, sur le plan de l'apprentissage, un désert aride s'étend devant moi. Je ne veux pas étudier. Enfin, c'est pas que je ne veux *pas, c'est que le système éducatif, notre système, n'est pas pour moi. Oui, j'ai décidé de changer d'établissement pour de nombreuses raisons, mais maintenant que je ne suis plus à Las Encinas je me rends compte que ce n'est pas ma voie non plus.*

Qu'est-ce que Paula voulait dire par là ? Quelque chose de très simple. Elle n'était pas encore majeure, mais elle se sentait très adulte et avait l'impression que sa vie n'était pas satisfaisante du tout. Elle avait passé l'année précédente plongée dans des histoires de cœur, elle avait aimé puis cessé d'aimer, sans penser à elle-même, à ses objectifs… Se débarrasser du fœtus lui avait semblé la bonne décision, évidemment, ça aurait été impossible de le garder, mais elle ne pouvait pas se cacher que sa vie faisait du surplace ni prétendre qu'il ne s'était rien passé. C'était clair pour elle, plus clair que jamais. Elle fit asseoir ses parents sur la balancelle du porche, sans même poser son sac à dos, le plus vite possible.

Si je ne l'avais pas fait tout de suite, peut-être que je ne l'aurais jamais dit, peut-être que j'aurais laissé passer le train et ravalé mes paroles sans expliquer ce que je ressentais :

— Maman, papa… Je ne… Je ne veux plus étudier. Je sais que vous n'allez rien comprendre et que j'ai été très loin d'être une fille modèle, mais je me sens sûre de moi, sereine et capable de prendre moi-même les décisions.

Les parents se regardèrent, convaincus qu'une bombe allait exploser :

A) Je veux devenir religieuse, j'ai reçu l'appel du Seigneur.
B) Je veux partir aux Baléares vendre des tongs.
C) Je vais me marier avec un homme de cinquante ans.
En réalité, l'option « b » n'était pas si éloignée de la réalité.

— Je pense que vous m'avez très bien éduquée, pour que j'aie confiance en moi, que je devienne une adulte responsable et je sais qu'on pourrait dire que je ne le suis pas ou que je ne l'ai jamais été, mais je veux arrêter le lycée… Je ne veux plus étudier. J'ai l'impression que je ne vais rien apprendre et que ce que je peux apprendre ne m'intéresse pas. Je… S'il vous plaît, ne m'interrompez pas, j'ai l'impression que vous m'avez tellement protégée que je ne suis capable de rien dans la vie et que j'ai besoin d'apprendre, de faire des erreurs, de grandir… Et je me sens coincée. Ça n'a rien à voir avec l'école, vraiment pas, c'est moi. Je veux avoir des préoccupations, des objectifs et des rêves, et je ne veux pas… Si je devais choisir une carrière maintenant, je ne saurais honnêtement pas quoi faire ni quoi choisir et je ne veux pas qu'on me stresse avec ça. Ça ne veut pas dire que l'année prochaine je ne veux pas retourner au lycée, mais cette année je veux apprendre d'autres choses dans

la vie, d'autres choses par moi-même… pour découvrir qui je suis. Désolée pour ce long discours…

Les parents prirent une grande inspiration et n'eurent pas besoin de se regarder pour savoir quoi répondre. Ils n'étaient pas des parents castrateurs, ils étaient au contraire compréhensifs et attentionnés. Pour eux il était clair que brimer la liberté de leur fille causerait plus de problèmes qu'autre chose. Le père se pencha en avant, se frotta les mains et s'exprima de manière claire et ferme, d'adulte à adulte, d'égal à égal.

— Paula, si tu es sûre de toi, on te soutiendra. On ne veut pas que tu fasses quoi que ce soit qui ne te rend pas heureuse et, si tu penses que ce n'est pas le moment de poursuivre tes études, alors on verra ce que la vie te réserve.

La mère hocha la tête à chaque mot, avant d'intervenir.

— On t'aime, ma chérie. Je ne veux pas… euh, on ne veut pas que tu penses à l'avor…

Elle se censura et reprit :

— Ce n'était pas facile, mais l'important c'est que tu ailles bien et que tu nous parles. On est là pour t'accompagner, pour t'aider… Et si tu ne sais pas quoi faire maintenant, alors ne fais rien. Attention, ça ne veut pas dire que tu dois trouver un travail tout de suite, te jeter sur le premier petit boulot qui se présente… On n'a pas besoin d'argent, ma chérie, et si ce que tu veux, c'est apprendre ou te frotter au monde du travail…

— Je m'en fiche, maman, l'interrompit Paula. Ça m'est égal… Je vous suis super reconnaissante de l'éducation que j'ai reçue, de tous les caprices que vous m'avez passés, mais je veux me voir sans ça, découvrir qui je suis sans votre protection. Je sais que vous êtes là, comme si j'étais trapéziste et que vous étiez un matelas prêt à amortir ma chute… mais c'est moi l'acrobate et je veux essayer, d'accord ?

— D'accord, répondirent-ils.

Et à cet instant parfait de lien parents-enfant, Paula cessa officiellement d'être une lycéenne de seize ans pour devenir une… une chômeuse de seize ans qui désirait plus que tout découvrir ce qu'elle voulait faire de sa vie.

Après les cours, Gorka alla chez Andrea pour le déjeuner, ce qui était devenu une habitude. Ses parents n'étaient pas à la maison et la cuisinière ne se souciait pas de la faim dans le monde : elle faisait à manger pour un régiment. La maison d'Andrea était spectaculaire. C'était une imposante villa lumineuse avec des parois vitrées et deux piscines, mais la déco était accueillante. Un mélange de styles pas du tout typique d'un architecte d'intérieur. Le canapé était vieux mais hyper confortable et il avait vécu tant de choses que les parents ne voulaient pas le jeter. Après le repas, Andrea y traînait généralement son petit ami, le poussait sur les coussins et lui sautait dessus pour qu'ils s'explorent mutuellement. Comme la maison était pratiquement vide, ils ne se privaient pas. Ils s'embrassaient pendant de longues minutes, reprenaient leur respiration avant de replonger. Leurs langues s'emboîtaient à merveille. Ce n'est pas toujours le cas quand on est si jeunes, ni même quand on est plus âgés d'ailleurs. La bouche d'Andrea était toujours humide et fraîche, pas comme la menthe mais comme une fraise cueillie au jardin, et elle bougeait sa langue comme si elle explorait toutes les possibilités que celle-ci lui offrait. Elle la faisait tourner, puis l'enfonçait plus profondément, puis la passait sur les lèvres de Gorka, qui se laissait faire avec plaisir. Lui aussi embrassait bien – Paula pouvait le confirmer – parce qu'il s'adaptait aux initiatives de sa partenaire, ce qui fonctionnait parfaitement. Baisers langoureux, petits bisous ou pelles interminables, ils étaient capables de rester la bouche collée pendant des heures. Gorka était heureux. Il rentrait les parties génitales gonflées d'amour, c'est vrai, mais il se débrouillait tout seul à l'arrivée. Ce jour-là, pourtant, il se passa quelque chose qui changea la routine…

Andrea prit sa main et la plaça entre ses jambes, presque comme un réflexe, comme si elle suivait les instructions d'un manuel de relations d'adolescents. Il remarqua la chaleur du sexe de la jeune fille et s'écarta d'un coup ; ce n'était pas un mouvement brusque, mais mettre fin à ce moment si sensuel dont elle avait pris l'initiative était comme entrer dans une église en hurlant à tue-tête. Très gênant. Elle leva les yeux vers lui, ils se fixèrent et, après une pause de quelques secondes qui leur parut durer une éternité, il se leva, glissa la main dans son pantalon pour repositionner son érection opprimée et annonça :

— Je m'en vais.

— Quoi ? s'exclama-t-elle, stupéfaite.

— Heu… Je dois y aller.

— Ah oui ?

— Oui…

— Bon.

Gorka hésita, comme s'il voulait en dire plus, puis regarda autour de lui, embrassa sa petite amie sur la joue et s'enfuit comme s'il venait de se rappeler qu'il avait laissé le gaz allumé et que sa maison risquait d'exploser.

QU'EST-CE QUI S'EST PASSÉ ? Voyons voir… Je n'ai pas beaucoup d'expérience avec les garçons, mais je ne vois pas de différence majeure entre se rouler des pelles, se tripoter, se caresser PARTOUT et ce que je proposais… C'est pas comme si je l'invitais à faire un truc chelou, je voulais juste qu'on monte d'un niveau. Oh là là, il a peut-être cru que j'étais vierge et il a paniqué. C'est vrai que Gorka ne prend jamais beaucoup d'initiatives avec moi, mais je pensais que c'était par respect. D'accord, à première vue, je n'ai pas l'air d'une bête de sexe… mais ça ne veut pas dire que je n'ai pas envie de coucher avec lui. J'AI TRÈS ENVIE DE COUCHER AVEC LUI. TRÈS. Je l'aime bien. C'est mon petit ami. Je ne suis pas une nonne, non plus. D'après le peu que je sais de ses histoires précédentes, il n'a pas prononcé le vœu de célibat non plus… Alors pourquoi est-ce qu'il a pris ses jambes à son cou ? Comme je suis parano, j'ai cru que c'était ma faute, que je dégageais une mauvaise odeur ou que mon mascara avait écoulé et que j'avais une tronche de panda, mais non… Parfois, pour tout ce qui me concerne, surtout mes… mes parties, je deviens un peu paranoïaque. Comment est-ce que je peux expliquer ça sans passer pour une dingue ? Disons que les corps des filles, les corps nus des filles… ont une odeur caractéristique, enfin, c'est de notoriété publique, je ne suis pas en train de déchiffrer la pierre de Rosette. Si tu te douches le matin, puis que tu vas en classe et que tu suis un cours de gym et que tu ne prends pas de douche après, c'est normal que ton… que ton intimité ait une odeur caractéristique. Oui, j'ai flippé en pensant que l'odeur de mon sexe avait pu l'effrayer, mais c'est absurde, parce que juste après je suis allée dans la salle de bains pour me laver et tout allait… très bien. Alors, qu'est-ce que c'était ? Il m'aime bien, mais… il ne me désire pas ? Si, il me désire… Il me regarde avec amour, il me touche avec amour… alors pourquoi il ne m'a pas touchée là où je voulais ? Comme je ne comprends pas, je lui ai envoyé un message. Avec beaucoup de tact et sans être trop explicite, parce que je ne veux pas créer de conflit et le mettre mal à l'aise.

Salut BG, tout va bien ? 😁

Gorka écrit…
Oui, je suis en route pour la salle de sport.

OK, il évite le sujet, il fait comme si de rien n'était… Moi aussi. Je sais, je serais plus mature et plus cool si j'avais le culot de rétorquer « pourquoi t'as pas voulu me toucher là ? » ou « pourquoi tu t'es enfui de chez moi comme si une mouche t'avait piqué ? ». Mais comme je crains les conflits et qu'on est bien ensemble, je me tais, je ne dis rien et je mets de côté ma confusion avant de répondre par WhatsApp :

Super, mon cœur ! Donne-toi à fond.

Et j'ajoute l'émoticône du biceps musclé, un petit visage avec un clin d'œil et un autre avec un sourire qui ne me représente pas du tout, parce que je suis loin de sourire, très, très loin.

Bon, c'est vrai que discuter de ce genre de choses par messages n'est pas la meilleure idée du monde, c'est toujours mieux en face à face. Demain, je le coincerai entre deux cours et je lui annoncerai que je veux passer au niveau supérieur, mais sans y accorder trop d'importance. Oui, c'est plus mature. Je ne vais pas lui crier « T'AS REFUSÉ DE ME TOUCHER », je vais aborder le sujet avec détachement, je vais être sensuelle et lui annoncer : « Je veux qu'on le *fasse, Gorka. »*

Pour décrire le salon de thé de Melena, on pouvait utiliser un adjectif irritant : « mimi ». Ce n'est pas moi qui le dis, mais des critiques sur TripAdvisor :

« C'est un endroit très mimi pour prendre un café ou pour passer l'après-midi avec des potes. Le gâteau aux carottes est un peu sec, mais les serveuses sont attentionnées et très sympas. »

« Cosy et chaleureux. L'après-midi, c'est bondé, mais quand on y va en fin de journée c'est cool. »

« Le choix de cafés est incroyable et, même si parfois c'est un peu lent parce qu'il n'y a que deux serveuses, l'endroit est très agréable. »

« Le gâteau aux carottes est comme une semelle. »

« Ils ont le Wi-Fi et du bon café. »

Qu'est-ce qu'on peut déduire de ces avis ? La vérité. Le café était mignon, il marchait bien. Melena et sa mère, Amanda, étaient souvent débordées. L'ambiance était agréable et le gâteau aux carottes n'est pas resté longtemps au menu.

Ce lundi-là, le jour de la rentrée, Melena était partie un peu avant la fermeture : elle voulait préparer une recette qu'elle avait vue sur Internet pour le dîner. Amanda était donc seule. Le dernier client s'en allait et la propriétaire posait les chaises, qui avaient toutes un coussin avec un motif différent, sur les tables avant de passer le balai. Le local sentait encore le café fraîchement préparé, même si la machine était éteinte depuis un certain temps. Azucena, la directrice du lycée, aperçut la scène de l'extérieur, un peu comme si elle était le fantôme des Noëls passés déambulant dans les rues. Le spectacle de cette dame élégante, mince et séduisante, vêtue d'un tablier et tordant une serpillière était étonnant, mais l'expression de la propriétaire des lieux était très différente des photos que la directrice avait vues dans les magazines. Elle paraissait calme et – même si ça fait un peu cliché – sereine. Amanda s'arrêta une seconde pour resserrer la queue-de-cheval qui maintenait ses cheveux aux reflets dorés lorsque la sonnette retentit.

— C'est fermé, prévint-elle poliment.

— Je sais. Je venais vous voir.

— Dites-moi que ce n'est pas pour prendre des photos de moi, je vous en prie.

— Non, non, non…

— Les gens se moquent de moi, ils ne comprennent pas que je travaille ici maintenant, expliqua-t-elle en se remettant à laver.

— J'imagine que c'est un choc pour eux.

Amanda regarda la nouvelle venue, attendant qu'elle poursuive, ce qu'elle fit :

— Je vois que vous ne vous souvenez pas de moi. Ce n'est pas grave, j'ai un peu changé et mes cheveux…

— Je suis désolée, je ne vous remets pas.

— Je suis Azucena, la directrice de Las Encinas.

Amanda devint un peu nerveuse et posa la serpillière sur le comptoir.

— Ma fille n'est plus au lycée, je pense que les paiements de l'année dernière ont été réglés, non ?

— Oui, oui, ne vous inquiétez pas… Je suis venue parce que… j'aimerais que votre fille revienne à Las Encinas. Vous allez peut-être trouver que c'est une proposition complètement folle et je sais qu'elle travaille ici, mais j'ai examiné son dossier et María Elena était une très bonne élève.

Amanda ne voulait pas se montrer sur la défensive, mais elle prit tout de même cette initiative comme une attaque.

— Et vous pensez que ce n'est pas une bonne chose qu'elle travaille ici ? Vous trouvez que ce n'est pas un endroit qui convient à une jeune fille de dix-sept ans… Je suis d'accord avec vous.

— Ce n'est pas ça. Je peux être franche ?

— Je vous en prie…

Amanda invita d'un geste la directrice à s'asseoir sur le petit canapé de velours turquoise, qui était sans doute le coin le plus populaire du café.

— Je ne pense pas avoir été une bonne directrice. J'adore mon travail et je vous assure que c'est très difficile de gérer ces élèves…

La mère de Melena poursuivit la phrase à sa place :

— Et les parents…

— Oui, les parents aussi. Notre organisation scolaire est impeccable, mais suite à la mort de Marina j'aimerais que le traitement soit plus… personnel, vous comprenez ? Laisser un peu les règles de côté.

— Vous êtes très stricte.

— Oui, vous avez raison. Mais je veux que… Je voudrais que María Elena reprenne ses études. Ce n'est peut-être pas dans ses projets. Je sais que les frais sont élevés et, sur ce point, je ne peux pas faire d'exception, mais je trouve dommage qu'elle ne termine pas le lycée.

Amanda posa les mains sur ses hanches, soupira et ne répondit pas grand-chose. Peut-être un « merci » ou « je vais y réfléchir ». Elles échangèrent encore quelques phrases avant que la directrice ne s'en aille. Une mauvaise langue aurait pu penser que cette visite n'était que protocolaire et qu'Azucena ne voulait pas que Las Encinas subisse une perte de revenus avec une inscription en moins, mais ce n'étaient pas du tout les intentions de la directrice. Elle ne voulait pas se limiter à diriger un navire, elle tenait aussi à s'assurer que tout l'équipage se porte bien et il lui semblait que María Elena ratait une merveilleuse occasion de terminer une formation.

Amanda passa tout le trajet du retour, qui durait sept minutes, à retourner la question. Elle s'en voulait et avait l'impression d'être à nouveau une mauvaise mère parce qu'elle n'avait pas empêché sa fille de quitter l'école. Mais c'était Melena qui avait été l'initiatrice de ce projet de vie. Si elle avait continué ses études ou si elle avait eu envie de le faire, elles n'auraient pas ouvert le café… Tout s'était passé très vite. Elle était rentrée à la maison, elles avaient imaginé le projet, les propriétaires de la franchise s'étaient occupés de tout et, avant la fin de l'été, le lieu était opérationnel. Il n'y avait pas d'établissement de ce genre dans le quartier et, grâce à l'enthousiasme des habitants, le petit commerce était très populaire. C'était le lieu parfait pour écrire ou pour un premier rendez-vous. Et, maintenant que le temps se rafraîchissait, les gens faisaient la queue pour s'installer à l'une des petites tables en bois ou s'enfoncer dans un des fauteuils confortables.

Elle ouvrit la porte et trouva Melena en train de mettre le couvert. Une délicieuse odeur flottait dans l'air.

— La moussaka a brûlé.

— Je suis sûre que ce sera délicieux, ma chérie, ça sent vraiment bon. Je vais enlever mes chaussures.

Melena lui demanda à combien s'élevait la recette de la journée, puis elles échangèrent quelques banalités avant de dîner. Elles s'installèrent ensuite dans le canapé et s'endormirent en regardant *Top Chef*... Non, Amanda n'avait pas oublié la visite d'Azucena, mais elle trouvait que le moment n'était pas le bon pour en parler. Elle monta dans sa chambre et Melena alla également se coucher. La maison était silencieuse, mais comme elle n'arrivait pas à dormir la mère se leva et fit le tour de leur nouveau domicile en pyjama. La maison était très agréable. Ce n'était pas une immense villa comme la précédente, il n'y avait pas de finitions en marbre ou en plaqué or, mais c'était grand. Spacieux, avec quatre pièces – dont une encore vide – et une cuisine avec un îlot central et de hauts tabourets où elles avaient de longues conversations. Amanda grimpa sur un des tabourets, éclairée seulement par l'horloge numérique du micro-ondes, et soupira. Elle ne savait pas par quel bout prendre le problème. Elle ne voulait pas que qui que ce soit l'éloigne de sa fille, mais elle savait que cette pensée était égoïste... Elle passa en revue les différentes options.

Option 1 : fermer leur commerce, trouver un nouveau boulot et élever sa fille comme toutes les mères.

Option 2 : réinscrire María Elena au lycée et trouver une serveuse pour l'aider au salon de thé.

Option 3 : ne rien dire de la proposition d'Azucena et être, une fois de plus, la pire mère du monde.

Quel que soit son choix, la seule chose qui était claire pour Amanda, c'est qu'elle protégerait sa fille, qu'elle prendrait soin d'elle et qu'elle lui offrirait le meilleur environnement possible, dans la mesure de ses moyens. Elle ne prit aucune décision. Elle ouvrit le frigo, but de l'eau directement à la carafe et retourna au lit.

Parfois, il vaut mieux laisser les décisions importantes se prendre d'elles-mêmes.

Le lendemain matin, tout le monde se leva du bon pied, sauf Janine, la pauvre, qui avait un nuage noir au-dessus de la tête. Elle était réfugiée sous sa couette depuis la veille, mais elle savait qu'elle ne pouvait s'y terrer plus longtemps. Elle tenta de mettre momentanément ses sentiments de côté et de reprendre le cours de sa vie. Grosse erreur, car une nouvelle gifle l'attendait, une gifle avec un prénom et un nom de famille.

On aurait dit que le destin avait décidé que Janine, la pauvre fille du boucher qui avait gagné au Loto, n'irait pas à Las Encinas cette année-là. Wendy et ses deux sbires, ses clones, l'attendaient à l'entrée. Elles la coincèrent contre un mur.

Putain, tout s'était passé si vite. La nouvelle de la mort de Mario s'était répandue comme une traînée de poudre, mais les gens avaient préféré l'ignorer pour éviter que les conversations qui avaient suivi la mort de Marina ne se transforment en rengaines au sujet des disparitions tragiques. Il s'était suicidé, ce qui rendait son cas moins glamour et les bourges avaient décidé de détourner le regard. Personne n'était prêt à se rendre à ses funérailles ou à la messe... On aurait dit que personne n'en avait rien à faire. Personne sauf son ex décolorée, Wendy, une meuf canon... Sa beauté est inversement proportionnelle à son QI, mais tout ce qui lui manque en intelligence, elle le compense en étant une vraie salope. QUELLE PÉTASSE ! Je ne me souviens pas de tout ce qu'elle m'a dit, je ne me souviens de rien, d'ailleurs. Elle ne m'a pas touchée, heureusement. J'en ai marre de porter plainte pour coups et blessures. Mais ses paroles ont été pires que des coups de poing dans le ventre. Elle m'a reproché la mort de Mario, elle me l'a reprochée de façon très directe. Je cite : « Il est mort à cause de toi, sale grosse de merde. » « Comment t'oses te pointer ici, connasse ? » Elle m'a traitée de baleine, de troll, et m'a promis de me rendre la vie impossible jusqu'à ce que je mette fin à mes jours... encore cette expression. Je ne suis pas du tout sûre de moi. Je regagne un peu de confiance en moi et d'amour-propre chaque jour et parfois j'ai l'impression d'être Wonder Woman, mais à d'autres moments je suis fragile, je me sens minuscule. C'était le cas ce matin-là. Je me sentais comme le hobbit de Las Encinas, microscopique, et si on ajoute à ça que la mort de Mario m'avait affectée, même si je ne sais pas pourquoi ça me touchait à ce point, eh bien, mon estime de moi ne mesurait pas plus de quelques millimètres. Cette meuf n'arrêtait pas de me pointer du doigt avec ses ongles en gel et elle m'a bouffée toute crue. Et elle n'arrêtait pas de hurler, son corps et sa manucure me maintenant à l'écart de la porte d'entrée.

C'était bizarre qu'une fille comme Wendy, qui défendait son ex disparu, ait passé deux bonnes heures la veille chez Nails Fashion pour se faire coller une telle aberration sur les ongles. Mais dans son univers, les priorités n'étaient pas les mêmes que celles des autres mortels. Le désir de rabaisser Janine ne venait pas d'un amour brisé pour Mario ou d'un sentiment normal de deuil, non… il était seulement motivé par son orgueil, un orgueil furieux qui lui enflammait les tripes comme si une bande de piverts en colère lui picoraient le ventre.

AAAHHH ! Je bous de colère, je BOUS ! Je déteste cette sale grosse. Oui, je suis triste pour Mario et tout, c'est la merde, OK ! Il a occupé une place dans ma vie et il a été… important, mais ce qui m'énerve, c'est que cette grosse soit si calme alors qu'il est mort, vous comprenez ? Putain de baleine. Pourquoi elle ne se fout pas en l'air ? Pourquoi elle ne disparaît pas chez son père, le putain de boucher ? Elle a pas sa place ici. L'autre jour, mon frère Borja regardait Harry Potter. *D'accord, c'est des conneries de gamin, mais il y avait un type blond pas mal, genre comme moi. Il avait une tonne de gel dans les cheveux et il ne voulait pas que les putains de sangs impurs étudient à la putain d'école de magie… Je le comprends. QU'EST-CE QUE CETTE BALEINE RÉPUGNANTE FOUT À LAS ENCINAS ? Les gens sont devenus tarés ou quoi ? D'ailleurs, depuis qu'elle est sortie de l'ombre, cette connasse n'arrête pas de la ramener et de faire chier au lieu d'être contente qu'on ne lui crache pas à la gueule quand elle passe devant nous. C'est pas l'envie qui manque, je vous le dis. ÇA ME FAIT CHIER. On dit toujours que ce lycée, c'est l'élite… et cette grosse, elle est de quelle élite ? De celle qui découpe les cuisses de poulet ? Non, sérieux, j'ai pas raison ? À quelle putain d'élite elle appartient ?*

Les clones, dont nous ne connaissons même pas les noms et que nous n'avons pas besoin de connaître, acquiescèrent d'un signe de tête et continuèrent à attiser la flamme de la haine de Wendy. Elles lancèrent une série de jurons et d'insultes qui auraient été plus à leur place dans la bouche d'une bande de malfrats que dans celle de jeunes adolescentes appartenant à cette élite à laquelle elles faisaient constamment allusion. Ce que Wendy ignorait, c'est que cette rage qui la faisait bouillir – *je bous, je bous* – préparait quelque chose de plus terrible que la haine dans son petit corps d'un mètre soixante.

… Janine prit de nouveau un Uber et rentra chez elle. C'était la deuxième fois déjà et sa mère n'allait pas laisser passer ça, mais Janine avait un atout dans sa manche : le chantage émotionnel en évoquant Mario pour s'en sortir en se posant en victime.

— Je ne peux pas mettre le pied au lycée, maman, tu ne comprends pas ? Tout me fait penser à lui. C'est une claque après l'autre, après l'autre, après l'autre… et je n'en peux plus… c'est trop dur.

Qui refuserait quoi que ce soit à une fille aux yeux vitreux que la vie, disait-elle, traitait si mal ? Certainement pas sa mère. Elle lui donna donc carte blanche pour monter s'allonger, pour se renfermer à nouveau. Bien entendu, Azucena appela bientôt pour savoir ce qui se passait – elle ne voulait pas perdre d'autres élèves – et la mère de Janine récita une à une les phrases dramatiques de son adolescente. Puis elle soupira et sortit avec la cuisinière pour acheter un beau faux-filet au marché ; elle savait que la viande rouge remonterait le moral à sa fille. La mère de Janine adorait être riche, mais elle ne se refusait jamais les plaisirs simples qui la rendaient heureuse et personne ne connaissait aussi bien qu'elle la qualité de la viande : elle avait passé des années derrière l'étal. Elle ne profita pourtant pas pleinement des courses parce qu'elle était perdue dans ses pensées, préoccupée par le bien-être de sa fille. *Clac !* La lame du couteau vint heurter la planche quand le boucher trancha dans les côtes et le bruit la ramena à la réalité. *Clac !*

À cet instant précis, Melena préparait avec soin un cappuccino au lait de soja.

Gorka regardait par la fenêtre de la classe en pensant qu'il avait évité sa petite amie quand elle était arrivée au lycée.

Andrea le voyait regarder par la fenêtre et pensait qu'il y avait vraiment quelque chose qui n'allait pas.

Janine commençait à avoir chaud sous la couette, car elle s'était mise au lit sans retirer son uniforme.

Et la mère de Mario appuyait sur le bouton de l'incinérateur pour réduire en cendres le corps musclé de son fils de dix-huit ans.

Chapitre 2

L'essorage d'une machine à laver quelconque prit fin, dans une maison quelconque d'un quartier quelconque de la ville. C'était une machine ordinaire, mais la personne qui l'ouvrit pour récupérer les vêtements ne l'était pas : c'était l'assassin de Mario. Il sortit la cagoule grâce à laquelle il avait dissimulé son identité et vérifia qu'il n'y avait pas de taches, pas d'éclaboussures de boue. Il la posa dans une bassine en plastique bleu et inspecta la paume de ses mains. Elles étaient en sale état. Hisser le corps de soixante-seize kilos du jeune homme et le maintenir en l'air avant d'attacher la corde à une des grosses racines avait été une horreur. Il était aveuglé par l'adrénaline et l'envie de réussir, peut-être par le sadisme aussi, et il n'avait pas remarqué que la corde épaisse achetée chez Leroy Merlin lui arrachait la peau. Il prit le blazer de Las Encinas et le secoua en constatant qu'il était très fripé. Il n'aurait pas dû le laver en machine, mais ça aurait été inconscient de le déposer au pressing. Il n'avait pas terminé son travail et il ne voulait éveiller aucun soupçon. Il devait se montrer prudent et réfléchir aux étapes suivantes. Il devait surtout choisir sa prochaine victime… car son jeu ne faisait que commencer.

Ce samedi matin, le froid de septembre avait laissé place à une accalmie et le soleil perçait discrètement les milliers de petits nuages qui moutonnaient dans le ciel. Andrea avait enfilé une robe d'été en lin avec des fronces et des motifs de fraises. Elle aurait dû enfiler un petit gilet par-dessus, mais le soleil l'avait encouragée à s'en passer. Elle choisit un roman sur l'étagère. Elle n'était pas une grande lectrice, mais elle avait parfois envie de lire, juste pour le plaisir. Elle prenait un volume, lisait quelques pages, puis le remettait en place. Elle n'était pas particulièrement paresseuse, mais ça ne la dérangeait pas d'ignorer la suite des histoires. Elle avait l'impression d'espionner un instant volé à d'autres vies que la sienne, comme quelqu'un qui ouvrirait une maison de poupées, examinerait l'intérieur et la refermerait. C'est pour cette raison que, souvent, elle ouvrait le livre à une page au hasard et se plongeait dans le texte. C'était comme si l'histoire la choisissait et non l'inverse.

Elle se prépara un thé au gingembre, même si elle n'avait pas mal à la gorge, simplement parce que le goût lui plaisait, et elle sortit dans le jardin derrière la maison. Elle s'assit sur la dernière marche de l'escalier et, pieds nus, sentit l'herbe fraîche sous ses pieds. Les draps et le reste du linge ondulaient sous la brise. C'était agréable. Elle avait opté pour *L'Insoutenable Légèreté de l'être*. Elle l'ouvrit au hasard à la page 43, ou 67 peut-être, et se mit à lire.

Andrea, pieds nus dans une robe à motifs de fraises, avec une tasse d'infusion au goût d'eau sale et de gingembre, se donnait une image presque bucolique pour éviter d'affronter son vrai conflit : son petit ami ne voulait pas la toucher et elle était incapable d'en parler.

Elle n'avait même pas lu trois pages quand un bruit attira son attention. Elle leva les yeux, abandonnant un certain Tomas et une certaine Sabina, les protagonistes du roman, figés dans un moment très intime. Elle crut apercevoir une silhouette derrière les draps blancs qui ondulaient de plus en plus fort.

— Y a quelqu'un ? lança-t-elle.

Elle n'avait pas peur, elle était juste intriguée.

Personne ne répondit. Andrea laissa la tasse sur la marche de l'escalier et se leva, le livre à la main, marquant de son index la page où elle était arrivée. Elle s'enfonça dans le labyrinthe de draps mouillés et découvrit – elle n'avait plus aucun doute – une silhouette derrière l'un d'eux. Avant qu'elle ne puisse reculer, la personne cachée se jeta sur elle et l'attrapa avec force, tombant l'une et l'autre dans une lutte étrange. Elle parvint à s'écarter et à retirer le drap qui s'était interposé entre les deux corps : c'était son imbécile de petit ami, qui riait comme un bossu.

— Matilde va te tuer, regarde, le drap est tout vert… lui reprocha-t-elle.

Elle essayait de rester sérieuse, mais ses lèvres s'étiraient automatiquement quand elle voyait Gorka.

— Je suis désolé, c'était une blague, je lui expliquerai.

— Ah oui, tu vas lui expliquer quoi ? Que tu t'es jeté sur la maîtresse de maison comme un pervers ?

— Non, je lui dirai qu'en voyant cette jolie fille dans sa petite robe à fleurs…

— Ce sont des fraises.

— … à fraises, j'ai été pris d'un vertige et que je me suis accroché où je pouvais quand j'ai perdu l'équilibre.

— Que t'es bête… chuchota-t-elle avec une voix de petite fille.

— Viens.

Gorka la saisit par la taille et la tira près de lui, sur le sol. Elle avait voulu éviter d'affronter le problème, mais le destin était malicieux et semblait en avoir décidé autrement en ramenant la question qui la préoccupait dans son jardin.

— Pourquoi tu ne m'as pas prévenue de ta visite ? demanda-t-elle après lui avoir planté quatre baisers sur les lèvres.

— Parce que je ne le savais pas moi-même, mais je me suis levé et j'avais envie de te voir…

Andrea détourna les yeux, submergée par un romantisme idiot et surtout parce que, si elle soutenait son regard pendant plus de deux secondes, elle aurait envie de le bombarder de questions du genre : « POURQUOI TU NE VEUX PAS COUCHER AVEC MOI ? »

Gorka la saisit doucement par le menton, l'obligeant à le regarder.

— Hé, ma belle, ça va ?

— Oui, dit-elle à voix basse.

Mais Andrea n'était pas du genre à laisser tomber. Dès qu'elle comprit qu'il lui mangeait dans la main, elle décida d'être fidèle à ses principes et laissa sortir une des phrases qui tournaient en boucle dans sa tête.

— Enfin, non… Tu as un problème avec moi ? Je veux dire… je te plais, non ?

— Si tu me plais ? Tu me rends dingue ! Tu ne le vois pas ?

— Non, je ne le vois pas... Gorka, je ne veux pas que tu le prennes mal, mais je sens que tu évites... tu *l'*évites.

— Quoi ? demanda-t-il, perplexe.

— Tu sais bien, ne sois pas idiot, ne m'oblige pas à le dire.

— Le sexe ?

Ce ne pouvait pas être autre chose.

— Oui, le sexe.

L'image romantique de deux beaux ados assis sur l'herbe au soleil était brisée. Elle se leva.

— Je vais chercher un gilet, il commence à faire frais.

— Attends, Andrea, s'il te plaît, on peut parler.

— D'accord, vas-y... Explique-moi.

Même si l'amour rendait Gorka plus loquace, tout le monde à part sa petite amie savait qu'il n'aimait pas exprimer ses émotions. Dans un accès de lucidité, il était parfois capable d'exposer ses pensées de façon claire et ordonnée, mais c'était rare, malheureusement. Andrea se tenait debout dans le froid, pieds nus, attendant qu'il trouve un argument de poids pour l'empêcher de rentrer chercher un pull, mais aucun mot ne sortait.

— Euh... Je... Euh...

Elle prit ce bégaiement presque comme une insulte et se détourna.

— Je veux être avec toi ! cria-t-il. C'est tout ce que je peux te dire... Je comprends qu'on va peut-être un peu lentement, mais, je ne sais pas... chacun a son rythme et le mien, c'est celui-là. Mais je veux être avec toi, Andrea, je t'assure. Ça ne fait pas longtemps qu'on est ensemble, je suis d'accord, mais c'est assez pour que je sache que je ne veux pas te perdre, surtout pas pour une connerie.

Andrea écouta le discours les yeux fermés et avec un sourire idiot jusqu'à ce que le dernier mot vienne tout gâcher.

— Tu penses que c'est une connerie ?

— Quoi ? dit-il sans comprendre de quoi elle parlait.

— Je me tracasse parce que mon petit ami ne veut pas me toucher et tu trouves que c'est une connerie ?

— Non, c'est pas ce que je voulais dire... J'ai envie de te toucher, bien sûr, si tu ne me mets pas trop la pression, mais tu t'es vue ? Je passe toute la journée à penser à ce moment, mais je ne veux pas que ce soit rapide ou... ou que ce soit mal fait, je veux le faire bien, avec attention, avec amour, et que ce soit... merveilleux. Excuse-moi, mais le canapé de ton salon, pendant que la cuisinière fait la vaisselle, ça ne me semble pas l'endroit idéal pour se mettre à faire l'amour comme des fous.

Cet argument la désarma et elle courut vers lui, l'attrapa par la nuque et l'embrassa.

— Tu aurais dû commencer par là. Tu as tout à fait raison, pardonne-moi, je suis une imbécile... Pour moi, le sexe n'est pas tout, évidemment, mais j'aime ça, ça me plaît. Je t'aime bien et j'ai envie de faire l'amour avec toi, tu comprends ? Mais tu as raison. Un lieu et un moment chouettes... comme on le mérite.

— Comme on le mérite, répéta-t-il avec un visage de circonstance.

— Compte là-dessus.

Cette dernière phrase donnait l'impression qu'elle allait se mettre à organiser l'événement et Gorka se sentit excité, oui, mais il eut surtout peur. L'érection due au baiser déclenché par ses aveux, puis l'image de sa copine sur un lit aux draps de satin dans un hôtel de luxe devant un feu – si c'était possible d'avoir une cheminée dans un chambre – disparut rapidement lorsqu'il ressentit la panique de l'urgence. Il avait menti comme un arracheur de dents. C'était tout à fait vrai qu'il désirait Andrea, mais le fait de vouloir attendre le bon moment et le bon environnement était un aussi gros mensonge que de prétendre qu'il n'avait jamais été amoureux de Paula. Ce qui lui arrivait était autre chose, il ne voulait pas coucher avec elle parce que… parce que… En fait il ne savait pas pourquoi, mais il était évident que c'était autre chose. Il se gratta la nuque pendant qu'elle montait l'escalier. Le soleil se cacha derrière les nuages gris et marqua la fin de ce bref retour de l'été.

Étonnamment, les samedis matin étaient très calmes au salon de thé. Peut-être que les gens se levaient tard et préféraient prendre leur petit déjeuner à la maison. C'est vrai que l'établissement marchait mieux les après-midis. La mère et la fille proposaient un petit déjeuner, mais il était simple. Au début, elles avaient mis à la carte des toasts aux avocats et aux graines de pavot, mais elles passaient leur temps à jeter les avocats et, vu leur prix, elles s'étaient rabattues sur un classique espagnol, le pain à la tomate et à l'huile, et une invention de Melena plutôt bon marché, le toast au Nutella, simple et basique, mais au succès garanti.

María Elena n'avait pas l'habitude de fumer des joints en journée, mais ce matin-là elle s'ennuyait, les frigos étaient pleins, tout était rangé et les derniers clients étaient déjà partis. Si les affaires ne marchaient pas fort le samedi matin, entre midi et seize heures c'était encore plus désert. Comme Melena et sa mère ne proposaient pas de repas, il était normal que les gens ne réclament pas un morceau du mythique gâteau aux carottes qui avait déjà pris sa retraite. Si on entrait dans le salon de thé à cette heure de la journée, on tombait soit sur la mère soit sur la fille en train de manger dans un Tupperware. Mele roula son joint. Il lui avait fallu beaucoup de temps pour maîtriser cet art, mais elle était devenue une experte, comme les passionnés qui font le Rubik's Cube les yeux fermés. Elle sortit et l'alluma. Elle aspira quelques bouffées, salua le propriétaire du kiosque qui leva la main depuis le trottoir d'en face et – *vlan !* –, sa mère apparut, ce qui n'était pas prévu, car le samedi matin Mele tenait la boutique seule et sa mère n'arrivait normalement qu'à l'heure du déjeuner.

Au lieu de stresser à l'idée de s'être fait prendre et de jeter le joint par terre, elle se dit que c'était trop tard et fit semblant de rien. Mais sa mère aborda le sujet :

— Je croyais que tu ne fumais que le soir.

— Ben, tu vois…

— Je ne suis pas contre le fait que tu fumes de temps en temps, mais je ne veux pas que tu sois défoncée toute la journée. Je dois m'inquiéter ?

— Non, maman. Tu n'as pas à te tracasser, je fume très peu.

— D'accord. Y a personne aujourd'hui, on dirait.

— Bah, Marisa est passée, avec quelques amis. J'ai servi quelques cafés crème et c'est tout. Je n'ai même pas décongelé les brioches.

— Tu as bien fait.

Elles restèrent toutes les deux là, sans parler, pendant trente secondes, à fixer un point devant elle, jusqu'à ce qu'Amanda brise le silence sans se tourner vers sa fille.

— Je peux tirer une taffe ?

Sans juger la question ou l'intention, Melena lui passa le joint en silence. Sa mère le prit et fuma tranquillement. L'herbe ne lui fit pas un effet instantané et, si elle se décida à parler à sa fille, c'est parce qu'elle avait répété ce qu'elle voulait lui dire depuis qu'elle avait quitté la maison après avoir fait le ménage. Elles n'avaient plus de bonne et se débrouillaient très bien sans.

— Ma chérie… J'aimerais que tu reprennes tes études.

— Quoi ? Pourquoi tu me sors ça ? Je t'ai dit que…

La mère ne put s'empêcher d'élever un peu la voix sans la laisser finir :

— Je sais ce que tu m'as dit, mais, tu vois, j'ai réfléchi et… les cours viennent de reprendre. Tu n'as raté qu'une semaine. Nos finances vont bien maintenant, si on se serre un peu la ceinture, on pourra payer les frais d'inscription.

— Ils ne me reprendront pas.

— Si, Azucena m'a dit que…

Ce fut au tour de Melena d'interrompre sa mère, mais pas avec des mots, en mettant fin à la conversation. Elle rentra dans le salon de thé et alla chercher le balai à l'arrière. Elle se mit à épousseter le sol, qui était impeccable, elle l'avait déjà nettoyé cinq minutes plus tôt. Elle avait besoin de s'occuper pour éviter le sujet des études. Amanda entra et regarda sa fille avec son tablier, occupée à manier le balai.

— Ma chérie, ce n'est pas si fou…

— Je n'ai pas envie d'en parler, maman, vraiment.

— On peut fermer à midi, je peux être là le matin. Et l'après-midi, quand tu peux, tu me donnes un coup de main. Pour le week-end, si je vois que je ne m'en sors pas, j'engagerai quelqu'un… Nadia, la fille qui était dans ta classe, elle aide ses parents à l'épicerie et étudie, ça se passe bien.

— J'ai pas envie ! explosa-t-elle.

La conversation était mal barrée. Melena se braquait. Comme les arguments de sa mère étaient sensés, c'était difficile de ne pas se laisser convaincre. Amanda s'assit et attendit que sa fille soit plus calme avant de réessayer avec douceur.

— Ma chérie, je suis heureuse ici. Je me sens bien, j'adore notre relation et j'adore qu'on passe du temps ensemble… mais je veux le meilleur pour toi et l'essentiel, c'est que tu aies ton diplôme. Après, on verra.

— Maman, je ne veux pas y retourner. C'était la pire période de ma vie, avoua Melena d'une voix faible en posant son balai et en s'appuyant contre le mur.

— Je sais, ma chérie, mais tu dois être forte. Je sais qu'on t'a mené la vie dure, mais je suis sûre que tout ça c'est fini. Tu n'es plus la même. Ce serait super d'y retourner la tête haute et…

— C'était horrible, maman…

María Elena se confiait à sa mère. Elle l'avait déjà fait, mais elle n'avait jamais été honnête au point de tout lui raconter. Le harcèlement dont elle avait été victime lorsqu'elle avait perdu ses cheveux, le stress d'aller en classe, les tentatives d'intégration en se rapprochant de Lu et Carla, la dispute avec Paula et les choses horribles qu'elle lui avait balancées… Elle relata tout dans un seul but : lui faire comprendre que cela avait été l'enfer pour elle. Sa mère s'en rendit compte, bien sûr, mais elle n'acceptait pas que la solution soit de se cacher. Elle tenta à nouveau de convaincre Melena.

— Écoute, María, les gens sont des imbéciles, le monde est plein de personnes détestables qui ont besoin de piétiner les autres pour se faire croire qu'elles ne sont pas aussi malheureuses qu'elles le sont en réalité. C'est dur pour tout le monde au collège et au lycée. C'est la merde, mais il faut l'affronter… Je ne veux pas que tu sois lâche, que tu sois serveuse toute ta vie, non par choix, mais par peur de retourner au lycée. Je serai toujours là pour te soutenir, pour t'aider, ma chérie.

Les mots d'Amanda étaient pleins de sincérité et de chaleur. Melena ne voulait pas l'interrompre.

— Fais-le pour moi.

— Pour toi ?

— Ma chérie, j'ai perdu la mémoire, mais je ne suis pas idiote. Même si tu as essayé de me protéger en me cachant comment j'étais, je sais que je ne méritais pas le titre de mère de l'année… Je m'en veux de ne pas pouvoir changer le passé.

— Maman !

— C'est la vérité. En revanche, je peux améliorer l'avenir et je sais que tu es une fille intelligente avec des talents incroyables. Tu gères le salon de thé pour moi, pour nous, mais je vais bien maintenant, c'est à ton tour de te reprendre en main.

— D'accord…

— Je n'ai pas besoin que tu me donnes ta réponse maintenant, mais promets-moi au moins d'y réfléchir.

— C'est promis.

— Fais-moi un câlin.

— Ne sois pas ridicule…

— Fais-moi un câlin, idiote !

Melena s'approcha à contrecœur et prit sa mère dans ses bras.

— Qu'est-ce que tu as apporté à manger ?

— Ben, en fait, rien, ma chérie, j'ai complètement zappé… On commande quelque chose ?

Là-dessus, elles tombèrent d'accord. Elles choisirent des plats chinois et échangèrent des banalités jusqu'à ce qu'une demi-heure plus tard le livreur, Samuel, apparaisse avec un sac à dos géant rempli de boîtes contenant du poulet aux amandes et du bœuf à la sauce aux huîtres. Il la reconnut, bien sûr, et ils bavardèrent un peu. Il lui demanda si elle ne voulait pas retourner à Las Encinas et elle répondit, en regardant sa mère :

— Avec l'ouverture du salon de thé, c'était le bordel, mais la semaine prochaine, je reviendrai…

Samuel lui sourit, leur demanda de signer sur son téléphone portable et s'en alla, leur laissant à toutes deux l'étrange sensation d'avoir pris la bonne décision. Et alors que la boîte de Pandore était toujours ouverte, Amanda en profita pour aborder un autre sujet.

— Tu devrais sortir plus souvent, rencontrer des gens. Tu es une ado et tu te comportes comme une célibataire de trente ans. Ne me regarde pas comme ça, je sais de quoi je parle. Pourquoi tu n'appelles pas tes amis ?

Melena lâcha un rire amer.

— Quels amis ? Gorka a une copine, tu sais que je me suis disputée avec Paula…

— Ah oui, la dispute.

— Grave.

— Et Janine ? Elle est gentille. Tu n'es pas fâchée avec elle.

Sa mère trouvait que c'était une excellente idée et semblait ravie.

— Maman, Janine était mon amie avant, quand on était petites… Maintenant, on n'a plus rien en commun, elle est reloue…

— Et toi, tu te comportes comme une idiote et tu n'as pas le moral, chacun ses défauts. Allez, appelle-la, invite-la à prendre un café.

— Maman, qu'est-ce qui te prend ? Arrête d'essayer de régler ma vie… Occupe-toi de la tienne. Télécharge Tinder, sors, tape-toi un mec…

— M'enfin, Tinder, pas question !

Elle enfila son tablier, débarrassa la table et se mit au travail. Les premiers clients de l'après-midi arrivèrent et le samedi se termina normalement.

Ce dimanche-là, Paula se réveilla un peu tendue parce qu'elle avait rêvé de Samuel. Elle n'avait pas pensé à lui depuis longtemps et était convaincue que ses sentiments s'étaient estompés. Mais les premières amours intenses laissent des traces profondes et il était normal que Samuel apparaisse de temps en temps dans ses rêves. Elle s'était imaginée au lit avec Gorka et lui dans une scène torride. Tout à coup, ils cessaient de faire attention à elle et se mettaient à s'embrasser. Puis le rêve virait au cauchemar : elle était suspendue par les pieds au-dessus d'un étang rempli d'ordures, elle tombait en essayant de nager, mais les déchets l'entravaient et elle se noyait. À ce moment-là, sa mère l'avait réveillée en frappant à sa porte. Ses parents l'attendaient pour prendre le petit déjeuner et parler du

« sujet ». Non, pas de l'avortement : de son avenir. C'était une sorte de réunion informelle, tout le monde était en pyjama, mais c'était une séance de travail très organisée avec une liste des points à aborder sur la table. Ils donnèrent d'abord la parole à Paula. En mangeant du gruau d'avoine avec du yaourt et des morceaux de banane, elle expliqua que c'était compliqué pour une fille aussi jeune qu'elle, sans formation et qui n'a pas terminé ses études, de trouver un emploi décent. Elle parlait des langues étrangères, c'était un atout, mais le marché du travail était très compétitif. Il y avait de quoi être découragé : des diplômés de la fac nettoyaient les toilettes chez Starbucks. Bon ; si elle déposait son CV chez McDo, on l'engagerait peut-être, mais il fallait rester réaliste… Paula était une fille de bonne famille qui voulait découvrir ce qu'elle voulait faire dans la vie, mais se tuer au travail en grillant des hamburgers ne l'emballait pas. Elle n'était pas démotivée, cela ne faisait qu'une semaine, et même si ça ne se présentait pas trop bien elle ne voulait pas baisser les bras.

Je ne vais pas laisser tomber, bien sûr que non. Je me suis démenée pour trouver, mais je ne corresponds à aucun des profils des annonces et, comme je n'ai aucune idée de ce que je veux faire, je ne sais pas vers quoi concentrer mon énergie. Si je savais avec certitude que je veux être vendeuse ou m'occuper du réassort dans un supermarché, je saurais où chercher. J'ai un sentiment de contradiction constant. Je veux grandir, apprendre et travailler, mais rien ne me paraît à la hauteur… C'est de la merde, même. Mes parents ont proposé que je donne des cours particuliers à des enfants, que je commence par faire du baby-sitting, mais ce sont des boulots qui ne vont rien m'apporter, j'ai besoin d'entrer en contact avec des adultes, de surmonter des difficultés, de m'améliorer et d'avoir des responsabilités. M'occuper de Dario, le fils de la cousine de ma mère qui se couche à vingt heures et regarder la télévision jusqu'à ce que les parents rentrent à onze heures ne serait pas une expérience enrichissante. Mais qu'est-ce que je peux faire ? Par où commencer ?

Paula était hésitante, mais pour sa mère c'était clair. Après avoir bu une gorgée de son deuxième café du matin, elle exprima son point de vue. Elle travaillait pour une des plus grosses agences de pub d'Europe et dirigeait des campagnes pour de grandes marques, qui étaient largement diffusées. L'année n'avait pas très bien commencé, mais depuis qu'ils avaient décroché Coca-Cola comme client, l'entreprise avait grimpé en flèche et ils jouissaient d'un certain monopole dans le secteur. Ce n'est pas que la mère de Paula voulait pistonner sa fille, mais ils accueillaient régulièrement des stagiaires. En théorie, ils étaient recrutés pour apprendre le métier, mais, comme dans toutes les sociétés, ils se chargeaient juste du sale boulot : apporter les cafés, distribuer le courrier et les colis et, au mieux, réaliser quelques tâches administratives.

Bosser avec ma mère ? Non, ça va totalement à l'encontre de mon envie. Je veux me débrouiller seule, donc commencer avec l'aide de mes parents, c'est tricher, et tricher grave... Bien que j'aie d'abord répondu par un non retentissant, elle a argumenté et je dois avouer qu'elle est convaincante. Elle m'a assuré que je n'aurais aucun contact avec elle, qu'on irait juste ensemble en voiture et qu'on ne se verrait même pas... C'est vrai que la boîte est énorme et que ça me convient. En plus, elle m'a dit qu'elle demanderait à ce que je travaille en marketing digital, où elle ne fait absolument rien... Donc, au final, la proposition n'est pas mauvaise du tout.

Après une crise de colère et un refus catégorique, Paula revint à la raison. Elle tendit la main à sa mère pour serrer la sienne, comme pour conclure un marché. La question était réglée. La mère de Paula passa quelques coups de fil, même si on était dimanche. Elle était quelqu'un d'important dans l'entreprise. Paula obtint un poste, ou plutôt, un mini-poste de « jeune fille à tout faire » chez Hellobrand Media. Ce n'est qu'à ce moment-là, lorsque sa mère raccrocha et l'informa qu'elle commençait mercredi, qu'elle se mit à douter de la décision. Mais est-ce qu'elle ne voulait pas sortir de sa zone de confort ? Ce travail lui ferait à coup sûr quitter cette zone à coups de pied dans le derrière.

Ne nous mentons pas, j'avais la trouille. Mais l'important, ce n'était pas ma peur, c'était de savoir ce que j'allais porter. Non, ce n'est pas superficiel, je le dis parce que je mesure mes actions avec soin et que je sais que c'est la première impression qui compte... J'ai convaincu ma mère de m'emmener faire du shopping. J'avais décidé de marquer une pause et de ne plus agrandir ma garde-robe mais, quand un événement se produit, je me dois de faire un effort. La mode, j'ai ça dans les gènes, je ne peux pas ignorer mon cœur qui palpite en pensant à des blazers sexy portés sur une jupe crayon... C'est peut-être un cliché, mais je veux avoir l'air professionnelle, sérieuse, et ne pas ressembler à une gamine bourge pistonnée par sa mère. Évidemment, c'est ma motivation et mon engagement qui le prouveront par la suite, mais Prada a des trucs vraiment mignons cette saison qui pourraient m'aider un peu, non ? Et même si c'est un imper à carreaux... Je sais, Greta Thunberg aurait hurlé si elle avait vu le fric que j'ai dépensé avec ma mère, mais Greta n'a rien à voir avec tout ça, qu'elle se mêle de ses affaires.

La deuxième semaine de cours commençait. Pour Janine c'était une catastrophe, car, suite à ses mélodrames, elle avait réussi à rater toute la semaine précédente, mais elle était à court d'excuses et de moues attristées. Elle enfila son uniforme et, en sortant de chez elle, elle tomba sur le facteur, qui avait justement une lettre pour elle.

Une lettre ? Une putain de lettre ? On est quoi, dans les années 90 ? Non, sérieux, qui envoie du courrier de nos jours ? Mais si un message privé sur Instagram semble déjà un peu vintage... Une enveloppe à mon nom ? Je m'assois sur l'escalier de la maison et je l'ouvre, un peu angoissée, car l'adresse est écrite à la main et il n'y a pas d'expéditeur : je devine tout de suite qu'il ne s'agit pas d'un machin administratif, d'une histoire de procès ou d'avocats... J'hallucine ! C'est de Mario. Je regarde le... le truc au-dessus du timbre, le cachet de la poste, qui indique que la lettre date de deux semaines. Incroyable. Je ne comprends pas pourquoi elle n'est pas arrivée plus tôt... Cette lettre à mon nom était dans un bureau de poste, attendant le moment d'arriver entre mes mains. Évidemment, j'ai le cœur qui bat à cent à l'heure en la lisant. Je ne m'attendais pas à ça... Je n'ai pas parlé à Mario depuis le jour où j'ai cru qu'il voulait me tuer au lycée. Bon, une lettre, c'est pas une discussion, mais c'est découvrir quelque chose qu'il voulait que je sache et c'est la chose la plus proche que je puisse avoir d'une conversation avec un gars qui est mort... Rien qu'à voir mon nom écrit, je me mets à pleurer. Ma mère arrive, elle voit que je suis à nouveau effondrée, elle ne sait pas quoi faire pour m'aider, du coup elle se met à pleurer aussi. J'essaie de parler, de lui expliquer, mais les mots ne sortent pas. Depuis, je l'ai lue au moins cinquante fois.

Bien sûr, le matin même je ne suis pas allée en cours, je ne pouvais pas affronter la vie avec un nœud dans l'estomac, je suis restée à la maison à lire la lettre de Mario encore et encore. Je te la dicte ? Je la connais par cœur...

Salut Janine,

Honnêtement, je n'ai pas la moindre idée de comment commencer cette lettre, mais je suis une thérapie et la psy m'encourage à faire ce genre de truc. J'ai d'abord pensé que c'était une connerie, mais maintenant je vois les choses différemment. Je suppose que c'est parce que la thérapie se passe bien pour moi. Elle m'a conseillé d'écrire, d'écrire ce que je voulais. Un journal ? Un journal intime ? Des lettres ? Oui, des lettres... et puis, si je voulais les montrer aux autres, c'était à moi de le faire... J'ai réfléchi et je me suis dit que je voulais partager ça avec toi. Ce qui est cool avec les lettres, c'est qu'on est obligé de les supporter, que ça te plaise ou non, tu ne vas pas m'interrompre avec tes conneries, tu vas me laisser finir. Bon... par où je commence ? Ben, par le début.

Je tiens à m'excuser. Attention, je ne veux pas que tu me pardonnes pour que tu retires ta plainte, si tu reçois cette lettre et que tu veux la retirer, ce serait super, mais ce n'est pas mon but... Non, ce que je veux c'est que tu me pardonnes ou, si tu ne me pardonnes pas, au moins que tu saches que j'aimerais que tu me pardonnes. Je ne sais pas si c'est clair.

J'ai pas été sympa avec toi. Putain, y a beaucoup de gens avec qui j'ai pas été sympa, mais le pire, c'est avec toi. Je t'ai dit des trucs dégueulasses. J'ai écrit « sale grosse » sur ton casier et c'est moche.

Je veux que tu saches que, la nuit où nous avons couché ensemble, j'ai passé un super moment avec toi et je te trouvais très sympa, mais j'étais un connard, je suppose que je le suis toujours, mais j'essaie de m'améliorer... C'est pour ça que je voudrais que tu me pardonnes. Je veux que tu oublies. Pas ce jour-là, souviens-toi de ce jour-là, mais oublie tout le reste. Le jour de la fête chez Marina, la pauvre, hein ? Le jour où je t'ai craché au visage et le jour... le jour où je t'ai frappée. Je veux que tu saches que je ne me rendais pas compte que je te frappais, c'est comme si quelque chose en moi s'était activé et m'avait poussé à le faire, je t'ai frappée. Je ne peux pas l'effacer et j'y pense tous les jours, putain, Janine, tous les jours, je le jure. Mais tu sais quoi ? La thérapie et le sport m'aident, au moins je sais que j'ai été un salaud et je sais ce que je dois changer.

Pour le moment, c'est pas facile, les gens me détestent et tout, mais j'aimerais bien que, si on se croise un jour, tu ne te sentes pas obligée de changer de trottoir, même si un juge m'ordonne de garder mes distances, d'accord ? Je veux reconstruire ma vie, parce que réaliser que j'ai été un connard m'a aussi fait comprendre que je n'ai que cette vie et que je veux en profiter, que je veux apprendre de mes erreurs et être meilleur, parce qu'un jour je cesserai d'être un beau gosse à qui tout tombe tout cru dans la bouche, parce que ses parents sont riches. Ce jour-là je voudrais pouvoir regarder en arrière et être serein. Maintenant, ce n'est pas le cas, mais je vais me battre pour y arriver. Le sport m'aide beaucoup, mais je te dis ça surtout pour que, toi aussi, tu te reprennes en main... Je sais que c'est pas grave d'être plus ronde que les autres, mais tu sais que les filles minces ont la vie plus facile.

Je t'embrasse.

Mario

Cette lettre avait peut-être beaucoup de défauts, mais elle avait le mérite d'être sincère. Peut-être que l'insulte cachée à la fin aurait vexé quelqu'un d'autre, mais pas Janine, car elle comprenait l'intention de Mario. Elle avait lu ces lignes tant de fois que dans sa tête elle les récitait avec la voix du jeune homme, avec son intonation, son rythme. Janine, allongée sur son lit, serrait les pages sur sa poitrine comme si elle chérissait le souvenir de Mario. Tout à coup, elle bondit comme si son lit était une planche à clous de fakir. Une théorie pas encore très précise se formait dans sa tête, comme quand on lit un roman d'Agatha Christie et qu'on devine l'identité du coupable, ou quand on passe un examen en croyant qu'on ne sait rien, mais qu'en fait on connaît parfaitement le sujet et que les réponses sortent toutes seules.

J'ai vu beaucoup de séries policières, et peut-être que ce que je vais dire est complètement dingue, mais cette lettre écrite deux semaines plus tôt, une semaine et demie avant la mort de Mario, ne ressemble pas du tout à la lettre de quelqu'un qui envisage de se suicider. Pas du tout. Il parle de son avenir, il se projette dans le futur. Ce n'est pas un message d'adieu. Je l'ai lue et relue et je n'y trouve aucune information qui me fasse penser que le garçon qui l'a écrite compte mettre fin à ses jours, au contraire, il ne faut pas être un grand psychologue pour entrevoir qu'il a de l'espoir. Et donc ? Je sais qu'il a été retrouvé pendu… et je sais que les gens ont détourné le regard, mais Marina a été assassinée… Je ne veux pas dire que les deux affaires sont liées, mais si une adolescente a été tuée, pourquoi un deuxième ne pourrait pas l'être aussi ? Je pense que Mario a été tué… oui, c'est très imprudent de dire ça, mais c'est tout à fait logique, il suffit d'y penser.

Janine fit ce qu'aurait fait n'importe quelle ado à l'imagination débordante et conditionnée par toute la fiction qu'elle avait consommée : elle prit son vélo et se rendit sur les lieux. Elle aurait pu appeler un taxi ou un Uber, mais ça n'aurait pas été la même chose. Elle arriva près du lac artificiel. Le silence et l'idée que Mario avait peut-être été tué là lui flanquèrent la frousse. Un frisson lui parcourut l'échine, mais elle avança malgré la chair de poule. Elle examina le sol à la recherche d'une trace, d'un indice, mais c'était absurde. La boue avait séché, et il n'y avait qu'un tas d'empreintes insignifiantes, des empreintes de pas, qui devaient dater du moment où le corps avait été découvert. Elle n'avait pas beaucoup d'informations, mais elle savait qu'il avait été trouvé pendu à un arbre. Pourquoi Mario se serait-il pendu ? Et pourquoi là ? Il était plutôt narcissique, la scène typique dans la baignoire, lui nu avec des coupures au poignet, n'aurait-elle pas été plus simple ? C'est ce qu'elle pensait, car un garçon qui se souciait autant de son apparence n'aurait pas choisi une mort aussi désagréable. Pas besoin d'être médecin légiste pour savoir que les corps pendus ne sont pas beaux à voir… L'hypothèse de Janine n'avait pas de base solide, mais au-delà de ça, au-delà des preuves, elle prenait appui sur quelque chose de plus important : son intuition. On ne peut pas se présenter au commissariat en disant : « Monsieur l'agent, j'ai un pressentiment, je pense que Mario ne s'est pas suicidé », et encore moins quand on est la fille qui a porté plainte contre lui pour actes de violence, mais elle était de plus en plus sûre d'avoir raison. Elle observa l'arbre comme si c'était un mausolée, posa la main sur le tronc, se sentit tellement ridicule qu'elle tourna les talons. Mais avant qu'elle ne remonte sur son vélo, un objet attira son attention.

Au début, j'ai cru que c'était un morceau de plastique ; nous, on se croit au-dessus de tout, mais en fin de compte on se comporte tous comme des cochons… J'ai pensé que c'était un bouchon de bouteille, puis en m'approchant j'ai vu que c'était un écouteur sans fil, juste un, et j'ai su que c'était le sien. Qu'est-ce qu'il faisait là ? J'étais sûre que cet écouteur était à lui. Je me suis penchée et je l'ai ramassé. Pas de gants, pas de sac en plastique stérile. Je l'ai ramassé, je l'ai serré contre ma jupe et je l'ai fourré dans la poche de ma veste. On n'est pas dans Les Experts, *je suis juste une ado. J'imagine qu'un flic un peu flemmard qui enquête sur une mort que tout le monde prend pour un suicide ne mène pas une enquête poussée. C'est normal que personne ne se soit retroussé les manches pour fouiller le sol et que ça soit passé inaperçu. Ce n'était pas un indice et ça n'indiquait rien, mais pour moi un écouteur sans fil hyper cher abandonné sur le sol et à moitié enterré dans la boue, c'est une nouvelle indication que ce qui est arrivé à Mario n'était pas le fait de sa volonté.*

Pendant que Janine jouait les détectives en herbe, Melena poussait la porte principale de Las Encinas. Elle avait préféré retarder son arrivée, parce que le premier cours de la matinée était éducation physique et que ça lui semblait trop dur d'y aller. Elle avait décidé d'arriver juste à temps pour le cours de débat. Elle avait tellement réfléchi à son entrée que la classe avait déjà commencé, mais le prof, qui avait été prévenu de son arrivée, lui fit signe de s'installer. Elle n'avait pas besoin d'être présentée et personne ne s'interrompit pour lui accorder la moindre importance, ce qu'elle apprécia beaucoup. Le débat était très animé. Wendy, qui avait été transférée dans cette classe parce que Azucena avait voulu la séparer de ses copines-clones suite à une multitude de plaintes, défendait sa position contre l'aide aux réfugiés. Elle se montrait sous son vrai jour : une fille avec bien plus de préjugés que de potentiel. Elle n'avait pas pris la défense de ce point de vue au hasard, elle l'avait choisi volontairement. Ses commentaires racistes répandaient la haine en classe et Nadia semblait de plus en plus choquée. Mais ce n'était pas à son tour de parler. C'était à celui d'Andrea, qui la défendit bec et ongles, avec quelques arguments mal construits à cause du stress, mais solides. Elle s'appuyait sur les droits de l'homme et l'obligation d'aider les autres. Elle parla de tolérance, tandis que son adversaire riait, se moquait et utilisait une petite voix méprisante comme si elle était une gamine, ce qui la discréditait sans qu'elle s'en rende compte. Melena savait de quoi elles parlaient, mais ne comprenait rien.

Je me suis assise à la seule place libre, à côté d'une fille vulgaire, Rebeca, je crois, assez sympa en réalité. Gorka m'a fait signe et ça m'a un peu apaisée. J'ai eu beau chercher dans la classe, je n'ai pas repéré d'autres marques de soutien. Bon, j'en avais pas besoin non plus. Si je suis revenue au lycée, ce n'était pas pour me faire des amis, c'était pour obtenir mon diplôme. Je ne m'étais pas effondrée. Je n'ai pas grandi non plus, je suis passée par un peu toutes les phases, rien de plus... Le débat a été houleux, car cette petite blonde, celle aux longs ongles, n'arrêtait pas de marteler la table et d'agiter les mains comme un rappeur du Bronx. Ses propos étaient racistes et n'avaient ni queue ni tête...

La discussion monta d'un ton et, lorsque Wendy traita le père d'Andrea de « politicien rouge et gauchiste », le prof mit fin au débat. Personne ne le remarqua mais, lorsque les deux élèves regagnèrent leur place, Wendy murmura quelque chose à l'oreille d'Andrea. Même l'intéressée n'avait pas bien entendu, mais c'était un commentaire du genre : « Ta mère est une pute et ton père est un connard. » Heureusement que la destinataire n'avait pas entendu parce qu'elle aurait sûrement perdu ses bonnes manières de jeune fille bien élevée et laissé échapper la rage qu'elle devait garder en elle. Pendant qu'on changeait de salle, il y eut beaucoup d'agitation et personne ne vit Wendy lancer un regard assassin à Nadia. Celle-ci était de toute façon bien au-dessus de ce genre de provocation. La blonde sortit dans le couloir pour retrouver ses sbires et se plaindre de sa nouvelle classe. Elle était furieuse, comme d'habitude.

Andrea et Gorka s'approchèrent de Melena. La conversation fut un peu protocolaire, mais ça lui fit plaisir de recevoir de l'affection de deux visages familiers, même si c'était un peu artificiel. Non, Andrea n'était pas du tout une copine, elle l'avait juste aperçue plusieurs fois avec Gorka, qui la lui avait déjà présentée. Il lâcha juste un « Je suis super content de te voir ici » et ça suffit à tout le monde, car il semblait sincère. Andrea cracha toute la bile accumulée pendant le débat et continua de défendre sa position, hallucinée qu'il y ait encore des gens comme Wendy dans ce monde.

J'étais très émue. Je n'ai pas pleuré mais j'ai failli. S'il y a une chose que j'ai apprise de mon père, ce « politicien rouge », comme l'a appelé cette idiote, c'est qu'il faut tenter de rendre les gens heureux, qu'il faut lutter contre l'injustice… Mon père veut rendre le monde meilleur, ça paraît ringard, mais c'est sa politique et je trouve ça très noble. On discute beaucoup d'humanité à la maison et je n'en ai pas vu la moindre trace chez cette meuf. Zéro absolu. Comment une personne jeune peut-elle être comme ça ? Comment peut-elle penser comme ça ? Si tu es curieuse et ouverte au monde, que tu voyages ou non, tu te rends vite compte que Blancs, Noirs ou Asiatiques, nous sommes tous de la même espèce et nous avons tous le même cœur… oui, on peut me traiter de naïve comme mon père, mais c'est la stricte vérité. Comment peut-on interdire d'héberger des personnes qui fuient l'enfer, comment peut-on leur rendre la vie encore plus difficile ? J'essaie toujours de respecter les positions des autres, mais il y a des comportements, des pensées qui sont indéfendables, parce qu'ils sont contraires aux droits de l'homme. Je ne comprendrai jamais comment la raison ou le bon sens n'empêchent pas les gens de tenir des positions aussi archaïques. Je ne comprends pas…

Wendy, de son côté, était furieuse ; il valait mieux ne pas la croiser dans le couloir, elle était indignée de ne pas avoir reçu de soutien pendant le débat.

Putain, ils étaient tous ligués contre moi, même le prof. Il a bien vu que j'étais nouvelle dans la classe et, au lieu de me donner un coup de main, je ne sais pas, il m'a traitée comme de la merde et, maintenant, je sens qu'il a une dent contre moi. Il m'a déjà jugée. Je contreviens aux droits de quoi ? Elle a du culot, cette connasse, elle se croit jolie, elle ne se prend pas pour de la merde, mais elle n'est personne. C'est juste la petite amie du type aux oreilles décollées. Ils se croient discrets, mais je ne suis pas débile et je note tout. Quelle loseuse ! Je ne contreviens à rien, je veux juste que les choses soient bien faites et qu'on respecte des principes. Ne venez pas dans mon putain de pays pour me piquer mon travail, pour violer les femmes et pour voler… Restez dans votre pays et, si ça ne va pas là-bas, allez vous faire foutre, retroussez-vous les manches et changez les choses. Je veux protéger mon peuple et pas ouvrir la porte à n'importe qui pour qu'il vienne ici et pille ce qui nous appartient. Moi, je dis non. Ce n'est pas du racisme, c'est du bon sens, c'est de la logique, tu comprends ? Je préfère ne pas parler de la meuf avec le foulard, elle ne le porte plus, mais elle pue quand même… Putain, quelle vie de merde, quel lycée de merde, tout est de la merde…

Les cours se poursuivirent et la semaine fila. Melena s'était remise de son retour au lycée et, même si elle se sentait parfois mal à l'aise, ça lui faisait du bien de se lâcher avec sa mère. Elle lui racontait tout, ce qui lui permettait de prendre du recul. Leur relation était très amicale.

Janine avait toujours la puce à l'oreille, mais son intuition n'était guère plus solide qu'un flocon de neige au creux de la main, ce n'était rien… Son moral était au plus bas quand elle retourna en classe. Elle parlait juste ce qu'il fallait et continuait de tourner et retourner ses hypothèses sur la mort de Mario. Wendy était encore pire qu'avant et méritait le titre de l'élève la plus cruelle du lycée. Personne ne voulait en découdre avec elle et c'était son pouvoir. Elle regardait tout le monde de travers, râlait tout le temps et exprimait son mécontentement face à l'univers entier. Elle avait des insultes pour tout le monde : « espèce de pédé », « Noir de merde, retourne dans ton pays », « sale gouine, ne me regarde pas ou je t'en colle une ». Tout était « de la merde » et son agressivité ne cessait d'augmenter. Elle fut convoquée dans le bureau de la directrice et menacée de renvoi si elle ne changeait pas d'attitude.

— Encore une plainte et tu es renvoyée, Wendy Moira.

Cette mise en garde servit juste à rendre son comportement plus discret et à la réduire un temps au silence, mais les regards mauvais et le mépris n'étaient pas moins présents. Ils étaient tout aussi efficaces, mais moins dangereux pour elle : personne ne se plaindrait à la direction pour un regard de travers. Comme tous les élèves la détestaient, quand on l'a retrouvée la gorge tranchée quelques semaines plus tard, personne n'en a fait grand cas. Mais ça, c'est pour plus tard.

Chapitre 3

Gorka ne savait pas où la voiture les emmenait. S'il l'avait su, la surprise aurait été gâchée, bien sûr, mais il ne pouvait s'empêcher de redouter le pire. Ce pire qui, pour n'importe quel garçon, aurait été le meilleur, mais c'était facile à deviner. Andrea était cramponnée à lui comme une moule à son rocher. Une jolie moule certes, mais un mollusque quand même. Quand il lui demanda où ils allaient, elle sourit un peu bêtement. La voiture s'arrêta au milieu d'une route longée par une forêt et ils sortirent tous les deux… Il crut s'être trompé, il fut soulagé de voir que sa petite amie ne l'emmenait pas dans un hôtel de luxe pour donner libre cours à leur passion amoureuse. Il se détendit, mais en fin de compte la destination était pire que ce qu'il avait imaginé… Ils marchèrent quelques minutes pour arriver à une maison d'hôtes.

Je ne pouvais rien inventer, je ne pouvais pas me tirer de cette situation et j'avais l'impression d'être un veau en route vers l'abattoir. Pas que je considère le fait de coucher avec ma petite amie comme une expérience atroce, mais non… NON ! La maison était géniale. J'ai halluciné quand j'ai vu l'intérieur. Pas à cause du style rustique, mais parce que Andrea avait commandé du champagne – il nous attendait sur la table – et des fraises, des choses censées mettre d'humeur sexy. J'avais froid. On a débouché la bouteille. J'ai bu, mais je n'ai pas réussi à me réchauffer… contrairement à elle, qui était chaude comme la braise. Elle m'a embrassé passionnément et je me suis laissé aller, mais je lui ai avoué :

— Mon cœur, je suis gelé, je ne sais pas si…

Elle a allumé le feu. Facile, un simple bouton sur une télécommande et les flammes se sont élevées dans la cheminée. J'aurais adoré être brûlant comme elle. Elle m'a allongé par terre, a retiré son chemisier, son pantalon et a fait la même chose avec moi et on s'est retrouvés là : deux ados presque à poil devant une cheminée, comme dans une comédie romantique. En fait, l'attitude d'Andrea appartenait plutôt à un autre genre, interdit aux moins de dix-huit ans. Elle me plaît, elle m'excite, pourquoi je devrais l'empêcher de s'agenouiller devant moi ? Je la laisse faire, j'essaie de me concentrer, je me laisse guider…

Gorka s'écarta d'Andrea, ce qui n'était évidemment pas une bonne idée. S'approcher de manière séductrice des parties génitales de son petit ami avec l'intention d'être la meilleure et la plus servile des petites amies et se faire presque repousser est, au mieux, frustrant. Andrea était sous le choc et en oublia ses manières de princesse.

— C'est quoi ton problème avec moi ? cria-t-elle, vêtue seulement de lingerie pastel.

— J'y arrive pas, je ne veux pas… je ne peux pas !

— Pourquoi ?

Elle attendait une réponse convaincante et il ne pouvait pas prendre la tangente cette fois. Gorka chercha la raison, les mots, mais les pensées se bousculaient dans sa tête et il ne parvenait pas à y mettre de l'ordre. En voyant la colère de la fille de ses rêves, ses idées finirent heureusement par se connecter, comme si les concepts et les mots étaient aimantés et que leur mise en relation était enfin facile. La conversation fut tellement révélatrice pour les deux parties qu'il est préférable de la retranscrire telle quelle.

GORKA : Je ne veux pas coucher avec toi parce que je ne veux pas te perdre.

C'était une phrase sincère, mais qui ne suffisait pas pour qu'Andrea le prenne au sérieux.

ANDREA : Eh ben, tu vois, tu vas me perdre en ne le faisant pas.

GORKA : Non !

ANDREA : Non, quoi ? répondit-elle, toujours indignée.

GORKA : Putain, je ne sais pas !

Elle commença à se rhabiller et sortit son téléphone avec mauvaise humeur.

ANDREA : Je vais demander qu'on vienne nous chercher.

GORKA : Non !

ANDREA : Gorka, arrête de me prendre la tête. Qu'est-ce qui ne va pas ? Sérieux, tu peux me dire tout ce que tu veux, j'essaierai de comprendre…

Son attitude défensive fit place à un ton plus compréhensif :

ANDREA : Si je savais ce qui t'arrive, je pourrais t'aider, je pourrais affronter le problème, mais, si tu ne me dis rien et que tu prétends que tout va bien, ça me rend dingue… Ma sœur croit que tu es gay.

GORKA : Quoi ? Gay ? Tu en as parlé à ta sœur ?!

ANDREA : Bien sûr que j'en ai discuté avec elle.

GORKA : Putain… et avec d'autres personnes ?

ANDREA : Oui, toute la classe. Évidemment que non, Gorka. Je suis complètement paumée. Je sais que je te plais parce que j'ai remarqué que ton corps « réagit » quand on s'embrasse. Donc c'est pas un dysfonctionnement érectile… Puis j'ai pensé que tu avais peut-être une maladie… quelque chose comme le VIH qui te ferait peur, mais j'ai écarté cette hypothèse parce que j'ai fait des recherches…

GORKA : T'as fait des recherches ?!

ANDREA : Je suis tracassée, je sais pas, tu me connais… Les personnes qui ont le VIH et qui prennent des médicaments sont indétectables et n'infectent pas les autres, donc ça ne devrait pas te faire peur.

GORKA : Je sais, Marina, la fille qui est morte, elle avait le VIH. On est tous bien informés sur le sujet.

ANDREA : OK. C'est quoi alors ?

Il y eut un silence, jusqu'à ce qu'il lâche un argument auquel il n'avait même pas pensé.

GORKA : Je ne veux pas faire l'amour avec toi parce que j'ai peur que le sexe gâche tout.

ANDREA : Je ne suis pas convaincue.

GORKA : L'année dernière, j'étais amoureux d'une fille…

ANDREA : De Paula, je sais…

GORKA : Et ça s'est hyper mal passé. On était copains, on a commencé à coucher ensemble et tout est parti en vrille et je crois que j'ai peur que ça m'arrive avec toi.

Parce que, pour une fois que quelque chose va bien pour moi – regarde-toi, tu es super belle et géniale, je ne sais pas comment j'ai réussi à te séduire –, je ne veux pas tout gâcher.

ANDREA : Mon cœur, je suis amoureuse de toi. Quoi qu'il arrive au lit, que ce soit une catastrophe ou le meilleur coup de ma vie, ça ne va pas changer ce que je ressens pour toi. Rhoo, je t'ai trop mis la pression, tu ne mérites pas ça, je m'en veux.

GORKA : Qu'est-ce que tu racontes ? Non… tu n'as rien fait de mal.

ANDREA : Pourquoi tu me l'as pas dit ?

GORKA : Parce que je ne savais pas. Tu crois vraiment que je n'ai pas envie de coucher avec toi ? Vraiment ?

ANDREA : Je ne sais pas…

GORKA : Je t'assure que j'y pense tout le temps, pas comme un obsédé, juste parce que je suis amoureux de toi. Un jour, je vais t'attraper et te défoncer.

ANDREA : C'est pas tentant du tout.

GORKA : Oui, excuse-moi, ça sonnait un peu mieux dans ma tête… Je suis désolé… Je veux le faire, mais je te demande juste d'y aller doucement, tout doucement.

ANDREA : D'accord…

GORKA : Je sais que je vais rester avec toi pendant très, très, très longtemps. Pourquoi se presser ?

ANDREA : Parce que j'ai hyper envie de toi…

GORKA : Moi aussi. Mais, écoute… il y a un resto italien qui a le meilleur tiramisu que j'aie jamais goûté de ma vie, le meilleur, hein ? Et quand j'y vais j'ai hâte que le dessert arrive, mais j'essaie toujours de profiter de la salade, des spaghettis carbonara… et je laisse de la place, une grande place, pour profiter de ce que je préfère et ça en vaut toujours la peine. Je peux avoir un baiser ?

Elle s'approcha et se colla contre lui. Ils s'embrassèrent comme s'ils scellaient un pacte puis s'allongèrent devant le feu.

ANDREA : Je n'aime pas le tiramisu…

GORKA : Rhoo, c'est parce que tu n'as pas goûté celui-là. Tu sais quoi ?

ANDREA : Quoi ?

GORKA : Je crois que je t'aime.

ANDREA : Et je… je crois que je t'aime aussi.

Ils se serrèrent l'un contre l'autre et continuèrent à parler, de nourriture puis de *Maman, j'ai raté l'avion*. Je ne sais pas comment ils en arrivèrent là, mais ça leur suffit et, peu à peu, ils s'endormirent. Les flammes, qui étaient hautes comme un feu de joie, s'éteignirent d'elles-mêmes, mais il ne faisait plus froid.

Il n'avait pas été très compliqué de se procurer le numéro de téléphone de Wendy. Janine et elle n'avaient pas d'amis en commun, mais il avait suffi de quelques messages sur Instagram pour qu'elle le reçoive. Elle était morte de trouille. Même si l'ex de Mario avait un nom de personnage Disney, c'était une teigne. Elle n'était pas comme ces filles dont on sait qu'elles sont désagréables, mais dont on découvre en grattant un peu qu'elles ont un bon fond. Si Wendy en avait un, personne ne l'avait jamais trouvé. Janine préférait lui téléphoner, c'était impensable de lui parler en face. Elle était sans cesse flanquée des deux clones sans personnalité qui lui servaient de gardes du corps. L'image était drôle parce que la cheffe avait la taille d'une gamine de douze ans alors que ses amies ressemblaient à des mannequins suédoises.

Bref, c'était compliqué. Le téléphone était compliqué aussi, mais il ne pouvait rien lui arriver de mal. Wendy pouvait tout au plus lui raccrocher au nez, l'insulter et menacer de la frapper au lycée, mais Janine ne craignait pas la violence. Personne n'oserait lever la main sur celle qui avait porté plainte pour coups et blessures contre un mec super populaire. Elle savait comment répliquer à ce genre de menaces.

Wendy se séchait les cheveux et n'entendit pas la sonnerie, mais quand elle se mit à se maquiller elle aperçut les trois appels manqués et rappela.

— Allô, c'est qui ? demanda-t-elle.

— C'est moi... répondit Janine, effrayée.

— Qui ? Ah, Nerea, je ne sais pas qui peut te fournir de l'ecsta, on garde celui qu'on a et je ne vais pas te le donner ou te le vendre...

— Non, non... Ce n'est pas Nerea.

— Quoi ? T'es qui alors, putain ?

— C'est Janine.

Wendy était impulsive. Elle agissait toujours sans réfléchir, elle était du genre à préférer botter les fesses d'abord, au cas où. Bizarrement, elle se tut au lieu de hurler. Elle avait compris que, si quelqu'un comme Janine prenait le risque de lui téléphoner, c'était pour quelque chose d'important... Mais elle ne comptait pas lui faciliter la tâche pour autant. Sa curiosité prit le dessus : elle avait envie d'entendre ce que cette conne avait à dire pour en rigoler après avec ses amies en boîte.

— Qu'est-ce que tu veux, gros tas ?

— Rhoo…

— QUOI ?

— Rien… Je voulais juste te parler d'un truc.

Wendy activa le haut-parleur pour continuer à se maquiller et tenter de dissimuler ces étranges boutons sur son menton et dont elle était la seule à connaître l'existence.

— Je ne te dérange pas ?

— Écoute, si tu m'appelles pour qu'on soit potes ou pour que j'arrête de te faire chier, tu peux raccrocher tout de suite, parce que je ne changerai pas, OK ? Et j'en ai plein le cul de vous tous.

— Non, c'est pas pour ça. Bon, ça me ferait plaisir que tu te calmes un peu, mais c'est autre chose…

— Je vais te raccrocher au nez…

— Non, non, non ! Attends… Je veux parler de Mario.

La blonde cessa d'appliquer son fond de teint, coupa le haut-parleur, colla le portable contre son oreille et se mit à crier en tournant en rond dans sa chambre comme une lionne en cage, mais pas une simple lionne, une mère en colère dont les petits ont été enlevés.

— T'as le culot de m'appeler à propos de mon ex ? Il est mort, connasse… Écoute, quand je te croiserai, je vais te tabasser et je m'en fous que tu portes plainte, je te jure, je vais…

Janine l'interrompit :

— Tu crois vraiment qu'il s'est suicidé ?

La lionne dans la cage ralentit ses pas et se calma un peu.

— Ben, non. Comment Mario aurait pu se suicider ?

Pour la première fois, il n'y avait ni colère ni haine dans la voix de Wendy, comme si la question que lui posait Janine était le point faible pour percer le blindage de ce corps d'un mètre soixante.

— Je pense qu'il a été tué et… que le coupable a essayé de faire passer ça pour un suicide.

— Ça fait un moment qu'on s'était pas parlé, mais est-ce que ce connard allait mal au point de se pendre ? Je n'y crois pas non plus… il n'avait pas les couilles de faire un truc pareil.

Ce dernier commentaire était superflu, pensa Janine, mais l'important était que, sous les couches de jurons, il y avait une lueur d'espoir : quelqu'un qui pouvait soutenir sa théorie. Wendy alluma une cigarette et ouvrit la fenêtre.

— Qu'est-ce qui t'a fait penser ça ?

— Eh ben, tu vois, il m'a écrit une lettre…

— Une lettre ? Une putain de lettre ?!

— Oui, avant de mourir, je veux dire, pas juste avant, mais quelques jours avant. Seulement elle est arrivée après sa mort…

— Et il te parlait de moi ?

— Non…

Wendy commença à s'énerver. Elle ne comprenait rien. Son esprit obtus ne lui permettait pas d'assembler les pièces du puzzle et elle laissa à nouveau sa colère éclater.

— Mais quelle salope ! Tu m'appelles pour retourner le couteau dans la plaie et te vanter que mon ex t'a écrit une lettre, alors que t'avais porté plainte contre lui, au lieu de m'écrire à moi, putain, qui était sortie avec lui ? T'es dingue ou quoi ? Ça se fait pas, t'es qu'une grosse connasse !

— Non, pas du tout… Ça n'a rien à voir avec ça, il m'a écrit pour être gentil, je ne sais pas…

— Écoute-moi bien, pétasse, prépare-toi, parce que quand je te verrai je vais te défoncer et tu vas regretter de m'avoir appelée, putain !

Janine était si frustrée de ne pas parvenir à se faire comprendre qu'elle se fichait de savoir que son interlocutrice était la fille la plus redoutée du lycée. Profitant de ce qu'elle ne l'avait pas devant elle, elle prit son courage à deux mains et se plaça à son niveau.

— La seule connasse ici, c'est toi. Tu ne piges rien. Je t'appelle pour un truc important, imbécile, mais t'es tellement conne et égoïste que tu ne comprends même pas ce que je te dis. Alors tu fermes ta gueule de débile, de bourge arrogante, de connasse de merde, et tu m'écoutes ! Et après, si t'as envie, tu me défonces ou tu me fais ce que ton petit cerveau d'attardée te dit de faire.

Et le miracle se produisit : Wendy finit par écouter. Choquée par le torrent d'insultes de Janine, elle se tut.

— Bon, vas-y, dis-moi… lâcha-t-elle enfin.

— Dans sa lettre, Mario parlait de ses projets, de l'avenir. Tu comprends ? C'est impossible qu'il se soit suicidé… Tu sais quelque chose ?

— Non, je ne sais rien…

— Mais tu me crois ?

— Oui, comme je t'ai dit, il n'avait pas… c'était pas son style.

— J'ai besoin que tu m'aides à le prouver. Je ne sais pas comment, mais il faut que tu m'aides.

Janine réussit à la convaincre. Elle eut recours à un chantage simple et la blonde accepta. Elles décidèrent que le lundi, après les cours, Janine lui lirait la lettre et qu'elles verraient par où commencer. Wendy accepta tout, encore sous le choc de l'engueulade. Janine profita de ce qu'elle ait l'air réceptive pour lui faire passer un message.

— Et change d'attitude, Wendy. On sait tous que la vie est nulle, alors n'enfonce pas les autres sans raison, d'accord ? Parce que tu as l'impression que le lycée, c'est la vie, mais ce n'est pas le cas. Alors, arrête de faire chier le monde. Ne sois pas si méchante, s'il te plaît.

Elle raccrocha. Wendy finit de se préparer et arriva en boîte encore sous le choc. Tout le monde lui reprochait son attitude et sa façon d'affronter la vie. Elle était forte parce qu'elle s'imaginait que rien ne pouvait lui faire de mal, mais l'alcool frelaté de l'espace VIP et quelques ecstas parvinrent à creuser une petite faille dans son bouclier. Le coup de fil de Janine avait mis le feu aux poudres, puis plus tard Rebeca la traita de merde ou d'un autre truc du genre. Ça n'alla pas plus loin, mais Wendy encaissa le coup et resta assise dans un coin. Elle n'avait pas envie de se battre, parce qu'elle portait une jolie robe moulante et des talons de treize centimètres, ce n'était pas la tenue idéale pour se crêper le chignon avec un cassos. Elle préféra s'éclipser.

Elle pensa à la mort de Mario et se lança même dans une sorte d'introspection. Dans cette boîte, les adolescents buvaient des boissons hors de prix, mais il était clair que le propriétaire préférait acheter de l'alcool bon marché, de seconde catégorie, et le verser dans des bouteilles de marque... Sinon, comment expliquer ces gueules de bois atroces ? L'alcool et la drogue commencèrent à faire effet sur la jeune fille et elle se sentit plus pétée que jamais. Comme ses prétendues amies l'avaient plantée là, la scène était encore plus pitoyable. Une jolie fille complètement défoncée, avec du mascara qui a coulé et une robe remontée beaucoup trop haut. Elle se rendit aux toilettes et essaya de vomir. Elle n'y parvint pas spontanément et était incapable de s'enfoncer les doigts dans le fond de la gorge pour se forcer. Elle ressortit, s'examina dans le miroir, tenta de retoucher son maquillage, mais il n'y avait rien à faire pour arranger son visage à la Miró. Elle s'arrêta une seconde et, pour la première fois depuis longtemps, elle s'observa, non pas pour voir si elle était belle ou pour faire la moue, mais pour *se regarder*. Elle se vit et, contrairement à d'habitude, elle détesta ce que le miroir lui crachait à la figure. Et ça n'avait aucun lien avec les yeux de raton laveur et le rouge à lèvres craquelé. Elle se demandait si elle avait tort… Ça devait être l'effet de l'alcool, de la drogue aussi, ou le fait qu'une pétasse l'avait traitée de merde. Mais la petite crevasse dans son bouclier se transformait peu à peu en gouffre et, comme elle avait le vertige, elle était tétanisée à l'idée de regarder ce qu'il y avait au fond.

Est-ce que je suis méchante ? Non, pas vraiment… Je n'aime pas être comme ça, en colère tout le temps, mais je ne peux pas m'en empêcher. C'est comme une pulsion, c'est pour ça que je défends toujours mes idées, parce qu'elles viennent de l'intérieur, comme un truc surnaturel pour moi… Je n'ai pas envie d'être méchante ou en colère tout le temps. Andrea dit que son père veut que le monde soit meilleur et moi c'est pareil. Je ne veux pas me comporter comme ça, mais je ne peux pas faire autrement. Ça me dégoûte quand je vois deux pédés s'embrasser, la réaction ne passe pas par le cerveau, je sens une énergie dans les tripes… Et j'ai essayé. La télé est pleine de pédés, les émissions sont pleines de pédés et les gens se comportent comme si c'était normal. Quand j'avais quinze ans, je pensais que c'était moi qui avais tort, mais la sensation était déjà là dans mon estomac… Les gouines, les Noirs, tout ça, ça me rendait malade… tu comprends ? Personne ne le sait… mais y a eu des rumeurs sur mon père qui prétendaient qu'il… putain, qu'il l'était, mais c'est faux. Un jour, quelqu'un a raconté à ma mère que mon père avait été vu avec un type. On était tous choqués, mais il nous a expliqué que c'était pas vrai, que, oui, le type avec qui il avait été vu était pédé, qu'il lui avait avoué et l'avait embrassé, mais lui n'était pas homosexuel. Ça nous a rassurés, mais quelle histoire ! Être gay ou lesbienne… c'est contre nature. Réfléchis. Les corps sont faits pour mettre un pénis dans un vagin, pas dans un cul. C'est logique, non ? En tout cas, pour moi, y a pas de doute…

Je ne veux pas déborder de haine, mais je ne peux pas m'en empêcher. Et c'est la même chose pour les Noirs et les Arabes. Les Chinois ne m'ont jamais posé de problèmes, mais les Arabes, je peux pas. C'est plus fort que moi. Alors qu'est-ce que je suis censée faire ? Qu'est-ce que les gens attendent de moi ? Que je la ferme et que j'attrape un ulcère ? Putain, l'ulcère, je vais l'avoir à cause de l'alcool dans cette putain de boîte… ce gin est dégueu… Bon, je m'égare. Je disais que je ne veux pas être comme ça, mais je ne sais pas comment faire autrement, putain, et personne ne comprend. Personne ne me comprend.

Rebeca entra dans les toilettes et trouva Wendy occupée à fixer son reflet dans le miroir. Elle lui demanda :

— Hé, toi ! Ça va ?

La fille ne répondit pas, ne se retourna pas, elle était absorbée par ses pensées et sortit de là en titubant, en se cognant aux murs. Elle était complètement jetée. Elle eut un mal fou à quitter le club. Il lui fallut bien trois quarts d'heure pour trouver la sortie et elle aurait mieux fait de ne jamais la trouver, de s'endormir dans un coin, mais elle ne pouvait pas savoir.

Elle arriva enfin dehors. Elle croisa quelques fumeurs et bifurqua dans une rue étroite qui menait à la grande avenue. *Je suis sûre que je trouverai un taxi là-bas*, pensa-t-elle. La rue était déserte. Un des deux lampadaires clignotait, presque comme pour l'avertir que ce n'était pas une bonne idée, mais Wendy était bien trop dans le gaz pour penser que le destin lui envoyait des signaux.

Elle essaya de sortir ses cigarettes de son mini-sac, mais c'était difficile : il y avait tellement de choses à l'intérieur qu'il aurait fallu tout sortir. Le portable, les clés, les chewing-gums, les préservatifs, des tickets et encore des tickets et enfin ses clopes, son briquet, mais elle n'eut pas l'occasion de s'allumer une tige parce que quelqu'un la poussa vers un garage fermé. Wendy se cogna au volet sans rien comprendre. Qu'est-ce qui se passait ?

— Qu'est-ce que vous faites ? Vous êtes fou ?

La personne en question s'approcha d'elle et la lumière clignotante du réverbère se refléta sur la lame du couteau qu'elle tenait. La jeune fille comprit instantanément que ce n'était pas une blague et tenta de s'enfuir, mais les talons et son état faisaient d'elle une proie facile. Le tueur masqué la saisit par le bras et la jeta de nouveau contre le volet. Elle ne pesait vraiment rien et ça lui facilita la tâche. Wendy essaya de repousser son assaillant en tirant sur les pans de sa veste, mais sans succès. La lame froide du couteau s'enfonça dans le ventre de la jeune fille. Elle ne cria pas, fronça juste les sourcils d'un air déconcerté et le sang se mit à couler de sa bouche. L'homme masqué recula, peut-être surpris par la réaction de sa victime ou peut-être parce que, sous son uniforme de Las Encinas, il lui restait un peu d'humanité. Wendy émit des bruits étranges et sortit de là comme elle put. Dans la rue, elle essaya de courir, mais on aurait dit une gazelle blessée qui cherche un abri parce qu'elle sent que la fin est proche. Avant qu'elle ne puisse faire trois pas ou appeler à l'aide malgré sa bouche pleine de sang, le tueur l'attrapa par-derrière et lui trancha la gorge sans ménagement. Le sang jaillit de l'entaille et éclaboussa sa robe. La jeune fille s'écroula sur le sol, encore en vie, mais son rythme cardiaque ralentissait déjà. Son cœur cesserait bientôt de battre. Wendy Moira agonisa, étendue dans la rue entre des mégots de cigarettes, des bouteilles d'alcool et des gobelets abandonnés par des jeunes qui s'étaient saoulés là. Le tueur lui attrapa les chevilles et tira son corps inerte sur quelques mètres, laissant derrière lui une épaisse traînée de sang. Il ouvrit le coffre de sa voiture, la souleva sans gros effort, la déposa à l'intérieur et, *bam*, referma. Il ôta sa cagoule, s'installa sur le siège du conducteur, boucla sa ceinture de sécurité et quitta la scène du crime comme si de rien n'était. Ce n'était pas un tueur méticuleux, mais il ne trouvait pas ça propre de laisser un cadavre sur la route. Il n'avait pas de plan pour se débarrasser du corps, mais il trouverait certainement une idée.

Le lendemain matin, la concierge de l'immeuble, une Ukrainienne au visage antipathique et aux doigts jaunis par le tabac noir, sortit nettoyer le trottoir. Elle balaya les gobelets et le verre cassé, puis versa quelques seaux d'eau avec de la javel. Elle aperçut une large flaque de sang qui commençait à brunir, mais n'y prêta pas attention. Le dimanche matin, il y avait souvent du sang dans cette rue, du vomi, des déchets, des poubelles renversées, un rétroviseur arraché… Une légende urbaine racontait même que cette concierge avait trouvé un fœtus humain à côté de la roue d'une voiture. C'est le prix à payer quand on vit à côté d'une boîte de nuit du centre-ville.

L'eau de Javel lava le sang de Wendy, emportant dans les égouts son ADN et les dernières traînées. Cinq minutes plus tard, le trottoir était impeccable. Plus de trace ni de la fête ni du crime du samedi soir.

Dès le lundi, évidemment, le buzz fut énorme. Autant la mort du pauvre Mario était passée inaperçue, autant la disparition de Wendy fit scandale. Ses parents avaient contacté la presse et le JT du matin avait réuni toute une tablée d'invités pour évoquer la jeune fille disparue. On aurait pu croire qu'ils parlaient de quelqu'un d'autre, tant les descriptions données par ses proches à la caméra étaient loin de la réalité.

L'amie clone numéro 1 déclara à la journaliste : *Rhoo, j'arrive pas à croire qu'elle a disparu. Elle ne nous aurait jamais laissées en plan comme ça. Je parie que quelqu'un l'a emmenée de force. Elle est super gentille et j'imagine qu'elle s'est laissé convaincre, puis qu'on l'a kidnappée. Wendy, si tu m'entends, sache que tes copines t'aiment et ont besoin de toi. Reviens-nous vite…*

En réalité, elle pensait plutôt : *Elle doit être dans un fossé, grand bien lui fasse ! Elle était bourrée et elle avait pris de l'ecsta. Elle a dû monter dans la bagnole d'un mec chelou, du genre qui lui plaît, et ça s'est retourné contre elle. Ce n'est pas la première fois qu'elle s'attire des emmerdes parce que c'est une salope, ça lui est déjà arrivé.*

L'amie clone numéro 2 confia pour sa part à la journaliste : *Je suis désolée de pleurer, mais je suis très affectée… Ça lui est arrivé à elle, mais ça aurait pu arriver à n'importe qui… Je suis super triste, parce qu'elle ne serait jamais partie sans rien publier sur Insta. Je ne veux pas imaginer le pire, mais j'ai un mauvais pressentiment… Comment elle était ? Eh bien, elle avait toutes les qualités. Super sympa, super généreuse, copine avec tout le monde. Personne ne vous dira du mal d'elle, personne, parce que, si quelqu'un le fait, je le tuerai, d'accord ? Elle est une sœur pour moi, je vous le jure. Wendy, c'est toute ma vie. Je me sens mal, super impuissante… Je ne sais pas quoi faire, c'est… c'est ma meilleure amie.*

En réalité, elle pensait plutôt : *Je ne me sens pas mal du tout. Elle a laissé un blouson en cuir Diesel très cher chez moi et je vais le garder, pour toutes les fois où je lui ai payé des verres et qu'elle a fait semblant de rien. Elle est partie pour attirer l'attention, mais qu'est-ce que je peux dire ? Si on la retrouve noyée dans le lac, je pense qu'elle ne manquera à personne. Putain, je suis passée au JT, j'espère que je vais avoir plus de followers… Je vais poster une photo avec Wendy au réveillon, où je suis super mignonne, avec les hashtags #WendyADisparu #WeWantWendy #Reviens #Comeback #Bestfriends #Sad #Imcrying #Loneliness #Sisters.*

La mère de Wendy parla elle aussi au micro : *Ma fille n'était pas bien, elle ne s'était pas remise de la mort de son ex-petit ami. Oui, il s'est pendu. Il s'est suicidé… Mais je ne pense pas que ma fille ait fait une bêtise. Elle est impulsive et elle a plusieurs fois annoncé qu'un jour elle irait tenter sa chance comme actrice à Los Angeles, mais pour ça elle nous aurait demandé de l'argent, non ? Je crois que ma fille a été enlevée. Elle n'aurait pas abandonné Cocoon, son yorkshire. Non, jamais, Cocoon était sa vie... Ma fille n'en avait pas l'air comme ça, mais elle était gentille, vraiment, un vrai cœur d'or. J'espère qu'elle reviendra, j'espère que, si elle est détenue quelque part, les ravisseurs demanderont une rançon et nous la rendront.*

En son for intérieur, la mère de Wendy pensait la même chose, sincèrement, et mot pour mot.

La police, la garde civile et tous les habitants de la ville se lancèrent à la recherche de la disparue. Ils passèrent les bois au peigne fin, les abords du lac, la zone autour de la boîte de nuit. L'affaire devint très médiatique, un vrai scandale social, car la disparition de Wendy était la partie émergée de l'iceberg, d'un iceberg que personne ne nommait, la goutte d'eau qui faisait déborder le vase.

Les parents des autres élèves de Las Encinas étaient horrifiés. Si on mettait bout à bout la mort de Marina, le suicide de Mario et maintenant la disparition de Wendy, puis si on ajoutait à ça que Nano, le seul suspect du meurtre de Marina, était de nouveau en liberté, on comprenait pourquoi chaque foyer qui comptait des adolescents avait installé un couvre-feu. C'était le cas chez Gorka, en tout cas. Il trouvait que ses parents, surtout son père, en faisaient trop. Ils contrôlaient ses horaires, ses moindres mouvements, venaient le rechercher à la salle de sport ou chez Andrea et la situation devenait critique.

Putain, je comprends que mon père s'inquiète pour moi, qu'il ait envie de veiller sur moi et qu'il ait peur de me perdre, mais on dirait qu'il ne me connaît pas. Je suis prudent. Je n'ai jamais, ou presque jamais, eu d'ennuis, c'est sûr... Et ces règles merdiques ressemblent plus à de la méfiance envers moi qu'à la crainte que quelque chose de terrible se produise. Qu'est-ce qui pourrait m'arriver ? J'ai pas d'amis, putain. Je ne parle à personne, j'ai bien compris qu'il y a un danger qui rôde et je fais gaffe... Encore plus maintenant que j'ai une petite amie. Je ne vais pas me mettre à déconner ou à me défoncer. Je ne suis pas débile, putain. Je suis Gorka, comme toujours, mais en version améliorée. Gorka 2.0. Qu'est-ce que ça veut dire ? Euh, je ne sais pas. Que je m'approche de... de la maturité, je ne sais pas. Cette histoire de relations sexuelles est une épreuve, non ? Mais j'ai pas envie d'aborder le sujet... progressivement. Non !

Janine aurait aimé que la lettre de Mario et ses soupçons concernant son suicide restent secrets, mais elle n'était pas douée. Ses frères la considéraient comme une pipelette, car, même si elle le faisait moins aujourd'hui, elle avait toujours trop parlé. Elle s'était confiée à Wendy, mais celle-ci avait disparu... Elle avait besoin de se confier à quelqu'un. Pour avoir un avis. Un Watson... La disparition de Wendy lui paraissait louche et ne faisait qu'entretenir le mystère. Elle était convaincue qu'il y avait un lien entre les deux affaires et la seule personne sur laquelle elle pouvait compter s'était volatilisée...

C'est flippant. Vachement flippant.

Son enquête devenait trop compliquée et elle ne pouvait plus jouer au Cluedo toute seule : elle commençait à avoir peur. Elle avait besoin du soutien d'un adulte, de quelqu'un pour l'aider à agir, à affiner sa théorie et à progresser. Mais qui ? Ses frères étaient un peu des brutes et n'auraient rien compris… Son père ressemblait à ses frères, en plus âgé et plus amer, il ne pouvait pas l'aider non plus. Quant à sa mère, elle traînait dans la maison comme une âme en peine. Sa voix larmoyante, légèrement irritante, et son attitude étrange qui semblait hurler « désolée d'exister » faisaient que sa fille pouvait difficilement la considérer comme une référence. Janine était l'intelligente de la famille, la tourmentée, l'artiste, et c'est pour ces raisons qu'elle était le mouton noir, l'étrange, la bizarre.

Elle profita de ce que sa mère repiquait des fleurs dans le jardin, sans savoir si c'était vraiment le bon moment, car elle était aussi nulle en jardinage que sa fille en régimes : elle faisait des efforts, mais le résultat était toujours nul. Tout ce qu'elle essayait de faire pousser mourait, mais, comme ils avaient de l'argent, elle rachetait des fournitures chez Éco Jardin et tout le monde était content. Janine s'approcha furtivement et sa mère mit un peu de temps à se rendre compte de sa présence.

— Qu'est-ce qu'il y a, mon chou ?

— Rien…

— Tu veux m'aider ?

— Non, je ne crois pas…

La déception était tellement visible sur le visage de sa mère que Janine dut faire marche arrière.

— Bon, d'accord. Qu'est-ce qu'il faut faire ?

Sa mère lui expliqua comment sortir les azalées des pots en plastique et les replanter avec précaution dans les trous qu'elle avait creusés. C'était évident qu'elle noyait les plantes : elle les inondait avec un arrosoir. Elle était convaincue que sa méthode était la bonne, que si elle mouillait tout, la terre des pots se fondrait à celle du jardin. Elle se trompait. Mais ça n'avait aucune importance. Elles ne faisaient jamais rien ensemble, n'étaient jamais seules toutes les deux et la mère était ravie de ce petit rapprochement. Elle ne se doutait pas que sa fille se fichait pas mal de jardiner. Les parents de Janine n'étaient pas très malins, mais c'étaient des gens bien. Ils évoquaient rarement la plainte contre Mario. À vrai dire, de manière générale, ils ne se parlaient pas beaucoup.

— Maman, j'ai un truc à te dire.

La mère de Janine était ravie. Elle n'avait jamais entendu cette phrase sortir de la bouche de sa fille et elle pensait que Janine allait lui parler d'un garçon, d'un truc qui lui faisait envie, d'un habit qu'elle voulait acheter. Elle prit donc peur quand sa fille aborda le sujet du meurtre.

— Quoi ? Qu'est-ce que tu racontes ? Tu me fais peur.

— C'est juste que, dans la lettre qu'il m'a envoyée, on voit bien…

— Quelle horreur. Arrête d'inventer des trucs de dingue, arrête d'être si… imaginative. Tu as toujours eu beaucoup d'imagination, Janine. Mais c'est la vraie vie ici. Et, dans la vraie vie, ce genre de choses n'arrivent pas.

— Maman, Marina a été assassinée. Tu es au courant, tout le monde le sait. Et Wendy a disparu… Tu ne trouves pas ça un peu étrange ?

La mère était bouleversée. Elle connaissait l'histoire de Marina, mais elle préférait ne pas en parler…

Je sais ce qui est arrivé à cette petite, je n'ai pas oublié qu'elle a été tuée, bien sûr que non. La pauvre… et ses pauvres parents. Mais en parler tout le temps ne va pas la ramener à la vie. Alors, à quoi bon ? Et l'autre, celle qui a disparu… elle va réapparaître. Elle a dû aller dormir chez une amie après une dispute avec ses parents. Janine le faisait tout le temps, quand elle était petite, elle nous détestait tous, elle se mettait dans un état pas possible, elle partait en claquant la porte, mais elle était de retour à l'heure du dîner, pleine de regrets. Cette fille va revenir. Oui, je suis convaincue qu'elle va rentrer tranquillement chez elle comme si de rien n'était. Il y a beaucoup d'horreurs dans le monde, je le sais, je ne suis pas idiote. À la boucherie, on entendait de tout… C'est fou tout ce qu'on entend. Mais si on écoutait toutes ces informations, si on absorbait tous les problèmes des autres, on deviendrait fou. Moi, en tout cas, je préfère ne pas m'en soucier. À propos de la mort de Marina… c'est parce que Janine me l'a rappelée, je n'y pensais plus. Ma fille a été agressée l'année dernière, giflée… C'était très dur. Très dur parce qu'on se sent impuissant. Mais je ne peux pas ressasser. Je ne me réjouis pas du tout du suicide de ce garçon, je ne souhaite de mal à personne, mais je ne souhaite à personne, et encore moins à moi, d'être impliqué dans un procès. Ma fille est perdue. Son père et moi, on ne sait plus quoi faire avec elle. C'est très difficile, parce qu'elle est tout le temps repliée sur elle-même, on ne sait pas ce qui peut lui arriver. Personne ne le sait. Je crois que je fais une dépression… La vie me déprime. Je me déprime…

Janine regretta aussitôt d'avoir partagé sa théorie avec sa mère. Elle ne s'attendait pas à ce que celle-ci se transforme en justicière, mais son réflexe de mettre les problèmes sous le tapis était tellement décevant.

Je n'en veux pas à ma mère de ne pas me comprendre, ça prouve juste que les parents et les adolescents ne parlent pas la même langue. Pour certaines choses, ils voudraient qu'on soit adultes, mais, quand on raisonne comme des gens matures, ils nous envoient chier. Ils ne nous écoutent pas. Ils sont incapables de nous écouter. Quand j'étais petite, je mettais mes parents sur un piédestal, mais en grandissant je me suis rendu compte qu'ils n'étaient pas très malins, qu'ils ne comprenaient rien à rien et que j'allais devoir me débrouiller seule. La scène avec ma mère n'est qu'un détail. Je lui ai laissé une chance d'améliorer l'opinion que j'ai d'elle et elle l'a ratée. Les parents ne prennent pas nos histoires au sérieux, ils nous disent que c'est des gamineries, des trucs comme ça, mais la vérité, c'est qu'ils ne veulent pas regarder nos problèmes en face. Sans doute par peur de ne pas savoir comment les gérer. Mais, putain, c'est humain d'avoir peur. Je préférerais qu'ils disent : « Mon chou, je ne sais pas comment t'aider », « Je comprends que tu pleures pour un problème qui est important pour toi et que ça te fait souffrir. Même si pour nous c'est des conneries, on te laisse pleurer tranquille ». Au lieu de ça, on a droit à « Ta vie est tellement cool » ou « À ton âge, je travaillais déjà et j'avais de vrais *soucis ». Mes problèmes sont importants pour moi… personne ne devrait en rire ou les prendre à la légère. On dirait que, dès qu'ils ont des enfants, les parents effacent de leur mémoire tout le chapitre de leur adolescence, comme s'ils étaient passés directement de dix ans à trente ans. C'est hallucinant.*

Deux choses importantes se produisirent ce mercredi-là : d'une part, c'était le jour où Paula commençait son espèce de stage pistonné par sa mère :

Je ne suis pas pistonnée par ma mère. D'accord, elle m'a trouvé le poste, mais, si elle avait pensé que je n'étais pas à la hauteur, elle ne me l'aurait pas proposé… elle n'aurait pas pris ce risque, si ?

Et, d'autre part, Andrea et Gorka se roulèrent comme des animaux en sous-vêtements sur le lit du jeune homme. Mais, comme ils ne dépassèrent aucune des limites établies et n'explorèrent pas de terrains inconnus, c'est moins important pour nous. Revenons donc à Paula.

Ma mère a garé la voiture et m'a plantée sur le parking. Après tout, j'avais revendiqué mon indépendance, ma maturité et tout le reste. On ne grandit pas quand on est accompagnée partout par sa mère. Je ne suis plus la gamine qui n'ose pas demander au serveur un Fanta orange, non, je suis une fille pleine de ressources. Je vais donc monter au quatrième étage. Quand les portes de l'ascenseur s'ouvrent et que je découvre l'immense étage de bureaux vitrés, l'éclairage LED, des gens qui passent et surtout le téléphone qui n'arrête pas de sonner, beurk, je me dis que c'était peut-être pas une si mauvaise idée de servir les cafés chez Starbucks. Je regrette mon chemisier, ma jupe crayon, mon imper et mes talons. Les employés sont hyper branchés. Ma mère m'a souri quand elle m'a vue descendre l'escalier à la maison ce matin. J'ai cru que c'était de l'amour maternel, qu'elle était fière de moi. En réalité, c'était un sourire méchant, elle se retenait de rire, c'est clair. Je vais me faire bouffer avec mon look d'ado habillée comme une MILF au milieu de cette bande de hipsters de vingt à quarante ans qui parlent toutes sortes de langues dans les micros de leurs portables.

Bon, je me détends. C'est trop tard, je ne peux pas faire marche arrière, je me sens déguisée, mais j'ai toujours un as dans ma manche : mon mascara Better Than Sex de Too Faced. Même Bambi peut aller se rhabiller. Je mets toute mon énergie dans mon visage d'ange pour ne pas me faire marcher sur les pieds. Je me cogne à une Asiatique qui manque de renverser des cafés et ne me regarde même pas, la connasse, et je parviens à m'approcher d'un bureau d'accueil. Là, une salope – oui, je suis très méchante aujourd'hui, c'est normal, ma journée commence mal – avec une teinture couleur violine et des racines qui réapparaissent m'ignore complètement. Je lui parle et elle ne me répond pas, je lui explique que je suis Paula, elle me regarde avec condescendance en faisant des gestes genre « Une seconde, je vais m'occuper de toi », mais qui en réalité veulent dire : « Écoute, connasse, j'ai des choses plus importantes à faire comme parler à mes putains d'amis et mettre à jour mon profil Facebook, oui, c'est un réseau démodé, mais comme tu vois je ne suis pas hyper branchée non plus. » C'est super mal parti, mais je suis une fille pleine de ressources ! Je ne comptais pas utiliser ma mère comme atout, mais je ne vais pas me gêner pour lui raconter que la connasse de réceptionniste m'a regardée de haut. Peu importe, je me lance toute seule à la recherche du marketing digital, puisque personne ne m'en indique la direction. Qu'on ne dise pas que les blondes ne sont pas intelligentes. Je traverse un couloir, puis une salle pleine de ces bureaux séparés par de petites parois et l'atmosphère est de plus en plus tendue. T'as vu Le diable s'habille en Prada *? Eh ben, j'ai l'impression d'être une jeune Anne Hathaway sur le point de se faire dévorer par Meryl Streep. Bien sûr, je fais attention au moindre petit pas pour ne pas marcher sur une mine antipersonnel et voler en miettes… Non, je ne parle pas de vraies mines, je veux dire les dangers du bureau… Enfin, bref, je m'écarte du sujet.*

Je vois une jolie petite plaque avec l'inscription « Marketing digital ». Enfin. Yes ! Prends ça, Paula immature du passé, et souhaite la bienvenue à la nouvelle Paula. Enhardie par mon audace, j'ouvre la porte. Débile ? Oui, j'avoue... Qu'est-ce qui m'a pris, putain ?

Envie de disparaître sous terre : 50 %.

Envie de retourner à Las Encinas, où mon seul problème était que Samuel ne prêtait pas la moindre attention à moi : 100 %.

Paula fit la pire chose qu'elle pouvait faire le premier jour de son stage arrangé : ouvrir la porte d'une salle de réunion de marketing digital où quatre cadres supérieurs étaient en discussion sur Skype avec un cadre supérieur plus important, probablement depuis un hôtel de luxe à Pékin. Elle n'avait aucune mauvaise intention, ni quand elle ouvrit la porte d'un grand geste sans frapper ni quand elle tenta d'expliquer à voix basse qu'elle ne voulait pas déranger. Elle murmura :

— Bonjour, excusez-moi, comment allez-vous ? Moi c'est Paula, je commence aujourd'hui et je ne sais pas vraiment où... Euh, on m'a envoyée au marketing digital.

Ils ne la mirent pas dehors à coups de pied, mais les quatre chefs la fusillèrent du regard. Ils étaient furieux et ne se privèrent pas de le lui faire comprendre. Ils l'engueulèrent et elle alla se réfugier dans les toilettes pour pleurer. Elle était à deux doigts d'appeler sa mère et de lui demander de la tirer de là quand la porte s'ouvrit et qu'un type apparut pile au bon moment, comme un ange gardien. Merci, les toilettes mixtes. Elle arrêta de pleurer et tenta de faire bonne figure, mais le nouveau venu ne la quittait pas des yeux...

Il était plus âgé que moi, à peu près, je ne sais pas... Je suis nulle pour évaluer l'âge des gens à leur visage. Il devait avoir vingt-cinq ans, peut-être vingt, mais pas dix-neuf, j'en suis sûre : chemise bleue aux manches roulée jusqu'aux coudes, barbe de trois ou quatre jours et crâne rasé. Il s'était rasé la tête pour masquer sa calvitie, mais c'était magnifique... Certains mecs sont très mignons même sans un poil sur le caillou. Il avait de beaux sourcils, des yeux expressifs et, quand il souriait, deux petites fossettes se formaient sur ses joues. Il arborait des écarteurs d'oreilles, mais les trous n'étaient pas trop gros, et portait un sac en bandoulière qu'il portait croisé sur le torse avec un badge Star Wars. *J'ai deviné à son look qu'il était graphiste.*

Le type remarqua que Paula avait pleuré. Il hésita à l'aborder, il faillit lui demander comment elle allait, mais préféra se taire et entrer dans un des box en refermant derrière lui. Paula aurait pu en profiter pour s'éclipser mais, comme il dégageait un certain magnétisme, elle fit ce qu'aurait fait n'importe quelle fille célibataire de seize ans qui vient de se faire engueuler : elle retoucha son mascara, mit un peu de blush et resserra sa queue de cheval, puis attendit comme si elle avait une tonne de boulot mais qu'il était essentiel qu'elle se lave les mains à ce moment précis. D'accord, toutes les filles de seize ans n'auraient pas fait ça, mais Paula n'était pas une ado comme les autres. Elle était à la fois mature et superficielle, elle luttait contre ses hormones et ses mauvaises décisions.

L'inconnu sortit des W-C. Il sourit légèrement en la voyant encore là, se lava les mains, les essuya sur son pantalon en toile beige, consulta WhatsApp et se dirigea vers la porte. Chaque pas qu'il faisait était comme un coup de pied dans la tête de Paula.

Je ne suis pas une idiote, je ne suis pas une loseuse, je suis pleine de ressources. Je me suis plantée avec Samuel, je me suis plantée avec Gorka, je me suis plantée avec tous les mecs de ma vie à force de les attendre comme une princesse. Si on veut attraper un poisson, il faut être prêt à plonger dans l'eau. Et ce spécimen-ci avait l'air d'appartenir à une espèce rare qu'on ne rencontre pas souvent.

— Hé… l'interpella Paula alors qu'il avait la main sur la poignée de la porte.

Le jeune homme se retourna sans rien dire en terminant de mettre ses écouteurs dans les oreilles. Il haussa les sourcils et fit peut-être un petit bruit genre « euh », mais elle n'entendit rien. La honte : Paula avait vendu la peau de l'ours avant de l'avoir tué. Je veux dire, elle l'avait interpellé, mais elle n'avait aucune idée de ce qu'elle pouvait faire après avoir attiré son attention. L'inconnu lui semblait de plus en plus beau, comme si la lumière modelait son visage pour qu'il ressemble davantage à l'archétype de ce que Paula considérait comme un garçon parfait. *Dis quelque chose, Paula, dis quelque chose, idiote, allez.*

Allez, idiot, dis quelque chose.

— Heu… C'est toujours autant la merde, ici ?

Elle avait sorti quelques mots. C'était déjà ça. Le jeune homme resta une seconde immobile, lâcha la poignée, et sourit.

— Pourquoi ? Ça ne se passe pas bien pour toi ?

— Rhoo, on peut dire ça… Ça se passe même mal. Je ne suis là que depuis un quart d'heure et je me suis déjà fait insulter, bousculer en sortant de l'ascenseur, et je pleurais avant que tu n'arrives. Donc, non, ça ne se passe pas très bien.

Le petit discours et la nervosité de Paula lui donnaient un charme particulier, celui des héroïnes ratées comme Bridget Jones, qu'elle avait toujours tant admirée. *Bam !* Elle poursuivit sur sa lancée :

— Regarde-moi, je me suis déguisée pour venir à ce boulot de merde, tout ça pour qu'une réceptionniste à moitié auburn m'ignore et que quatre types en cravate me balancent littéralement que je suis « imprésentable et impolie ».

Il fit preuve d'empathie.

— Évidemment, comment ne pas pleurer ?

— Exactement.

— Mais il y a aussi du bon dans ce boulot…

— Ah oui ? Ben je ne sais pas quoi, parce qu'au quatrième étage je n'ai vu que de l'hostilité, des gens qui courent dans tous les sens et très, très peu de bienveillance.

— Je suis désolé.

— Non, ce n'est pas ta faute, toi, tu as l'air sympa.

— Merci. Je m'appelle Bruno.

— Paula. Moi c'est Paula.

Elle s'apprêtait à lui coller deux bises, mais il lui tendit la main, en signe de respect. Après tout, ils étaient deux inconnus qui venaient de se croiser dans des toilettes.

— Je les ai lavées, précisa-t-il.

— Oui, j'ai vu.

— Super. Et tu commences où ?

— Je ne sais pas… Je devais commencer aujourd'hui en marketing digital, je suis une sorte de stagiaire…

Il l'accompagna gentiment jusqu'au bureau d'une certaine Daniela. Ils firent un trajet de dix-huit pas, ni plus ni moins, au cours duquel ils gardèrent tous les deux le silence : Paula regardait devant elle en faisant semblant d'être forte, souriait à Bruno. Il semblait que tout avait été dit, de toute façon. Il prit congé d'elle :

— Ravi de t'avoir rencontrée.

Elle répondit la même chose. Elle soupira et se présenta à Daniela, une Argentine avec un air pas particulièrement sympathique et une étrange coiffure.

Non, ce n'est pas la coiffure qui était étrange, mais elle avait des cheveux bouclés, très bouclés, en tire-bouchon… Je ne sais pas si ça existe, mais je me comprends. Et elle avait beaucoup trop lissé sa frange. On voyait carrément les traces laissées par le fer quand il brûle les mèches.

Cette Daniela ne fit pas exception à la règle : elle était aussi désagréable que le reste du personnel de l'étage. Bruno mis à part, le mépris semblait être la règle au sein du département du marketing digital. Paula répétait le nom comme un perroquet, mais en réalité, elle n'avait pas la moindre idée de ce que ça signifiait, même si ça sonnait bien.

— Alors, c'est toi Paula… Tu as une demi-heure de retard, c'est la dernière fois, je te préviens.

Bruno, qui avait soi-disant laissé Paula entre de bonnes mains, disparut parmi les chariots du courrier chargés de paquets Amazon et se fondit parmi les gens qui couraient pour répondre à leur téléphone fixe comme si leur vie en dépendait.

Non, évidemment, la journée ne s'est pas mieux passée par la suite, mais la rencontre dans les toilettes a rendu intéressant ce mercredi, mon premier jour à Hellobrand. Qu'est-ce que j'ai fait d'autre ? Je me suis retenue de lâcher des gros mots. J'essaie toujours de parler poliment, mais Daniela, ma responsable, n'a pas arrêté de me donner des ordres et de m'envoyer faire des trucs comme si la reine allait débarquer au quatrième étage et que tout devait être impeccable. C'était inévitable que je pense des choses comme : CETTE SALOPE VEUT JUSTE ME FAIRE CHIER ! Mais je suis restée zen, sans broncher. Remettre des feuilles dans la photocopieuse. C'est fait. Remplir la machine à café. C'est fait. Changer la bonbonne d'eau qui est hyper lourde. Bien sûr, c'est fait. Et ainsi de suite jusqu'à l'heure du déjeuner. En tant que stagiaire, je ne travaille que quelques heures, alors que Daniela doit bosser jusqu'à dix-sept heures. Je suis contente de savoir que j'ai récupéré ma liberté alors qu'elle continue à râler à sa table d'employée ordinaire.

On peut dire que le mois d'octobre se déroula assez paisiblement. Andrea et Gorka vivaient une étrange lune de miel faite de calme et d'amour, mais toujours avec le même frein. Melena s'habituait à avoir repris les cours et à les combiner avec son boulot de serveuse. Bien entendu, certains camarades de classe se moquaient d'elle, de son travail ou du gâteau aux carottes qu'elles avaient vendu à l'ouverture, mais elle le supportait avec beaucoup de philosophie. Paula travaillait comme une dingue et ne croisait presque jamais Bruno. Un jour ils s'étaient retrouvés dans l'ascenseur, un autre jour dans la queue pour le distributeur d'eau, mais il était toujours accompagné de collègues : un gros à lunettes, une meuf qui ressemblait à la sœur perdue des Kardashian ou un type indolent qui parlait lentement et avec un accent très particulier. Peut-on dire qu'elle avait appris quelque chose pendant ce mois ? Non, vraiment pas. Et Janine, la pauvre… La disparition de Wendy la préoccupait beaucoup, même si elle ne faisait plus les gros titres de la presse, qu'elle avait peu à peu été passée sous silence dans les émissions de télé sensationnalistes et dans les conversations.

Le mois était presque terminé et Janine avait plus que jamais envie de connaître la vérité. Elle était inquiète depuis qu'elle avait reçu la lettre de Mario, depuis que Wendy avait disparu juste après leur conversation téléphonique… L'affaire se compliquait et elle était paralysée par la peur. Après la tentative infructueuse d'appeler sa mère à la rescousse, elle ne trouva pas d'autre aide possible et fut bien obligée de laisser retomber le soufflé. Elle préféra jeter l'éponge et rester en retrait. Elle se rabattit sur ses études, ce qu'elle aurait dû faire dès la rentrée. Après tout, malgré sa curiosité piquée à vif, une pensée éclipsait tout le reste : *Personne ne te croira, tu ne peux pas en parler, on ne te prendra jamais au sérieux…* La bataille était perdue d'avance et il valait mieux l'abandonner avant de s'épuiser. Mais, le jour d'Halloween, quand on retrouva la dépouille sans vie de Wendy, elle eut à nouveau envie de jouer les détectives. Le corps n'apparut pas démembré dans un fossé, ni éparpillé dans plusieurs poubelles ou flottant dans le lac comme prévu. Non. Tu sais où on l'a découvert ? Rosa, la dame qui l'a trouvé, l'explique :

Dans le terrain vague où les chiens vont chier. Il y avait la jeune fille, enfin, elle ne ressemblait plus à une jeune fille. En réalité, comme il y a beaucoup de toxicos qui viennent ici, les jeunes n'y promènent jamais leurs chiens, mais moi si, je m'en fous des drogués, j'ai été mariée avec un toxico pendant sept ans, imaginez un peu. Chispa, mon chien, m'a échappé, il a couru comme un fou et je l'ai perdu dans les buissons là-bas, au pied du panneau Carrefour… Je me suis approchée et je ne sais pas s'il était content de me voir ou s'il avait peur, mais il n'était pas dans son état normal. C'est logique, il venait de trouver Wendy, la petite qui avait disparu. C'était horrible.

Un terrain vague jonché d'ordures, de mauvaises herbes, d'appareils électroménagers abandonnés et, au milieu, un de ces immenses panneaux d'affichage qu'on aperçoit des deux côtés de la route. Près d'un des pieds du panneau se trouvait Wendy, ou ce qu'il en restait : crasseuse, couverte de sang séché, d'une couleur indescriptible. Sa peau allait du vert au bleu, en passant par le brun et le jaune… Elle avait la couleur de la mort. L'autopsie fut facile, tout ce qui était arrivé à cette fille, la carte de ses malheurs, était marqué sur son corps. La découverte a déclenché l'hystérie, mais si tu crois que la fête d'Halloween des élèves de Las Encinas allait être gâchée parce qu'on avait découvert un cadavre, tu te trompes… Les morts commençaient à devenir presque habituels, alors qu'Halloween n'a lieu qu'une fois par an.

Chapitre 4

Ça n'amusait pas Gorka, de se déguiser. Il ne le faisait déjà pas au carnaval, alors ne parlons pas d'Halloween, qui à ses yeux n'était qu'une connerie importée des États-Unis, un prétexte utilisé par ses potes pour sortir et se saouler. Gorka n'avait pas renoncé à l'alcool, pas du tout, mais, comme il avait une copine, la fête et les beuveries étaient souvent transformées en plans chill, canapé et télé, siestes, déjeuner par-ci, dîner par-là... Des trucs de couple. Le budget d'Andrea était conséquent et voici ce qu'elle avait à dire sur le sujet :

On ne va pas dépenser une fortune pour un déguisement, juste pour avoir l'air cool devant les potes. Les gens vont claquer une fortune et moi, honnêtement, avant de consacrer trois cents euros à un costume ridicule avec des pierres précieuses en toc, je préfère donner l'argent à une ONG.

Et c'est ce qu'ils firent. Gorka et elle offrirent le budget qu'ils auraient dépensé en déguisements super chers à une cause plus noble. Ils en firent don à une ONG qui vient en aide aux personnes souffrant d'exclusion sociale. Du coup, lorsque Gorka enfila son masque de Ghostface, le tueur en série de *Scream*, en plastique bon marché et probablement toxique, il ne se sentit pas minable, il pensa au contraire qu'il avait une petite amie incroyable.

En revanche… flanquer la trouille à sa propre famille le jour où on vient de retrouver le cadavre d'une fille de la classe n'était pas une idée terrible. Il ne s'était pas foulé, il n'était pas doué pour les cachotteries, il s'était juste caché avec un grand couteau derrière la porte et *bouh !* Il ne s'attendait pas à la réaction tragique de ses parents, surtout de Mateo, son père. Ce petit homme grisonnant, mais toujours aussi séduisant, posa la main sur sa poitrine, saisi par la panique.

— Papa, papa ! C'est moi, tout va bien ! C'était une blague…

Il tenta de montrer que c'était drôle mais, au lieu de détendre sa pauvre victime, il déclencha un drame resté trop longtemps enfermé dans le cœur de son père. Il y eut un silence et les larmes se mirent à couler. Mateo se mit à sangloter, pas une petite larme comme quand arrive la fin de *Titanic*, des hoquets terribles, comme si sa vie lui échappait. Gorka n'en revenait pas. Il se sentait coupable. Il n'avait pratiquement jamais vu son père pleurer, et encore moins se mettre dans un état pareil. Mateo quitta la pièce.

— Ah c'est malin, fit la mère en secouant la tête et en buvant une gorgée de son verre de vin.

Gorka, bouleversé et déconcerté, partit à la recherche de son père et le trouva occupé à regarder par la fenêtre dans le salon plongé dans l'obscurité, éclairé seulement par la lumière orange des lampadaires. Il le vit allumer une cigarette, ce qui était tout aussi inhabituel et, déjà plus calme, se tourner vers son fils.

— Je suis désolé, Gorka. Je suis désolé que tu aies dû me voir comme ça...

— Non, papa, c'est moi qui dois m'excuser.

— Aujourd'hui... aujourd'hui ils ont trouvé la petite de ta classe, la pauvre, dans quel état elle était !

— Oui, j'ai lu ça.

Le père invita son fils à s'asseoir sur un des imposants fauteuils. Il fallait qu'ils parlent. Pour Gorka, son père était une référence. C'était un homme autoritaire.

Mon père est génial. Vraiment génial. C'est un gars sérieux. Beaucoup de gens pensent qu'il a tout reçu sur un plateau d'argent grâce à sa naissance, parce qu'il a hérité de nombreux immeubles et de deux sociétés, mais il s'est construit tout seul. Il a rarement levé la main sur moi et, quand c'est arrivé, il ne m'a jamais battu. Il m'a peut-être giflé quelques fois où je l'avais mérité pour m'être comporté comme un imbécile ou pour avoir manqué de respect à ma mère. Mais c'est un gars cool. Les gens l'aiment bien, ses employés l'adorent... et moi aussi. Il n'est pas très grand, mais ça ne l'empêche pas d'être un mec immense. Ce qu'il m'a dit ? Beaucoup de choses, mais avec beaucoup de calme. Il a pris appui sur ses genoux, a terminé sa cigarette et m'a expliqué que j'étais important pour lui, très important dans sa vie...

— Quand tu es né, on nous a dit que tu étais très malade, tu es né prématuré, tu es arrivé après sept mois de grossesse et, il y a dix-sept ans, ce n'était pas comme aujourd'hui. Ta mère et moi on a pleuré… pleuré, parce qu'on ne voulait pas te perdre, mon chéri. On avait déjà vu ton visage, tu étais notre fils et on voulait que tu ailles bien… Si petit avec ton respirateur dans la couveuse ! Je me suis senti si impuissant quand j'ai vu que je ne pouvais rien faire pour toi, tu sais. Que je ne pouvais rien arranger avec de l'argent ou autre chose… La personne la plus importante de ma vie était là, son existence tenait à un fil, et je ne pouvais rien y changer…

Oui, il s'est remis à pleurer. Puis il m'a dit que j'étais un cadeau du ciel, des choses belles et cucul, puis il a fini par parler de ce qui venait d'arriver.

— Je vais faire tout ce qui est en mon pouvoir pour te protéger, Gorka. Et savoir qu'il y a quelqu'un qui tue des enfants de ton âge…

— Papa, je ne suis plus un enfant, je n'ai jamais eu d'ennuis.

— Et Marina, si, peut-être ? La vie est semée d'embûches, de gens horribles… de personnes atroces. Et je ne veux pas qu'il t'arrive quoi que ce soit. C'est la première fois depuis ta naissance que j'ai peur pour toi.

— Je comprends, papa… Je sais que depuis la mort de Marina tu es très inquiet et c'est bien qu'on fasse des trucs ensemble… Ça me fait plaisir…

Oui, enfin, plaisir… faut pas exagérer, mais qu'est-ce que je pouvais lui dire ? Je lui ai dit ce qu'il avait envie d'entendre, le pauvre… que je ne ferais pas de conneries, que je serais prudent. C'est normal que les parents soient beaucoup plus affectés que nous. Tu veux que je te dise la vérité ? La mort de Marina m'a touché. Mario, ça m'était égal et Wendy… putain, c'était une salope. Bon, ça n'avait plus aucun sens dans ma tête.

— Papa, qu'est-ce que tu veux ? Tu veux que je ne franchisse pas cette porte aujourd'hui ? Ça te rassurerait ?

Son père acquiesça et Gorka enleva son déguisement devant lui en gage de sincérité. Il l'embrassa sur la joue, monta dans sa chambre et fit ce à quoi il fallait s'attendre.

J'ai sauté par la fenêtre. Je n'aurais voulu rater la fête pour rien au monde. Il ne va rien m'arriver, merde. Je vais faire gaffe, je ne vais pas boire, enfin pas trop… et je lui ai dit que je ne sortirais pas par la porte, mais je n'ai rien dit sur la fenêtre. Donc tout le monde est content. Moi en tout cas je le suis.

Janine prenait un bain, elle était comme ça, très écolo parfois… et par moments elle gaspillait l'eau sans se poser de questions…

J'aurais bien pris une douche, mais mes parents ont dépensé une fortune dans cette baignoire et ce serait dommage de ne pas l'utiliser… C'est tout aussi snob, voire plus, d'en avoir une juste pour décorer.

Alors qu'elle s'apprêtait à changer la chanson de Spotify parce que les « découvertes de la semaine » ne lui correspondaient pas du tout, elle vit un flot de messages, de WhatsApp et même des notifications de Telegram, alors qu'elle ne se souvenait même pas avoir installé cette appli. Tout le monde commentait la découverte du corps. Elle se leva d'un coup et faillit perdre l'équilibre, parce que les boules relaxantes de Lush sont super agréables et délicieusement parfumées, mais quand on en met trop on peut glisser. Elle réfléchit à ce qu'il fallait faire et sortit dégoulinante de la baignoire et s'enveloppa dans son peignoir.

Elle laissa des traces de pas humides derrière elle jusqu'à sa chambre. Son déguisement l'attendait sur le lit, un costume de Greta, la femelle Gremlin, même si, d'après son frère, elle ressemblait à une tortue écrasée… Janine hésita à l'enfiler, mais elle finit par se décider et quitta la maison seule pour rejoindre le café de Melena.

Melena était déguisée en Carrie et boudait, les bras croisés. Le costume était simple, une robe blanche maculée de faux sang. Elle ne voulait pas se déguiser, mais sa mère avait insisté pour qu'elle s'habille en fille victime de harcèlement au lycée, ce qui lui paraissait de circonstance. Melena n'était pas d'accord. Et elle râlait parce que sa mère lui avait organisé un rendez-vous avec Janine pour qu'elles aillent ensemble à la soirée.

— Ma chérie, tu vas aller à cette putain de fête quoi qu'il arrive. Si tu tires la tronche, tu es pile dans le personnage.

Amanda avait pris la liberté de téléphoner à Janine et de la « forcer » à emmener sa fille à cette fête… Et Janine, qui n'avait pas de plan non plus, avait accepté. C'était étonnant, parce qu'elles n'avaient pas vraiment gardé le contact. Elles se parlaient en classe, elles s'asseyaient parfois l'une à côté de l'autre mais, comme Melena n'était pas bavarde et que l'autre était obsédée par le tueur en liberté, quand elles étaient ensemble, on aurait dit une scène d'un film muet en noir et blanc. Elles étaient si pâles toutes les deux !

Au début, je ne comptais pas aller à la fête, mais j'avais déjà le déguisement de Greta, la femelle Gremlin, et… je devais rejoindre Mele. C'est pas ma meilleure amie, mais je n'avais pas envie de la laisser tomber. Bon, en réalité, j'avais surtout très envie de parler de mes soupçons à quelqu'un. C'était clair que les meurtres étaient liés. Les gens continuaient à croire que Mario s'était suicidé, mais je n'en étais pas convaincue… J'étais persuadée qu'il avait été tué… et, paf, *peu de temps après, son ex est retrouvée morte à son tour. Je voulais en parler à Melena, obtenir son soutien, ne plus être seule dans cette affaire. Ce n'est pas la même chose si la meuf qui a porté plainte pour harcèlement se pointe seule au commissariat pour raconter des conneries ou si elle y va accompagnée par la fille d'une ancienne Miss Espagne. En tout cas, c'est comme ça que je le vois.*

J'arrive au salon de thé. Melena est déguisée en… je ne sais pas, on dirait la petite amie de quelqu'un qui se serait pris un bocal de tomates en pleine figure, je ne comprends pas la réf, elle me l'explique et je dis : « Ah ! » Je connais ce film et je te jure que ça n'a aucun rapport. Peu importe. Sa mère a l'air toute folle. Elle est super contente parce qu'elle veut que sa fille sorte. ELLE NOUS SERT DE L'ALCOOL ! Je proteste et elle me dit qu'elle sait qu'on va boire de toute façon, qu'on ferait mieux de prendre de bonnes tequilas. C'est ce qu'elle dit. Il y a de bonnes tequilas et des mauvaises ? Pour moi, elles ont toutes le même goût… Elle nous prend en photo comme si on était le roi et la reine du bal de promo. C'est n'importe quoi : je suis super moche, parce que je ne veux pas frimer dans un déguisement sexy comme les autres, je veux être déguisée en un personnage qui… peu importe. Merde, je m'égare. LE TUEUR. Voilà…

Je suis convaincue, j'en mettrais la main au feu, que quelqu'un est en train d'éliminer les élèves de Las Encinas un par un. C'est pas Nano : quand Mario est mort, il venait à peine de sortir de prison… Il a débarqué au lycée et a cogné à la vitre de la classe… Rhoo, c'était horrible… Guzmán était fou de rage, Samuel aussi… Un cauchemar.

Elles marchèrent vers la maison de Rebeca. Cette fois, elles n'avaient pas besoin d'entrer en douce, elles avaient été invitées. Melena n'arrêtait pas de se plaindre du froid et du fait que le faux sang était poisseux.

— Putain, c'est horrible ton histoire ! C'est dingue ce que tu racontes…

— Tu crois, Mele ? Moi, j'ai l'impression que c'est ce que j'ai dit de plus lucide de toute ma vie, enfin, sauf quand j'ai conseillé à mon père d'aller voir un endocrinologue… Non, je t'assure… ça colle.

— Imaginons que tu aies raison. Pourquoi vouloir tuer les élèves de Las Encinas ?

Jc nc sais pas. Jc nc vois pas du tout. Marina était une fille irréprochable. Bon, un peu bizarre, mais c'était une bonne élève.

— Pas comme Wendy et Mario.

— Non, eux ce sont des salauds.

— C'étaient.

— C'étaient.

Quand elles prirent conscience qu'il fallait parler d'eux au passé, la légèreté de leur conversation et de leur déguisement s'évanouit d'un coup. Janine s'arrêta net.

— Melena, je suis persuadée qu'il y a un tueur en série.

Melena n'arrivait pas à s'en convaincre. La théorie de Janine ne semblait pas tirée par les cheveux, mais elle avait du mal à croire qu'une fille de dix-sept ans en sache plus que la police. Janine avait une réponse :

— Oui, c'est facile de penser ça, Mele, mais la police fait ce qu'elle peut… ils doivent avoir d'autres affaires à traiter.

Bang ! Elles faillirent se faire renverser par des ados à vélo transportant une peluche d'ET.

— Hé ! Faites gaffe, putain ! cria Mele.

— Allez vous faire foutre, les connasses, rétorque le faux Elliot en sweat-shirt rouge.

Elles ignorèrent le commentaire, elles étaient habituées, et accélérèrent le pas et reprirent la conversation.

— Melena, je ne veux pas te foutre la trouille, mais je veux que tu comprennes. On est en danger… *tous.*

— Ah, super. Alors pourquoi est-ce qu'on va à la fête ?

— On doit y aller et être aux aguets. Si tu étais un tueur en série qui vise des adolescents, tu ne profiterais pas d'une soirée d'Halloween pour passer à l'action ? C'est l'idéal pour un slasher.

— Un quoi ?

— Putain, t'as jamais entendu parler de slashers ? C'est comme ça qu'on appelle les films d'horreur où une bande d'ados se fait assassiner… un tueur en série, un masque, un peu de sexe…

Janine ne le savait pas, mais ses révélations étaient presque de la clairvoyance. Le meurtrier venait d'enfiler sa cagoule, dissimulant son identité, et attendait sur le trottoir devant chez Rebeca. Il admirait, ou peut-être pas, le défilé des élèves populaires et des cassos, car personne ne savait qui se cachait derrière les masques. La rue devint peu à peu déserte, la fête commençait et l'alcool coulait à flots, tandis que la nuit descendait sur la maison.

Andrea arriva seule. Elle portait une perruque blonde mi-longue et un pull blanc qui, avec un téléphone sans fil, composaient son déguisement.

Ce n'est pas sexy, c'est iconique. J'ai décidé de ne pas dépenser un centime pour mon costume. J'ai fouillé mon armoire. J'ai cherché des conseils sur Internet et j'ai découvert que le déguisement le moins cher et le plus efficace, c'est celui de Drew Barrymore dans Scream. *Gorka et moi, on l'a regardé quand on a commencé à sortir ensemble… Je me suis endormie, mais j'ai vu le début.*

Elle attendait Gorka, qui était en retard à cause du mauvais coup qu'il avait fait à son père. Elle ne voulait pas entrer seule pour ne pas se sentir mal à l'aise… Elle remarqua que quelqu'un l'observait depuis le trottoir d'en face. Ce qu'elle ne savait pas, c'est que l'inconnu caché sous la cagoule était celui qui avait tué Mario et Wendy de ses propres mains. Pour Andrea, ce n'était qu'un mec idiot qui avait encore moins envie de se déguiser qu'elle. Il portait le blazer du lycée et un passe-montagne. C'était quoi ce déguisement ?

La Drew Barrymore bon marché consulta son téléphone, le sien, pas le faux. Pas de nouvelles de Gorka. Elle se mit à paniquer et tenta à nouveau de l'appeler, mais son portable était éteint ou hors réseau. Il ne répondit à aucun de ses messages non plus.

C'est là que j'ai commencé à avoir peur. Je savais que Gorka allait bien, je le savais. Je suis convaincue que si jamais il lui arrive malheur un jour, je le sentirai en moi, comme un pincement quelque part. C'est peut-être idiot, mais j'en suis certaine. Mais bon, j'ai beau être sûre, son retard ne me paraissait pas normal.

Le tueur masqué profita du fait qu'ils étaient seuls dans la rue et s'avança vers elle. Andrea le remarqua et lui lança :

— Tu ne t'es pas foulé…

Il ne répondit rien, il ne pouvait pas prendre le risque qu'elle reconnaisse sa voix. Il s'approcha encore, puis la dépassa et entra dans la maison comme s'il n'était qu'un convive de plus. Pourtant, il n'était pas invité.

— Excuse-moi, mon cœur ! J'ai laissé mon putain de portable à la maison ! lui cria Gorka à plusieurs mètres de là.

— Tu m'as fait super peur ! Je vais te tuer ! répondit-elle, en faisant semblant d'être en colère.

— Non, c'est moi qui vais te tuer, répliqua Gorka en plaçant son masque devant son visage et en courant vers elle avec le couteau, en plastique celui-là.

Andrea hurla, fidèle à son déguisement, et courut vers la porte d'entrée, poursuivie par son assassin.

La fête était géniale ! Rebeca et sa mère n'avaient pas regardé à la dépense, elles ne le faisaient jamais, et le décor était incroyable. Les murs et les meubles étaient recouverts de toiles d'araignées et de néons, ce qui ne faisait pas vraiment Halloween, mais donnait une ambiance hors du commun. Est-ce que les gens étaient saouls ? Évidemment.

Dans un coin il y avait Janine, qui n'arrêtait pas d'emmerder Melena avec son refrain… Le sujet était très important mais l'idée d'Amanda, c'était que sa fille sorte et s'amuse, pas qu'elle se bourre le crâne de suppositions déprimantes.

— Tu viendras avec moi au commissariat demain ?

Et ainsi de suite. Janine lui récita la lettre de mémoire et María Elena, qui avait juste envie de se noyer dans le rhum-Coca, fut bien obligée d'accepter.

— Ça va, t'as gagné, t'es trop reloue. Je t'accompagnerai.

— Sérieux ? Putain, t'es sérieuse ?

— Oui ! Mais seulement si tu promets de la fermer et d'essayer de faire en sorte qu'on s'amuse.

— Marché conclu, Carrie.

Comme Janine avait obtenu ce qu'elle voulait, elle décida de remettre son enquête à plus tard. Elle était comme ça : à fond un moment, puis pause, puis à nouveau à fond, puis pause…

Celle qui ne s'amusait pas autant, c'était Paula. Elle savait qu'il y avait une fête dans le quartier. Le boucan était dingue et tous les vampires et les démons y allaient. Mais, même si elle avait été invitée, même si ça avait été sa propre fête, elle aurait préféré rester au lit. Ça aurait été bizarre de voir ses ex-camarades de classe décérébrés se prendre une cuite… Elle avait des sentiments contradictoires.

Chacun suit son propre chemin dans la vie, tu vois ce que je veux dire ? Et le mien, c'est celui-ci. C'est une des rares choses dont je suis sûre. Ne crois pas que je n'aie pas d'amis. J'en ai, évidemment, et je les vois parfois, ou on partage des conneries sur notre groupe. Bon, c'est plus aussi intense qu'avant… Je parle toujours de l'avortement avec beaucoup de légèreté. Je veux dire, non, je n'en parle jamais, mais si quelqu'un aborde le sujet ou si j'en parle ou si j'y pense, je minimise. Est-ce qu'un avortement est important ? Oui. Pour moi en tout cas. Et je ne parle pas de vie ou de mort, ou d'enfant et de fœtus en général, ou de droit… Je parle de ce que ça représente pour moi, juste pour moi, Paula. Je pensais, comme une idiote, que c'était un truc qui arrive, que c'est la merde sur le moment mais qu'on s'en remet, qu'on oublie dès que c'est fini. Mais comment je pourrais oublier quelque chose qui a un nom : Ana ? Je lui ai donné un nom, je l'ai humanisée. Du coup mon IVG ne peut pas être un simple souvenir, tu comprends ? Pour moi, Ana ne représente pas ce qui aurait pu être et n'a pas été… elle représente d'autres choses que… merde, j'aurais pas dû boire ce verre de vin rouge. Je ne sais pas, la bouteille était ouverte, là, sur l'îlot central de la cuisine, et je voulais me sentir adulte maintenant que je bosse. Je crois que c'est l'alcool qui me fait penser ça ou retourner la question dans ma tête, mais c'est un chapitre ou un passage de ma vie qui n'est pas terminé. En même temps, je m'interroge : c'est quoi la fin si c'est pas ça ? J'en sais rien. Si j'avais la réponse, je ne serais pas là à divaguer, à enfiler mes baskets et à sortir dans la rue pour aller voir ce qui se passe chez la meuf vulgaire, celle qui est nouvelle dans le quartier.

Andrea et Gorka n'étaient pas le genre de couple relou qui refuse de se mêler aux autres. Non, ce n'était pas ça. Mais ils aimaient être ensemble et chérissaient encore plus leur intimité. Ils dansèrent et, quand ils eurent pas mal bu, ils se cherchèrent un coin sombre pour être tranquilles. Et ils le trouvèrent. La maison était pleine de recoins parfaits, mais ils cherchaient quelque chose de plus… de plus… de mieux.

On a bloqué la porte. Je suppose que c'était une chambre d'amis. On avait pris des bougies pour faire ambiance romantique. Andrea a enlevé son pull et moi ma tunique, qui me démangeait vraiment.

Enfin, il a enlevé sa tunique et moi j'ai retiré mon pull… C'est pas qu'il faisait très chaud dans la maison, mais le pull blanc côtelé était tout sauf érotique. Par contre, j'ai gardé ma perruque… Je me suis sentie un peu pute, j'avoue. Porter une perruque, ça donne l'impression d'être sexy. Je me sentais comme ça, j'avais l'impression d'être une autre… comme si j'étais une autre fille sur le point d'embrasser mon petit ami, mais sans jalousie ni rien, comme si j'étais une « moi » sortie d'une autre dimension pour l'embrasser.

Elle n'a pas enlevé sa perruque. Je n'ai pas essayé de l'enlever, parce que je dois bien admettre que ça m'excitait un peu… Tu me diras, à quoi bon, Gorka, si tu ne vas pas jusqu'au bout ? Putain, ça urge pas ! Ma petite amie n'est pas pressée.

Je comprenais parfaitement que Gorka veuille prendre son temps et je trouvais ça très mignon, mais je suis humaine et il me plaît, il est très sexy et il se retrouvait torse nu dans un lit avec moi. La lueur des bougies et les ombres définissaient encore plus ses beaux abdominaux et…

— J'ai besoin de pisser.

Il me lance qu'il doit faire pipi. Putain… Aaaah…

— Sérieux, je ne veux pas m'enfuir. Attends-moi… j'ai bu deux bières et je n'arriverai pas à me retenir.

— C'est bon, vas-y.

Il se pencha sur elle, écarta les cheveux synthétiques de son visage et l'embrassa doucement sur la bouche.

— Mon cœur, crois-moi, je n'ai qu'une envie, c'est d'être ici, dans ce lit, avec toi… Je reviens, d'accord ?

Andrea sourit et s'allongea tandis qu'il sortait de la chambre en enfilant à nouveau sa tunique.

Le tueur masqué se promenait à l'aise parmi les invités. Ça devait lui faire un effet, même si on ne sait pas lequel. Il portait une cagoule, mais quelque chose devait lui passer par la tête. Peut-être cherchait-il une nouvelle victime, peut-être recueillait-il simplement des informations pour savoir qui serait sa prochaine cible, à moins qu'il n'ait déjà décidé sur qui jeter son dévolu…

Il monta l'escalier lentement, sans se presser. Sa respiration était rapide comme s'il venait de courir un marathon, à cause de la cagoule. Il ouvrit une porte et tomba sur deux jolies filles, complètement nues, qui s'embrassaient pendant qu'un type déguisé en Chucky, la poupée diabolique, les filmait avec un iPhone. Il croisa Cayetana, habillée en Jackie O, l'un des meilleurs déguisements de la fête, mais aucun des deux ne réagit, car ils avaient d'autres choses en tête. Il tenta d'ouvrir une porte, mais elle était fermée à clé. Évidemment, la mère de Rebeca n'allait pas laisser n'importe quel ado se rouler dans ses draps léopard en satin... Il finit par en trouver une qui était ouverte. Qui cherchait-il ?

Andrea sursauta en voyant que ce n'était pas le tueur en série de *Scream* qui entrait, mais un autre moins glamour, ridicule en uniforme du lycée avec un passe-montagne noir. Elle s'empressa de se couvrir avec le drap et bondit hors du lit.

— Encore toi ? Qu'est-ce que tu regardes ? Hé ? Casse-toi, mon petit ami va arriver...

L'homme masqué la fixa sans rien dire.

— Tu m'entends ? T'es sourd ? Barre-toi !

Le tueur sortit un couteau de sa manche et le brandit.

— Oh, un couteau, j'ai peur... Tout le monde en a un en bas...

En disant ça, elle réalisa que ce n'était peut-être pas une blague et qu'elle suivait à la lettre le schéma stupide d'un film d'horreur... Son sang se glaça. Elle ne savait pas quoi faire, mais elle n'eut pas le temps de trouver : le mystérieux inconnu tourna les talons et repartit par où il était entré.

Andrea avait les yeux écarquillés. Elle ne comprenait pas ce qui venait de se passer. Elle s'assit sur le lit et tenta de se calmer. C'était super bizarre et, même si c'était normal que ce genre de trucs arrivent le soir d'Halloween, la limite entre bizarre et flippant avait été franchie, et même entre flippant et dangereux.

Bam ! Une main froide se posa dans son dos. C'était son petit ami, qui venait d'entrer dans la chambre, la vessie vide, et qui voulait reprendre là où il s'était arrêté.

— Qu'est-ce qu'il y a ? T'es pâle comme un linge... Je veux dire, encore plus pâle que d'habitude, ma Blanche-Neige.

Il commença à lui faire de petits bisous dans le cou, mais elle était toujours mal à l'aise.

— Non, ça va... c'est juste... Bah, rien, laisse tomber.

Andrea se remit dans l'ambiance. Les bougies, le clair-obscur, les abdos de Gorka, la salive... Ce n'était pas difficile de se laisser emporter et l'incident avec le type chelou à la cagoule ne fut plus qu'un souvenir flou de la soirée d'Halloween.

Comme d'habitude, elle essaya de prendre l'initiative. D'abord de façon subtile, en caressant son petit ami par-dessus son pantalon, puis de façon plus directe en glissant la main dans son caleçon. Gorka se laissait faire... mais il freinait. Oui, c'était bizarre. Il en avait envie, mais ils s'étaient promis d'y aller doucement...

Si on y réfléchit bien, c'est moi qui donnais le rythme, moi qui pouvais décider ce qui était du « on y va mollo » et ce qui n'en était pas. Elle a mis la main dans mon caleçon. C'est lent ou trop rapide ? Je la laisse faire jusqu'à ce que je me dise que ça va trop vite et que je retire sa main. Je lui caresse le dos et je l'embrasse à nouveau avec enthousiasme...

Cette fois-ci, les refus de Gorka ne dérangèrent pas Andrea. Elle alla plus loin. Tout en souriant, elle s'écarta légèrement de lui et enleva le pantalon qu'elle avait volé à sa sœur pour son déguisement de *Scream*. Elle s'adossa à la tête de lit et déclara :

— Mon cœur, je comprends que tu veuilles suivre ton rythme, mais j'ai aussi le mien… donc puisque je m'adapte au tien, je suppose que ça ne te dérangera pas si je te montre le mien.

Des bougies. Un lit double et une fille en sous-vêtements de coton, chaussettes comprises, appuyée contre la tête de lit. Elle avait pas mal de pudeur, mais elle avait aussi envie d'aller plus loin et, comme les règles du jeu que Gorka avait fixées étaient très strictes, elle décida d'y ajouter les siennes. Peut-être a-t-elle humidifié ses doigts, ou peut-être les a-t-elle simplement embrassés pour que son petit ami les voie, puis elle s'est mise à se caresser par-dessus sa culotte blanche. Ce n'était pas l'ensemble de lingerie qu'elle portait dans le gîte dans les bois, mais la scène était bel et bien érotique. Gorka se tenait immobile devant elle, un matelas de deux mètres les séparait, mais pas besoin de s'approcher pour que son corps réagisse. Il réagit, et pas qu'un peu. Son pénis essayait de sortir de son caleçon, comme s'il voulait lui aussi assister en direct au spectacle. Et Gorka n'essaya pas de le retenir, non, il lui facilita la tâche pour qu'il lui permette de voir tout ce qu'il souhaitait. Le silence se fit dans la chambre. Andrea et Gorka n'échangèrent plus un mot. Elle était un peu gênée à l'idée de croiser le regard de son petit ami, et lui était incapable de détourner les yeux. Il respirait par la bouche et avalait de temps en temps sa salive en se caressant et, contrairement à ce qu'on pourrait imaginer, c'était très romantique. Ils ne se touchaient pas, mais chacun s'occupait de son corps comme si c'était celui de l'autre. Gorka n'en pouvait plus… il avait perdu le nord et ne savait plus quelles étaient les limites, ce qui était bien et ce qui était mal. Il s'approcha, posa sa main libre sur la jambe de sa petite amie et la monta en caressant sa peau douce. D'abord le tibia, puis le genou, puis la cuisse, et quand ses doigts essayèrent d'atteindre... *paf !* Elle appuya sur l'interrupteur et la lumière s'alluma. Fini le romantisme. Heureusement, les ampoules basse consommation mettent un peu plus de temps pour s'allumer, mais elles finirent par illuminer les deux adolescents en train de se toucher les parties génitales. Ce qui paraissait délicat devint cru et le beau vulgaire et grossier.

— Voilà, c'est ça que je ressens.

Il n'en revenait pas. Quelques secondes plus tôt, il était dans la meilleure scène porno de sa vie et, d'un coup, il regardait l'amour de sa vie se rhabiller. La porte s'ouvrit et Rebeca, qui avait troqué son déguisement de Belle pour une combinaison jaune de *Kill Bill*, fit irruption dans la pièce.

— Putain, les gars, allez baiser chez vous.

Le changement de costume de la maîtresse de maison résumait parfaitement ce qui s'était passé entre les deux amoureux ce soir-là.

Paula avait un don très rare : celui de toujours apparaître dans les pires situations. Elle n'entra pas pour se joindre à la fête, elle allait s'achever bientôt et ça n'aurait eu aucun sens. Elle n'avait ni invitation ni amis à saluer. Elle observa la scène de loin, comme une voisine qui aurait été alertée par le bruit et les cris d'une fin de soirée entre ados. Elle vit une bagarre de loin. C'était Samuel qui frappait Nano. La fille avec la perruque de Marie-Antoinette devait être Carla.

Quelle histoire… Ça m'a fait bizarre de voir Samuel, très bizarre. J'ai senti mon cœur tourner comme une centrifugeuse, mais ce n'était pas de l'amour. Non. J'ai ressenti des choses étranges et le fait de le voir dans la merde, comme toujours, m'a donné le coup de pied dont j'avais besoin pour m'enfuir à toutes jambes. Et je ne parle pas juste de la fête. Je suis sur la bonne voie. Je suis sur la bonne voie. Je me le répétais en boucle, quelle idiote…

Pourtant, Paula n'était pas idiote. Elle était parfois superficielle ou naïve, mais elle n'était pas débile. Si le destin avait redistribué les rôles au hasard et lui avait confié, par exemple, celui de la petite amie de Samuel, elle ne l'aurait pas supporté. Son amour était vif l'année précédente, mais aimer ne suffisait pas et, au fond, non seulement ils n'avaient pas grand-chose en commun, mais ce mec avait un talent incroyable pour se fourrer dans les ennuis et ça l'aurait complètement détruite. Samuel était un brave gars, mais il n'avait pas de chance.

L'odeur de pain grillé et de café inondait la maison de Melena. Les effluves du petit déjeuner étaient si intenses qu'ils lui firent ouvrir les yeux. Elle enfila la robe de chambre, la fameuse robe qu'elle portait en permanence et qu'elle ne lavait pas souvent, on ne va pas se mentir, et descendit l'escalier jusqu'à la cuisine.

Ma mère avait pris mon bonheur tellement au sérieux qu'on aurait dit qu'elle était sous médocs. Comme dans le film avec Nicole Kidman… Putain, je ne me souviens pas du titre. Une Américaine qui fait des barbecues et qui vit comme si elle était dans les années 50 et fait tout à la perfection. Elle prépare les repas, s'occupe des enfants, perpétue l'hétéropatriarcat... Eh bien, c'était ma mère. Jolie, propre, occupée à tartiner des toasts avec de la tomate écrasée à la main... C'était flippant, putain, effrayant. Sans parler de l'interrogatoire qui a suivi. Une liste de questions interminable.

« Tu t'es bien amusée ? »

« T'as retrouvé des amis ? »

« T'es rentrée à quelle heure ? »

« Quoi ? T'as flashé sur un mec ? Tu as embrassé quelqu'un ? »

« Quoi ? Quoi ? »

Putain, quelle chieuse. Je lui ai dit la vérité. Que je m'étais bien amusée. Que je n'avais pas bu autant que j'aurais voulu, mais que les bouteilles avaient été rapidement vidées. Que je n'avais pas vu grand monde, trois ou quatre personnes de ma classe et c'était tout, que c'étaient Polo et Cayetana qui avaient eu les déguisements les plus originaux. Que personne n'avait compris en quoi j'étais déguisée, qu'on aurait dit une meuf à qui on avait jeté une bouteille de ketchup... et qu'un mec moche m'avait demandé : « Tu as tes règles ? » Que je n'avais embrassé personne, c'était loin d'être dans mes plans, que je n'avais flashé sur personne... et que son idée que j'aille à la soirée avec Janine était la pire qu'elle ait eue depuis longtemps.

— Ma chérie, Janine est très sympa, elle est gentille. Je lui fais confiance, je l'aime bien.

— Oui, elle est très gentille, mais c'est une emmerdeuse, maman. Elle est convaincue qu'un tueur en série s'en prend aux lycéens et... elle ne manque pas d'arguments. Elle pense que la personne qui a tué Wendy a aussi tué Mario. *Accroche-toi...*

— Attends, il ne s'est pas suicidé, ce garçon ? demanda la mère en découpant une tranche de jambon Serrano.

— Si, mais elle pense que non.

— Ah, elle se prend pour une détective…

— Elle a reçu une lettre de Mario, maman.

— Après sa mort ?

— Non, il l'avait envoyée quelques jours avant.

Amanda écouta l'histoire comme s'il s'agissait d'un ragot amusant. Ce qui ne la fit pas rire, en revanche, c'est quand sa fille l'informa qu'elle serait un peu en retard au salon de thé ce matin-là parce qu'elle allait au commissariat.

— Ma chérie, je trouve ça génial que tu veuilles donner un coup de main à ton amie, mais cette histoire de lettre et de Mario ne tient pas vraiment la route et je ne sais pas si un commissariat est l'endroit idéal pour passer la matinée.

Melena ne pouvait qu'être d'accord avec elle.

— Évidemment, j'ai aucune envie d'y aller, j'ai la flemme, mais j'ai pas trop le choix.

Elles n'eurent pas l'occasion de poursuivre la discussion, car Janine frappa à la porte à ce moment précis. Elle entra et découvrit la nouvelle maison.

— Waouh… C'est très… C'est très joli. C'est plus petit que là où vous habitiez avant et moins tape-à-l'œil. Moins, c'est plus.

Ni Amanda ni María Elena ne purent déterminer si cette conclusion avait un double sens. Elles supposèrent que non. La jeune fille avait adopté un style un peu formel et paraissait impatiente de s'en aller. Elle s'accrochait à son sac et refusait aussi bien de s'asseoir que de boire le jus offert par la maîtresse de maison.

Je ne voulais pas de jus, je voulais repartir le plus vite possible. J'avais pris une décision très difficile. On devait aller au commissariat expliquer ma théorie. Mais Melena a tout gâché. Sa mère a dit que c'était une idée un peu folle, mais qu'elle comprenait que j'étais mal après la mort de mes amis et que je voulais me rendre utile. Madame Ex-Miss Espagne, ces gens n'étaient pas mes amis ! Quelle partie n'avez-vous pas comprise ? Elle ne s'est pas opposée à ce qu'on y aille, mais elle a exigé de nous accompagner. Non, non, non, non, non… et finalement, oui. Qu'est-ce que je pouvais faire ? J'ai tenté de lui expliquer que c'était notre affaire, en lançant plusieurs regards assassins à Melena, qui m'avait trahie. J'étais fâchée. On n'est pas hyper proches, mais je m'étais confiée à elle et elle avait tout déballé à sa mère… J'avais pas envie qu'elle perde encore ses cheveux parce que ça a été très dur pour elle, je peux en témoigner, mais ça ne se fait pas de trahir une copine. Heureusement pour elle, je ne suis pas rancunière et je m'en suis vite remise… mais ça ne me faisait pas plaisir du tout d'être obligée d'aller voir les flics avec une ex-Miss reconvertie en serveuse. Bon, au moins, elle avait une voiture… c'est déjà ça.

L'ex-Miss, comme l'a dit Janine, débarqua au commissariat comme si la ville lui appartenait. C'était une femme de caractère avec une personnalité forte et ça se sentait de loin. Il a suffi qu'elle annonce qu'elle avait des informations importantes au sujet des meurtres pour qu'elles soient toutes les trois conduites dans une salle. Peu après, l'inspecteur Ramos, qui était chargé du dossier de Wendy, les y rejoignit. Personne ne s'occupait de celui de Mario parce qu'il s'était suicidé et qu'il n'y avait pas grand-chose à faire…

Toutes les peurs de Janine remontèrent à la surface dans cette petite pièce sans ventilation. L'une après l'autre. Elle se cramponna à la chaise métallique froide, comme si c'était un siège éjectable et qu'elle était une pilote qui sentait venir le crash et s'apprêtait à être propulsée dans les airs. Ramos écouta attentivement le récit de la jeune fille… un récit interrompu fréquemment par Amanda, qui aimait être au centre de l'attention. Il paraissait souvent être du côté de Janine, à d'autres moments, en revanche, il semblait la discréditer. C'était difficile de déterminer sa position, même si en réalité elle était simple : il tentait de faire de son mieux, même si ça ne signifiait pas soutenir à tout prix les soupçons de la jeune fille. Quand Ramos évoqua la plainte contre Mario, Janine s'effondra.

Je me suis mise à pleurer. J'avais l'impression que la justice n'était pas de mon côté. J'imaginais bien que je n'allais pas recevoir une médaille, mais je me sentais… mal, comme s'ils doutaient de moi et de mes hypothèses. Je comprends qu'ils pensaient que ça n'avait pas de sens, que des gens se suicident tous les jours, que d'autres disparaissent, mais ce qui me dérangeait, c'était d'avoir l'impression que tout le monde se méfiait de moi. L'inspecteur a annoncé qu'il voulait garder la lettre, j'ai refusé et il l'a mal pris. Je lui ai dit qu'il n'avait qu'à la photocopier. « On ne peut pas analyser une photocopie, petite. » Et ce « petite » m'a blessée. La justice, la loi, la police… tout va mal dans ce pays. Je me suis sentie acculée. Melena a posé sa main sur ma jambe pour me témoigner son affection ou pour me calmer, je ne sais pas, je n'étais plus capable d'interpréter les gestes des autres. Je voyais juste des imbéciles remettre en question ce qui me paraissait être des évidences. Je me suis levée, j'ai frappé du poing sur la table et j'ai lâché un tas de critiques et d'insultes. Ça m'a fait du bien... Ce sentiment n'a été que de courte durée. Je les ai traités d'incompétents, d'imbéciles, d'aveugles. J'ai souligné qu'ils n'avaient pas réussi à résoudre l'affaire de Marina et que c'était ce qui allait à nouveau se passer, sans aucune honte ni gloire, qu'ils étaient des gros réacs qui voulaient juste toucher leur salaire sans rien foutre. « Gros réacs » était une expression déplacée, mais je ne changerais pas une virgule dans tout le reste.

Chapitre 5

Lorsque Janine rentrait à la maison, sa mère ne savait jamais dans quel état émotionnel elle allait trouver sa fille. Est-ce qu'elle serait calme ? Non, ça, jamais. Est-ce qu'elle sourirait et l'embrasserait ? Peut-être qu'elle débarquerait en pleine crise de boulimie et qu'elle se jetterait sur tout ce qu'elle trouverait. Mais en général elle se contentait de monter l'escalier jusqu'à sa chambre en retenant ses larmes, une boule dans la gorge. C'est ce qu'elle fit en rentrant du commissariat. La seule différence avec les fois précédentes, c'était que María Elena courait derrière elle. Comme Melena se déplaçait à toute vitesse dans le sillage de Janine, elle ressemblait plus que jamais à Casper le fantôme.

Une fois dans sa chambre et la porte fermée, Janine se lança dans un nouveau monologue, débitant à toute allure toutes les données qu'elle avait en tête, mais dans le désordre, comme des légumes qu'on fait sauter dans un wok et qui changent tout le temps de place. Melena ne comprenait rien, mais montrait son intérêt en ponctuant les explications de sa copine avec des « hmhm », « oui », « évidemment » et autres béquilles de soutien pour que Janine comprenne qu'elle était là et qu'elle suivait la conversation, si on pouvait qualifier de conversation cette logorrhée.

Janine finit par enlever sa veste, s'assit en se laissant tomber, sans aucune force, et leva les yeux vers Melena, qui cachait parfaitement son trouble.

— Tu crois que je suis folle ?

— Mais enfin, Janine, qu'est-ce que tu racontes ?

— Tu me prends pour une cinglée !

— Non, pas du tout. T'es un peu bizarre, tu l'as toujours été, mais folle… je ne dirais pas, un peu barrée peut-être.

— Ah, tu vois.

— Je veux dire… pas folle à lier. Peu importe.

— Je sais que tu m'écoutes, Melena, mais j'ai l'impression que tu manques d'empathie.

Je ne suis pas venue pour m'en prendre plein la gueule. J'accompagne cette conne au commissariat et maintenant je me retrouve chez elle, putain, à faire semblant d'être son amie, tout ça pour qu'elle me sorte que j'ai pas d'empathie ? Je me lève et je me dirige vers la porte sans un mot. Je n'ai pas à encaisser ça, merde ! Je fais ma bonne action, je me dévoue et je comprends qu'elle soit folle de rage, mais elle ne m'a pas demandé non plus comment j'allais ou ce que je ressentais… alors je me casse.

— Ne pars pas ! cria Janine en courant pour bloquer la porte.

Elle s'interposa entre Melena et le battant comme une gamine. L'odeur de transpiration qui s'échappait de ses aisselles frappa violemment les narines de Melena. Elle avait pris une douche ce matin-là et avait mis un de ces déodorants qui mentent en promettant d'agir pendant vingt-quatre heures et de résister au stress. Soit Janine était beaucoup plus stressée que la normale, soit la publicité était fausse… C'était sans doute la seconde proposition qui était juste.

— Tu pues…

— Quoi ?

— Tu pues la transpi.

D'un coup, elles éclatèrent de rire. Elles avaient accumulé une telle tension qu'elles avaient besoin d'une soupape pour évacuer la pression.

— Excuse-moi d'avoir dit que tu n'avais pas d'empathie.

— Si je n'en avais pas, je serais partie depuis longtemps…

— Oui, t'as raison. C'est juste un truc que j'ai toujours pensé…

Melena avait réussi à délier la langue de Janine, elle allait continuer à parler et c'était inévitable que l'une d'entre elles sorte égratignée de ce jeu de la vérité. Ou qu'elles se rapprochent.

— Qu'est-ce que tu penses d'autre de moi, Janine ?

— Pas besoin d'en parler… Tu veux de la Thunder Bitch ? C'est le nouveau Jägermeister.

Elle alla à son bureau et sortit de derrière deux vieux mangas *Ranma ½* une bouteille à moitié vide de cette liqueur de whisky à la cannelle. Elles se mirent à boire au goulot. Pas cul sec, mais en avalant de petites gorgées. Et c'est ainsi que tout commença. Elle se lancèrent dans une conversation où s'entremêlaient des confidences, des secrets, des éclats de rire et des scènes de drame sans importance…

JANINE : Oui, au début, je te prenais un peu pour une connasse, tu nous méprisais presque. D'ailleurs, tu as disparu tout l'été sans rien dire. Ça a fait de la peine à Gorka…

MELENA : J'étais dans un centre de désintoxication… Je ne pensais pas que c'était un truc cool à raconter, tu comprends ? J'étais vraiment dans la merde.

*

JANINE : Et c'est pour ça que je n'aime pas *Game of Thrones*… trop de gens qui parlent, trop de personnages, ça ne m'intéresse pas… j'accroche pas.

MELENA : C'est de la bombe, cette série, tu ne le comprends pas, c'est tout.

JANINE : Quoi ? Tu fais chier… Y a rien à comprendre. Y a juste des assassins et quelques dragons. Tout le monde crève. Les scénaristes n'accordent aucune importance à leurs personnages.

*

JANINE : La bite de Mario était… Je suis désolée de le dire, mais je m'attendais à ce qu'elle soit plus grande… En même temps, je ne peux pas comparer.

MELENA : Tu sais, je suis amoureuse de Gorka.

JANINE : Tu déconnes…

MELENA : Je te jure !

JANINE : J'ai toujours cru que t'étais lesbienne…

MELENA : Ah oui ?

JANINE : Mais oui, putain !

MELENA : Eh ben, non.
JANINE : Bah, c'est toi qui sais…

*

JANINE : T'imagines pas comme c'était dur. Je me sentais comme une merde, tu vois ? Tout le monde me montrait du doigt et me traitait de grosse et…
MELENA : Mais t'es pas grosse !
JANINE : Peu importe. Même si je l'étais, qu'est-ce que ça peut leur foutre, aux gens ? T'es quelqu'un de mieux ou de moins bien en fonction de ton poids ? Écoute, Wendy était peut-être super mince, mais son cerveau n'était pas très épais non plus.
MELENA : Comment on peut être réac quand on est jeune ? Je ne comprends pas… Comment les gens comme ça ne sont pas freinés par leur bon sens ? C'est normal d'être pédé, d'être gouine, d'être noir, on le sait bien, on appartient tous à la même espèce… Je ne comprends pas ce que ça peut foutre que quelqu'un soit gay ou gros ou quoi.
JANINE : C'était tellement frustrant pour moi de voir les gens accepter des arguments aussi… archaïques.
MELENA : Oh, t'es trop… Archaïque… quel mot !

*

Elles continuèrent à boire jusqu'à ce que la bouteille soit vide. Mele se leva du lit parce que tout tournait. La sensation n'était pas désagréable, c'était plutôt marrant, mais elle avait envie de poser le pied au sol comme une ancre et, dans le mouvement, elle se mit debout. Elle observa les posters accrochés aux murs. La chambre était très différente de celles des autres élèves de Las Encinas. Il n'y avait pas de mobilier design, ni de déco minimaliste, ni de tableaux hors de prix… Les affiches représentaient des héroïnes de mangas en jupes ultra courtes, avec des yeux énormes qui sortaient presque de leur visage. Quelques photos d'un groupe de K-pop et des images plus gothiques, mais banales, comme Sarah Michelle Gellar dans *Buffy contre les vampires* ou un tableau peint par Janine représentant Jack Skellington et Sally, la poupée de chiffon… Puis, parmi toutes ces références plus typiques d'une ado des années 90 que d'une fille de 2020, Melena repéra une étagère avec un aquarium et, à l'intérieur, cette étrange bestiole ressemblant à un extraterrestre visqueux : l'axolotl.

— C'est quoi, ça ?

— Un axolotl… C'est mon frère aîné qui me l'a offert.

— Quel cadeau ! commenta Mele avec une moue dégoûtée.

— Pas du tout, c'est génial ! Il me l'a donné parce que c'est un animal capable de se régénérer. Un survivant, comme moi, tu comprends ? Ses blessures cicatrisent d'elles-mêmes et ne laissent aucune trace…

— Toi, il t'en reste encore…

— Oui, laisse-moi un peu de temps…

Elles regardèrent l'espèce de salamandre monter sur sa rampe pour sortir de l'eau et sourire d'un air béat, comme si rien ne pouvait l'affecter.

— Peut-être que c'est ça, le truc. Sourire tout le temps, laisser tout glisser sur toi et laisser tes blessures guérir… Oh, Mele, j'ai encore envie de boire et il n'y a plus d'alcool chez moi, putain.

— Tu sais où il y en a ? répondit-elle avec un sourire malicieux.

Le salon de thé était fermé. Amanda était bosseuse, mais quand il n'y avait pas de clients elle baissait le volet et rentrait tranquillement chez elle. Elle n'aimait pas perdre son temps, c'était une femme d'action et, si ses frigos étaient pleins et le sol impeccable, la commande prête, que tout avait été vérifié et qu'il n'y avait pas de consommateurs, elle fermait et rentrait, tout simplement. Sa fille, qui connaissait ses habitudes, rouvrit le café juste pour elle et sa nouvelle amie, enfin, pour son amie retrouvée.

— On était copines avant, Janine. Qu'est-ce qui nous est arrivé ?

— T'as commencé à me trouver chiante.

— C'est pas vrai.

— Si, c'est vrai, Melena, mais c'est pas grave. C'est mon super pouvoir. Je sais que je suis reloue, chiante, je parle de trucs que personne ne comprend et j'ai des goûts bizarres… Je le sais, et c'est normal que ça mette les gens mal à l'aise, mais tu sais quoi ? J'ai toujours été fidèle à moi-même… même si les gens se moquaient de mon poids, de mes goûts, de ma coiffure… J'ai toujours cherché à ne pas me laisser affecter par les commentaires et à ne rien changer à ma façon d'être pour m'adapter au modèle établi par les autres. Je ne veux pas m'intégrer de cette façon. Je n'ai pas pleuré parce que je n'étais pas acceptée dans le groupe, j'ai pleuré parce que les gens ne comprenaient pas ou ne respectaient pas le fait que j'aie une personnalité… Je voulais avoir des amis, mais de vrais amis…

— Et Paula ?

— Paula n'était pas ma vraie amie, je suis devenue copine avec elle par nécessité, parce que j'ai été la seule à ne pas me moquer d'elle quand elle a eu ses règles en classe.

La conversation devenait de plus en plus intime, en partie parce qu'elles étaient saoules – elles s'étaient mises au mezcal – et en partie parce que, comme tous les ados, elles avaient besoin d'être écoutées. Elles voulaient être entendues. Janine avait l'impression de s'être toujours imposé le silence, de ne pas avoir osé révéler le fond de sa pensée de peur d'être encore plus rejetée. Melena, quant à elle, ne voulait embêter personne avec ses problèmes, convaincue que ses affaires n'étaient pas importantes au fond. Elle se sentit tellement à l'aise qu'elle vida son verre d'un coup, le reposa bruyamment sur la table, leva les deux bras comme si elle descendait les plus hautes montagnes russes du monde et hurla :

— JE VEUX ÊTRE MANNEQUIN !

Sa déclaration fut suivie d'un silence. Janine ne savait pas si c'était une blague et si elle devait éclater de rire. Si elle s'esclaffait et que c'était une blague, ce serait super, mais si c'était un aveu sincère, la scène serait horrible. Mais si elle ne réagissait pas alors que c'était une blague, ce n'était pas terrible non plus.

— Je dois rire ? Tu t'attends à ce que je rie ou pas ?

— Fais ce que tu veux.

Melena lui expliqua du mieux qu'elle put, avec sincérité. Elle avoua avoir toujours été attirée par le mannequinat, mais avoir toujours repoussé l'idée.

— Évidemment, imagine. Je suis la bizarre, la meuf cheloue, la droguée, et ma mère était Miss Espagne…

— Ouais, c'est dingue, hein ?

— Merde, c'est plus que dingue… C'est pas que la comparaison me donne le vertige ou me foute la trouille, c'est que j'ai toujours rejeté cet univers-là. Je l'ai toujours trouvé nul, creux, superficiel… Je l'ai toujours détesté. À tel point que je n'ai pas réalisé qu'en réalité j'adorais ça. J'étais aveuglée par la colère et la rage. En fait c'est parce que je me suis toujours sentie moche que je ne me suis jamais autorisée à trouver ça bien… Je n'ai jamais considéré qu'être mannequin était possible.

— Je ne te trouve pas moche.

— Ouais, c'est ça.

— C'est vrai. T'es belle.

— Non, *Carla* est belle.

Janine se mit à rire et frappa sur la table en crachant sa dernière gorgée.

— Tu trouves Carla jolie ?

— Putain, oui.

— D'accord, elle a des nichons de ouf… et oui, OK, elle est objectivement jolie avec ses longs cheveux blonds… j'avoue, on dirait qu'elle marche au ralenti, mais il y a quelque chose dans son expression, son rictus, qui la rend amère et qui… Que veux-tu que je te dise ? Ça ne la rend pas jolie… Je te trouve beaucoup plus mignonne.

Melena n'y croyait pas vraiment, mais elle ne put s'empêcher de rougir. Elle tapota le bras de son amie parce qu'elle était gênée du compliment.

— Je suis sérieuse. Tu as des yeux super expressifs et cette peau… et tes lèvres, je voudrais avoir les mêmes… et pas seulement ça, Mele, tu es une fille géniale…

— Ça suffit, t'es bourrée.

— Ben oui. Et c'est pour ça que je vais te dire que je suis trop contente de t'avoir recroisée. Tu es super.

— Moi aussi je suis contente.

— Tu dis ça juste pour me faire plaisir.

— Non, je le dis parce que je le pense vraiment.

— Tu m'as toujours trouvée reloue.

— OK, j'avoue, mais laisse-moi le droit de changer d'avis. J'étais nulle avant et je ne voyais pas que tu étais aussi sympa et…

Comme si une étrange magie opérait dans ce lieu, comme si la lumière était soudain plus chaude, comme si elles étaient deux inconnues, l'atmosphère changea et elles se turent, contemplant juste la beauté et l'insécurité qui leur faisaient face… Et, comme si cette magie les contrôlait et qu'elles n'étaient que des marionnettes, elles s'approchèrent l'une de l'autre, se regardèrent droit dans les yeux pendant un millième de seconde qui dura une éternité et joignirent leurs lèvres dans un baiser inattendu, mais totalement nécessaire. Lorsqu'elles se séparèrent, plusieurs scénarios étaient possibles : elles auraient pu se justifier, s'accuser mutuellement ou crier « Je ne suis pas une lesbienne ! », mais elles avaient compris que leur geste avait été impulsif, né d'une intention belle et naturelle et elles n'y accordèrent pas d'importance. Melena caressa la joue de Janine et se leva.

— Hé… Où tu vas ? demanda Janine d'une voix presque inaudible.

— Mettre de la musique. Qu'est-ce que tu croyais ?

— Rien, rien.

— Voyons voir… il doit sûrement y avoir encore de l'alcool quelque part.

Elle en trouva, je ne peux pas te dire si c'était de la vodka ou du gin, si elles l'ont mélangé ou bu sec, parce que même elles ne s'en souviennent pas, mais Mele sélectionna sur Spotify sa playlist pour danser, s'approcha de la table, tendit la main comme Aladin pour faire monter Jasmine sur son tapis volant. Janine la saisit, Mele la tira et elles se mirent à danser comme s'il n'y avait pas le moindre problème sur cette planète. Peu importait que l'une veuille devenir mannequin alors que c'était contre ses principes ou que l'autre soit blessée parce que personne ne la croyait... Elles se déchaînaient comme quand on danse seul derrière la porte de sa chambre. Le lien qui unissait Melena et Janine était beau parce que chacune se laissait pleinement aller, comme si personne ne les voyait. *Cualquier otra parte*, *Toro*, d'El Columpio Asesino, ou *Bien por ti*, de Viva Suecia, illustraient parfaitement les goûts musicaux de Melena, qui tiraient parfois vers le sombre, mais elle aimait cette pop espagnole indépendante et intemporelle. Elles dansèrent encore et encore et, quand elles se laissèrent tomber, crevées, saoules et abattues, elles éclatèrent de rire en voyant de quoi elles avaient l'air. Puis Janine se jeta sur son amie retrouvée et lui planta un deuxième baiser, plus passionné, mais qui fonctionna moins bien... parce que Melena la repoussa entre deux rires et, même si c'était avec beaucoup de douceur, c'était un rejet quand même... En revanche, il n'y eut ni malaise ni rancœur, c'était un baiser rejeté entre deux amies, point final.

Ce n'était un secret pour personne que Paula ne supportait pas Daniela. Elle essayait de ne pas le montrer, mais elle passait ses journées à exécuter des tâches qui, de son point de vue, frisaient l'exploitation : il était inévitable qu'elle maudisse un peu « sa cheffe », qui n'était ni manager ni rien. *Apprendre* ne signifiait pas grand-chose…

Je n'apprenais rien. Mais bon, être en bas de l'échelle, tout en bas, ça doit bien servir à quelque chose… ne serait-ce qu'à me donner envie d'enfiler au plus vite l'uniforme de lycée, je ne sais pas, peu importe… Je déteste Daniela. Je dois faire tellement de trucs que je ne respecte jamais l'horaire officiel, je finis beaucoup plus tard, mais je suis incapable de protester et je me tais pour paraître efficace et reconnaissante. Et je n'obtiens jamais rien en retour. Pas même un « beau travail » ou un « merci ». Daniela ne connaît pas ce mot… Le seul bon côté de mon stage, c'est que de temps en temps je tombe sur Bruno dans l'ascenseur et il me lâche une petite blague, me fait un poke pour être sympa ou me montre un mème drôle qui me remonte le moral. Est-ce que c'est important d'avoir le moral pour supporter la vie adulte ? Je veux dire, si t'as un boulot de merde mais que quelqu'un te donne envie de tenir bon, c'est plus facile à avaler… Je ne veux pas non plus passer pour la psychopathe qui a besoin d'un mec pour survivre. Je ne devrais pas m'accrocher à ce genre de motivation, qui repose sur des sentiments… mais tu sais que je tombe facilement amoureuse… Attention, je ne suis pas amoureuse de lui, pas du tout… mais j'ai plusieurs fantasmes avec lui dans le placard à balais ou à la fin de la journée dans sa voiture. Il a une Peugeot 206 bleue qui date de l'an quarante… mais je l'ai vu appuyer sur le petit bouton de la télécommande pour ouvrir la porte avec un geste gracieux et sûr de lui. J'avoue que ça m'a fait un peu… Ça m'a troublée.

Paula croyait aux contes de fées. Son histoire était une version moderne de Cendrillon dans l'univers du marketing digital. Il y avait une princesse, obligée de travailler dur, une méchante belle-mère qui la maltraitait et un prince charmé ou charmant… un prince, quoi.

Ce jour-là était pareil à tous les autres. Daniela venait de lancer à Paula : « Tu vas juste prendre ces ramettes de papier ? Tu peux en prendre quelques-unes de plus, allez, montre que tu es jeune ! » Ce jour-là, donc, Paula était chargée comme un baudet et tout allait mal pour elle… à tel point qu'elle explosa. Les boîtes de papier tombèrent par terre, ou plutôt Paula les lâcha en se rebellant contre elle-même. Elle émit un grognement de frustration et tenta de se calmer. Elle dénoua sa queue-de-cheval d'un geste irrité, soupira et s'accroupit pour ramasser les boîtes et faire comme si de rien n'était, comme si ce petit accès de colère n'était qu'un mirage.

— On dirait une petite souris recroquevillée, remarqua Bruno en passant. Je te file un coup de main ?

— Non, merci, laisse-moi, ça fait partie de ma punition.

— Allez, attends.

Il posa son café et son sac de hipster sur une table et s'agenouilla près d'elle. Paula avait évidemment vu des millions de comédies romantiques dans lesquelles le beau mec aide la pauvre fille à lunettes – elle ne portait pourtant pas de lunettes – à ramasser ses affaires, livres, documents ou autres, et son imagination se mit à galoper. Ils parlèrent de tout et de rien. Elle ne se plaignit qu'un peu pour ne pas passer pour une geignarde, mais il était de son côté et ils se mirent tous les deux à critiquer Daniela.

— Écoute, voilà ce qu'on va faire. Je t'aide à porter ces cartons et tu t'arrêtes pour prendre un café ou, encore mieux, un tilleul…

— J'aimerais bien, mais je ne peux pas. Je n'ai pas de pause avant deux heures et si Daniela me voit…

— Si elle te voit, je lui dirai que tu m'as aidé, ça passera crème.

— Tu crois ?

— Certain.

Et c'est ce qu'ils firent.

Il l'aida gentiment à porter les tonnes de papier et approcha une chaise pour qu'elle puisse se détendre pendant qu'il lui préparait un café au lait d'avoine. Puis il s'assit à côté d'elle… Le sourire de Bruno inondait la petite pièce et Paula essayait de ne pas trop le fixer amoureusement.

— Tu sais, lança-t-il soudain, il y a un truc que j'ai envie de te demander depuis le premier jour. Ne me réponds pas si tu n'as pas envie.

Paula eut d'un coup tous les sens en alerte. Elle se redressa toute droite sur son siège et posa son visage entre ses mains comme si la conversation était parfaitement banale, mais qu'elle était impatiente d'entendre la question. Est-ce qu'il allait lui proposer un rendez-vous ? Quoi ? Quoi ?

— Qu'est-ce que tu fous ici ?

Décevant ? Oui, un peu, mais toute question venant de ce beau garçon sympa était un cadeau, l'amorce d'une conversation… Il voulait savoir quelque chose sur elle, pas sur ses plans à court terme pour l'inviter à prendre un café, mais il manifestait de l'intérêt… Elle essaya de se montrer sincère, mais ce n'était pas le bon jour pour ça.

— Je ne sais pas trop. Je ne devrais pas être là… C'est chelou, non ?

Un petit fil relie entre elles nos pensées et nos émotions. Il est très fin, mais si on tire dessus, on risque que tout ce qu'on garde en soi sorte d'un coup comme un déluge de mots, de sentiments et de noirceur. Ce genre de déballage est rarement agréable parce que ces confidences s'accompagnent souvent de pleurs et de cafouillages. Paula remarqua que sa réponse tendait ce fil et que, s'il lui demandait autre chose, les larmes qui commençaient à lui monter aux yeux allaient couler. Et c'est ce qui se passa.

— Mais ça va ? Tu te plais ici ?

Elle voulait se retenir, elle ne savait pas pourquoi elle avait accumulé toutes ces émotions, mais ce n'était décidément pas son jour : elle s'effondra sans crier gare. Elle qui voulait tant faire semblant d'être adulte, responsable. Elle qui voulait donner à Bruno l'image d'une fille avec la tête sur les épaules, sûre d'elle et compétente… Elle sentit le château de cartes s'effondrer et se retrouva démasquée. Elle se mit à pleurer, à parler vite, trop pour qu'un simple mortel puisse encaisser cette liste de propos incohérents. Elle était incapable d'arrêter le flot, elle se sentait fragile et ridicule.

Comme une conne, il a fallu que je craque là et devant la seule personne qui m'intéressait dans la boîte. Ne crois pas que je voulais faire un show, c'est pas ça du tout, j'ai juste pas pu m'en empêcher. Rhoo, comme c'était gênant. SUPER GÊNANT. Je ne pensais pas qu'il y avait quelque chose entre nous, ça aurait été de la folie, il était plus âgé que moi, pas mal plus âgé, et on n'était pas vraiment assortis, mais je ne voulais pas non plus qu'il me prenne pour une tarée. En attendant, ce qui s'est passé après, c'était gênant au carré, au cube, ou... à la plus haute puissance que le malaise peut atteindre.

Bruno ne s'en mêla pas directement, il sourit légèrement, comme pour laisser entendre qu'elle pouvait se confier sans problème, il voulait se montrer gentil, il ne voulait pas la toucher pour ne pas l'effrayer, mais en même temps il voulait lui faire comprendre par son regard qu'il était là et qu'il l'écoutait. Juste à ce moment-là, *paf*, la mère de Paula fit irruption dans la petite cuisine. Elle qui ne passait jamais dans le coin. La mère et la fille s'étaient croisées à plusieurs reprises et s'étaient souri froidement en gardant leurs distances, mais quand elle vit Paula pleurer, libérant ses frustrations, ses déceptions, ses désirs inassouvis, ses traumatismes et ses complexes, exactement comme quand elle avait pleuré sur sa table d'examen l'été... elle fit ce que toute mère aurait fait. Elle s'approcha, la serra dans ses bras et Paula continua de pleurer, sentant que l'effondrement était total. Bruno devina la relation qui les liait et comprit le plus important, qu'il était de trop. Il fila en douce.

— Ma chérie, tu peux quitter ton poste, si tu veux je peux aller chercher la voiture et te ramener chez nous, mais je pense que tu le regretterais... Tu es forte, courageuse et tu es plus endurante que tu ne le penses. Qu'est-ce qui ne va pas ? Daniela t'exploite ? Prends sur toi, mon cœur ! C'est la vie... et la vie est pleine de Daniela... Est-ce qu'elle t'a maltraitée ?

— Non... Pas vraiment. Je veux dire, je la déteste, mais elle ne m'a pas mal parlé, mais elle ne me ménage pas du tout, elle ne me traite pas... elle ne me remercie jamais.

Sa mère se mit à rire. Il y avait de quoi.

— NE RIS PAS !

— Comment je pourrais ne pas rire ? Écoute, je croyais que tu ne tiendrais pas une semaine... maintenant que tu as fait tout ce chemin, ce serait dommage de jeter l'éponge. Tu voulais travailler, alors sois fidèle à la Paula qui a pris cette décision et fais-lui confiance.

Daniela arriva à son tour dans la kitchenette et contempla la scène avec étonnement. La mère de Paula était une femme respectée et c'était choquant de la voir serrer dans ses bras une stagiaire, même si Daniela était l'une des rares personnes au courant de leurs liens familiaux.

— Excuse-nous, Daniela, Paula a eu un petit vertige. Il fait beaucoup trop chaud ici. Le chauffage est à fond.

— Désolée. C'est vrai, je vais demander à ce qu'on vienne le régler.

— Ne t'en fais pas, elle va retourner travailler maintenant, pas vrai ?

Sa mère semblait déterminée et Paula fut bien obligée de suivre le mouvement.

— Oui, excusez-moi, Daniela, j'ai très peu mangé aujourd'hui...

Sa mère s'en alla sans se retourner et le bruit de ses talons disparut dans le couloir. Daniela interrogea Paula avec une moue qui hurlait « quelle mouche t'a piquée ? » et Paula se leva, se moucha dans une serviette en papier et alla rejoindre sa place. Elle se sentait faible, molle, mais traversée par un sentiment étrange et réconfortant. Elle n'était pas devenue Wonder Woman, elle n'avait pas de pouvoir spécial, son rythme était le même, mais elle avait compris qu'elle devait tenir. Elle traversa l'open space et aperçut au loin Bruno, occupé à taper sur son ordinateur. Elle était obligée de passer à côté de lui, elle était horriblement gênée, mais elle n'avait pas le choix. Elle tenta de ne pas le regarder, mais il l'arrêta.

— Tiens.

Il lui tendit un Post-it, elle le prit et poursuivit son chemin. Elle ne lut le petit mot qu'une fois qu'elle eut tourné le coin.

Merci de t'être confiée à moi. Les débuts sont difficiles, mais tu sais quoi ? Tu étais vraiment mignonne quand tu pleurais. ☺

Waouh… Le cœur de Paula enflait à chaque battement, elle avait l'impression qu'il s'était dilaté et se déplaçait dans sa cage thoracique, comme s'il remontait vers sa bouche. Elle aurait pu crier, mais non. Elle se retourna et fit signe de loin à Bruno, il sourit et elle alla se réfugier dans les toilettes où ils s'étaient rencontrés la première fois. Paula resta pensive, s'adossa à la porte et eut une révélation. Elle froissa le Post-it et le jeta à la poubelle. Elle aurait pu s'accrocher à cette histoire, elle aurait pu rentrer chez elle sur un petit nuage et passer toute la nuit au lit à imaginer des scènes d'amour avec Bruno, mais pour une fois elle préféra penser à elle. Elle croyait en l'amour, mais sans qu'elle sache pourquoi ce sentiment finissait toujours par la ronger comme un cancer, il lui faisait perdre le contrôle. Peut-être que c'était l'effet du speech de sa mère, peut-être que ça venait d'elle, mais elle devinait qu'elle avait raison. Bruno lui plaisait, mais elle ne voulait pas s'impliquer dans cette histoire. C'était cool d'être motivée pour aller travailler parce qu'elle espérait croiser son sourire tous les matins, mais elle ne voulait pas que ce jeu la détourne de ce qui était vraiment crucial pour elle à ce moment-là. Et qu'est-ce que c'était ? Eh bien, elle-même. Ce qui était capital pour Paula, c'était Paula. Pas de distraction, pas d'agitation. Paula voulait rester calme et, quand après avoir chiffonné le petit mot elle le jeta à la poubelle, elle s'était débarrassée aussi de son crush d'ado.

Le fait que les parents de Gorka soient absents avait été déterminant dans sa décision. Il n'avait pas décoré sa chambre, pas même allumé des bougies ou acheté des fraises : ils avaient dépassé ce stade. La mise en scène n'avait pas d'importance, ce qui comptait, c'était l'action et il allait enfin prendre les choses en main. Leur relation avait souffert après la fête. Andrea était un peu plus froide, juste un peu. Mais elle était tellement chaleureuse et adorable d'habitude qu'il suffisait qu'elle se montre un peu distante pour qu'il ait l'impression qu'un iceberg avait poussé entre eux et il ne voulait pas de ça… Attention ! Ça ne signifie pas que Gorka avait décidé de sauter le pas pour faire plaisir à sa copine. C'est juste qu'après avoir vu comment son corps réagissait chez Rebeca il avait conclu que le temps était venu, qu'il se sentait prêt.

J'ai confiance en notre relation. Elle me plaît, enfin, je l'aime… et je sais que, même si ça ne se passait pas super bien, elle ne s'enfuirait pas en courant. Une fille qui a su attendre, enfin, à sa manière mais qui a quand même attendu, mérite que je lui accorde ma confiance et que je ne sois pas un puceau effrayé… Et, je meurs d'envie de la baiser, je veux dire, je meurs d'envie de lui faire l'amour comme elle le mérite. J'ai un désir fou de la pénétrer, de sentir que je suis en elle. Oh là là, j'ai peur de ne même pas tenir trente secondes, mais je vais essayer. Elle le mérite. Je le mérite et je veux le faire. Il est temps, non ? Ça me fout la trouille… Oui, mais je ne suis pas paralysé, je ne vais pas laisser la peur décider pour moi. Et si quelque chose se passe mal, on verra comment le régler. Parce que pour moi c'est bien clair : ni le sexe ni quoi que ce soit ne va gâcher ce que j'ai avec Andrea. Je l'aime. Je veux être avec elle. Je me sens bien avec elle et elle avec moi, et on a hyper confiance l'un en l'autre et, ça, ça ne se perd pas comme ça… Avec Paula, c'était différent. On naviguait dans le noir et on était des gamins. Oui, c'était l'année dernière, mais j'ai beaucoup changé cette année, non ? Oui, je pense que j'ai pas mal changé…

Andrea avait reçu le message, un message très simple :

Bonjour, mon amour. Tu viens chez moi ? 😉

Elle ne se laissa pas éblouir par un clin d'œil et des promesses qui pourraient finir en espoirs déçus et répondit.

OK. Ça marche. Je prends une douche et j'arrive.

Elle savait que quelque chose pouvait se passer, mais elle ne voulait pas avoir d'attentes, de peur d'être déçue. Elle se doucha, se fit belle, mais ne réfléchit pas stratégiquement à ce qu'elle allait porter. Elle choisissait toujours des sous-vêtements parfaitement assortis, mais ce jour-là elle défia en quelque sorte le destin en optant pour un soutien-gorge de sport et une culotte d'une autre couleur.

Elle entra dans la chambre de Gorka les cheveux encore humides. Elle n'aimait pas utiliser de sèche-cheveux et les laissait toujours sécher à l'air libre pour qu'ils reprennent leur forme naturelle. Évidemment c'était facile avec sa crinière. Gorka savait qu'il ne devait pas aborder le sujet, qu'il ne devait pas faire allusion au fait qu'il avait envie d'elle, parce que ça aurait cassé l'ambiance et coupé toute spontanéité. Il voulait être naturel, mais son petit sourire était plus que révélateur.

— Qu'est-ce qu'il y a ? demanda-t-elle en remarquant l'atmosphère étrange.

— Rien, je t'aime.

— Oui… moi aussi.

— Ben voilà.

— Oui, voilà.

Il se leva du lit, caressa les cheveux mouillés de sa copine et l'embrassa sur les lèvres comme si c'était la première fois. Ce baiser effaça le chaos dans la tête d'Andrea. Ils ne voulaient rien planifier et ils se laissèrent aller sans réfléchir. Ils commencèrent par s'embrasser de cette manière douce qu'ils connaissaient si bien. Leurs langues se synchronisèrent comme d'habitude, mais quelque chose paraissait différent, comme s'ils ne se connaissaient pas, comme s'ils n'étaient pas habitués à ces sensations. Andrea, qui prenait toujours l'initiative, s'abandonna aux mains de son petit ami, qui la caressait avec assurance, et se laissa emporter. Gorka lui prit la main et la glissa dans son pantalon. Il n'y avait rien à cacher. Est-ce qu'Andrea fut surprise ? Un peu… par sa peau, sa chaleur. Tout était nouveau, même si elle l'attendait. On a beau avoir fantasmé sur quelque chose, la réalité fait vite oublier ce que l'esprit a imaginé.

Andrea touchait le corps de Gorka comme si elle ne s'était jamais projetée dans cette situation. Il la guida vers le lit, enleva son T-shirt et son pantalon, mais garda son caleçon. Ils s'allongèrent et il rampa sur elle comme un reptile, pour l'embrasser à nouveau. Presque par magie, les vêtements de la jeune fille avaient disparu et leurs gestes parurent tout ce qu'il y a de plus naturel. Tout était facile entre eux, comme si leurs corps avaient été créés pour s'adapter l'un à l'autre et à ce lit. Gorka prit le visage d'Andrea dans ses mains et lui donna un gros bisou, presque comique, plus comme une grand-mère à Noël, mais pour lui c'était un point final qu'il mettait pour clore son passé sexuel quasi inexistant. Ce ne fut pas le coup du siècle, mais c'était leur première fois et ça conféra à l'acte un aspect précieux. Peu importe la durée, les bruits qu'ils émirent ou pas. Ça ne se passa ni comme dans les films pornos ni comme dans les comédies romantiques, ce fut tout simple : Gorka et Andrea firent l'amour. Puis ils passèrent des heures au lit. Elle s'amusait à faire des tire-bouchons avec les poils naissants de son torse, il devait y en avoir quatre tout au plus, tandis qu'il admirait sa petite amie et pensait sans cesse qu'il avait trop de chance.

La journée de Paula avait été intense. Elle n'avait jamais travaillé aussi tard, avait pleuré, avait cru un instant être sur le point de commencer une histoire d'amour avant d'y renoncer volontairement. Son maquillage était tout sauf celui d'une fille heureuse, mais elle était étonnamment stable émotionnellement et marchait avec assurance. Ses pas résonnaient dans le parking. C'est souvent là qu'elle retrouvait sa mère et elles rentraient ensemble en écoutant la radio ou en échangeant des banalités, mais ce soir-là il était déjà tard et la voiture n'était plus là. Paula fit donc demi-tour. *Les parkings sont des endroits déprimants*, se dit-elle.

Un mauvais pressentiment, comme un frisson, lui parcourut l'échine, remontant jusqu'à sa nuque. Elle aperçut une silhouette au loin. Quelqu'un qui l'observait, tapi dans l'obscurité, et elle n'aimait pas ça du tout. Ça lui aurait encore moins plu si elle avait su que la personne en question portait une cagoule et cachait un long couteau dans la manche du blazer de Las Encinas. Paula accéléra le pas et le tueur masqué fit de même. Elle se retourna et comprit qu'il la poursuivait, il n'y avait aucun doute là-dessus. C'était un inconnu avec un passe-montagne et il courait… droit dans sa direction. Automatiquement, des pensées terribles lui traversèrent l'esprit, elle pensa à tous ces adolescents morts, une affaire qui jusqu'ici ne la touchait que de loin. Elle pourrait maintenant devenir une victime. Elle pensa à beaucoup de choses :

Je ne veux pas mourir.

Putain, pourquoi je porte ces talons hauts ?

Je ne peux pas mourir.

Ne tombe pas, idiote.

Maman…

Je ne peux pas mourir.

Papa…

C'est vraiment en train de se passer ?

Elle courut vers la sortie, avant de se rendre compte que c'était la mort certaine. Elle n'avait qu'un seul espoir : foncer vers l'ascenseur et espérer que la cabine soit encore au sous-sol. Le tueur se rapprochait. *Ding !* Avant même qu'elle ait appuyé sur le bouton, les portes de l'ascenseur s'ouvrirent et trois employées en sortirent, trois connasses qui parlaient dans le dos des autres et les critiquaient à voix haute. Trois femmes célibataires et certainement pas par choix. Des harpies de bureau qui semblaient maintenant être des anges salvateurs envoyés par Dieu en personne, en admettant qu'il existe. Paula se retourna : il n'y avait personne derrière elle. Elle voulut parler, les prévenir, leur expliquer que quelqu'un l'avait poursuivie, mais elle parvint juste à lâcher :

— À plus.

Elle s'engouffra dans la cabine, paniquée en entendant de loin des commentaires moqueurs du style « vraiment bizarre cette stagiaire ».

Est-ce que c'est vraiment arrivé ? Est-ce que quelqu'un a essayé de me tuer ? J'étais hyper angoissée, c'est vrai, mais l'esprit ne peut pas créer ce genre de… d'hallucination tout de même ? Ou si ? Qui voudrait me tuer, d'abord ? Peut-être que c'était un connard qui voulait encore s'amuser avec son costume d'Halloween… Ou on m'a filmée pour une blague qui sera postée sur YouTube pour me ridiculiser. Bon, je sais que je ne suis pas très appréciée dans la boîte. Les gens me considèrent comme un larbin et on se moque de moi de temps en temps… Au lycée, ça m'arrivait tout le temps. J'attirais les harceleurs comme un aimant. Mais ça… c'était différent. Est-ce que c'était réel ? Je ne l'ai pas bien vu, mais son visage était sombre, ce qui veut dire qu'il avait quelque chose sur la figure. Quelle horreur ! Non, c'est trop dingue. C'est mon désir d'attirer l'attention, à la maison on me l'a toujours reproché. Non, c'est pas possible.

C'est pas possible. Je ne veux pas, ce n'est pas possible. Non. Non. Ce n'est pas arrivé. Ce n'est pas arrivé. Non.

Elle pouvait penser à ce qu'elle voulait pour tenter de se calmer, la réalité était indéniable : si les trois pipelettes n'étaient pas sorties à ce moment-là, Paula n'aurait plus été là pour en parler. Le tueur se cachait toujours derrière un pilier. Frustré, il retira son uniforme, le rangea dans le sac qu'il avait caché sous une voiture et sortit du parking comme une personne normale.

Après avoir raccompagné sa copine chez elle et l'avoir embrassée sur le perron pendant un quart d'heure, Gorka rentrait chez lui en souriant. La nuit était froide et il ne portait qu'un sweat à capuche gris, son sweat polaire habituel, mais le moment qu'il avait passé avec Andrea avait été si agréable que ça ne le dérangeait pas d'avoir froid. Un Uber s'arrêta devant la maison de Paula et elle descendit, encore sous le choc, les cheveux ébouriffés, des coulées de mascara sous les yeux. On n'aurait pas dit une jeune fille, ou alors une mineure accro à toutes les drogues, elle ne ressemblait en tout cas pas à la Paula angélique dont Gorka se souvenait. En la voyant dans un tel état, il ressentit un tourbillon d'émotions étranges. Elle remarqua sa présence. Il était toujours aussi mimi. Beau, en survêt, avec ses oreilles sexy. Paula et Gorka n'étaient qu'à trois mètres l'un de l'autre et ils avaient traversé tant de choses ensemble. Il leva la main pour lui faire signe, comme par réflexe, elle sourit et essaya de dégager de son visage les cheveux qui s'étaient détachés de sa queue-de-cheval.

— Eh ben, t'es dans un drôle d'état ! constata-t-il gentiment, en laissant entendre qu'il n'y avait pas de malaise entre eux.

— T'imagines pas…

Quand Paula le vit s'approcher et planter deux baisers sur ses joues, elle fut bien obligée d'oublier tout ce qui lui était arrivé pendant la journée. Ses baisers, le contact de ses lèvres sur son visage étaient le nouveau départ dont elle avait besoin. Il avait déjà sorti ses clés quand il remarqua qu'elle voulait dire quelque chose :

— On va faire un tour ?

— Avec plaisir.

La conversation fut loin d'être gênante, ils parlèrent de leur vie et il était évident qu'il y avait une alchimie entre eux. Comme si le temps passé sans se voir avait décuplé la magie de leur relation. Leur complicité et leur langage non verbal montraient qu'ils étaient faits l'un pour l'autre. Peut-être que ça n'arriverait jamais dans ce monde ou peut-être que, si la réincarnation existait, ils étaient destinés à se retrouver dans une autre vie, à fonder une famille et à être heureux ensemble, mais les événements avaient séparé leurs routes. Paula était contente qu'il soit si heureux avec Andrea et Gorka l'encouragea à continuer son stage. Il n'y avait aucune ambiguïté dans leurs rapports. Ils firent plusieurs fois le tour du quartier et, quand ils se retrouvèrent devant la porte de Paula, ils se regardèrent en silence et hochèrent la tête comme pour se dire « tout va bien, sans rancune ». Paula et Gorka étaient toujours Paula et Gorka, ils en étaient bien conscients. Il la trouvait belle, même décoiffée et avec son maquillage qui avait coulé, et elle se disait que, si ça n'avait pas de conséquence, elle lui roulerait une pelle inoubliable et le baiserait sur place, mais c'était impossible, irréalisable et déplacé. Ils se dirent au revoir de manière cordiale et, alors que Gorka s'apprêtait à traverser la rue, elle se retourna.

— Gorka.

— Quoi ?

— Viens… Je dois te dire quelque chose. Je ne sais pas si je dois te le dire, mais je pense que c'est bien que tu le saches.

— Paula, t'es pas obligée, c'est bon.

— Je suis tombée enceinte… de toi.

— Quoi ?

— Je ne sais pas… si ça se trouve le préservatif s'est déchiré ou je ne sais pas, mais… de toute façon, je me suis fait avorter cet été… c'était horrible. Je ne savais pas si c'était important, je ne savais pas si je devais te le dire ou…

Gorka resta bouche bée et la nuit agréablement fraîche lui parut tout à coup plus glacée que l'Arctique. Blanc comme un linge, il se mit à tituber. Il aurait voulu dire un tas de choses, mais il ne trouvait rien de sensé. Il n'était pas programmé pour ça. Il était prêt à encaisser les nouvelles les plus dures, il savait quoi dire pour échapper aux conversations difficiles, pour se tirer d'un tas de mauvais pas, mais la bombe qui venait de lui exploser en pleine figure, dans son cerveau et surtout dans son cœur, l'avait mis K-O. Les larmes lui montèrent aux yeux. Il se mit à crier et à jurer. Il ne savait pas si les phrases qui s'échappaient de ses lèvres étaient claires ou si elles avaient du sens, mais Paula semblait les comprendre toutes.

— Je suis désolée, je ne savais pas…

— Putain, pourquoi tu me l'as pas dit, Paula ? Merde, merde ! T'aurais dû me le dire. Je t'aurais aidée ou on en aurait discuté, on aurait vu ce qu'on pouvait…

— Il n'y avait rien à voir ! Il n'y avait pas de choix possible. Il n'y avait qu'une chose à faire.

— Pourquoi tu me l'as pas dit ?

— Parce que je ne savais pas, je ne sais pas… J'avais peur. J'avais vraiment la trouille…

Ils continuèrent à tourner en rond à ressasser les mêmes phrases, de plus en plus furieux, criant de plus en plus fort, jusqu'à ce que les voisins apparaissent aux fenêtres, puis les parents de Paula. Quand il réalisa que la dispute avait tourné au spectacle de rue, Gorka baissa le ton et contint sa rage en fermant les poings. Il les serra si fort que la marque laissée par ses ongles dans ses paumes mit plusieurs heures à disparaître. Ils pleuraient tous les deux, ils étaient meurtris, mais un seul mit fin à la discussion.

— Tu es la pire chose qui me soit arrivée, Paula. Je préférerais ne jamais t'avoir rencontrée, je te jure, j'aurais voulu ne jamais…

Il se tut et partit en courant. La jeune fille, ou ce qu'il en restait après cette phrase horriblement blessante, se précipita dans sa maison sans regarder ses parents et s'enferma dans sa chambre. Elle refusa de dîner. Elle refusa de parler. Elle refusa de sortir. Elle ne voulait plus exister. Elle ne voulait rien. Le lendemain, elle n'alla pas travailler. Ni le jour d'après. Ni ceux qui suivirent…

Chapitre 6

Chère Ana,

Tu ne t'es jamais appelée comme ça parce que tu n'as jamais existé, mais ma grand-mère portait ce prénom et j'aime bien t'imaginer avec le même. C'est peut-être idiot, de s'accrocher à toi, de t'humaniser, de te donner une personnalité et une vie imaginaire, alors que c'est moi qui me suis allongée sur la table d'opération de mon plein gré pour me débarrasser de toi. Mais tu n'étais pas toi, tu n'étais rien. Maintenant, tu es tout. Ton souvenir est présent en permanence dans mon esprit. Je t'écris parce que je veux te dire au revoir, pas pour toujours, mais je veux te rendre la place qui te revient et ce n'est pas celle-ci. Je t'ai imaginée un million de fois. Je me suis imaginée être ta mère, mais ça paraît tellement fou. Même si tu existais, tu ne voudrais pas d'une mère comme moi. Je suis parfois superficielle, parfois bête et parfois je fais semblant. Je fais du mal, Ana. J'ai ce pouvoir, celui d'être malchanceuse, de ne pas penser aux conséquences et de commettre des erreurs. Peut-être que je tomberai à nouveau enceinte un jour et que tu réapparaîtras. Peut-être que tu ne t'es pas désintégrée dans l'espace, mais que tu as compris que ton heure n'était pas encore venue et que tu attends juste qu'elle arrive, que tu es en pause, dans un endroit très agréable... Oui, ta non-mère est un peu romantique, aussi. Je l'ai toujours été et je le serai toujours, je crois.

Je ne veux pas que tu penses que je ne t'aimais pas. Au contraire, je ne te connaissais pas, mais je t'aimais déjà beaucoup... Je t'aime toujours, c'est pour ça que je veux te dire au revoir, parce que ce n'est pas sain. Je veux que tu saches que si j'avais été plus âgée, plus adulte, dans une autre situation, je ne me serais jamais retrouvée sur cette table d'opération. Tu l'ignores, mais je suis très têtue. Quand j'avais huit ans, je voulais absolument être majorette. Non, tu ne sais pas ce que c'est... c'est un peu comme pom-pom girl, mais avec un bâton et un uniforme, comme un dompteur de cirque, mais pour les filles. Je suis maladroite, mais je me suis entraînée à faire tourner le bâton. Ça m'a coûté de la sueur et des larmes, mais je n'ai jamais laissé tomber, parce que, même si presque tout m'est toujours tombé tout cru dans la bouche, j'ai toujours été chiante et exigeante avec moi-même et, bien que je doute souvent de moi, je finis toujours par tirer la charrue et par avancer... Pourquoi je te raconte ça ? Parce que, si tu étais apparue au bon moment, j'aurais tout fait pour être la meilleure des mères, une mère irréprochable. J'aurais eu tort, parce que personne n'est parfait, mais j'aurais fait des efforts et je me serais coupée en quatre pour t'offrir le meilleur. Et surtout je t'aurais montré qu'il y a des trucs formidables dans la vie... surtout des petites choses. Avant je n'accordais d'importance qu'aux grandes choses et aux objets chers, pourquoi se mentir, mais maintenant j'apprécie cinq minutes de sommeil supplémentaires. Un café chaud. Me promener le dimanche ou prendre du temps pour moi, m'écouter et tout ça... Ça te paraît bizarre ? Et quand tu aurais été ado, je t'aurais traitée encore mieux que les autres. Je ne t'aurais pas étouffée, j'aurais fait en sorte que tu saches que tu pouvais compter sur moi.

L'adolescence n'est pas une période facile. Les adultes sont persuadés que tes problèmes n'en sont pas, alors que pour toi ils sont super importants et personne ne le comprend. Un rien peut t'affecter énormément. Au lycée, je me faisais souvent emmerder, mais je ne me suis pas laissé abattre... Pour quelle raison ? Parce que je suis devenue une femme en classe. J'ai eu mes règles, waouh... Personne ne savait que c'était la première fois que ça m'arrivait, j'avais peur, je saignais, je savais ce que c'était mais il y a une énorme différence entre savoir de quoi il s'agit et le vivre. Au lieu de recevoir du soutien, j'ai été couverte d'insultes. Je me sentais seule et triste, mais je m'en suis remise toute seule.

L'adolescence a de très bons côtés aussi. Il y a les premières fois, les premières choses et il y en a de très belles, mais le mieux dans l'adolescence, c'est qu'elle s'arrête un jour. Je suis jeune, je suis encore une gamine, mais j'évolue et je sais que dans quelques années, quand je regarderai en arrière, je ne me souviendrai que des bonnes choses. Je suis désolée de ne pas avoir mieux géré la situation, mais je ne sais pas si c'était vraiment possible. Je sais que tu n'existes pas, mais j'avais besoin de te dire au revoir.

Au revoir, Ana.

Combien de temps s'est-il écoulé avant que Janine ne réalise qu'elle avait des sentiments pour Melena ? Je ne sais pas. Était-ce l'hiver ? C'est sûr. On croisait à présent des écharpes et des manteaux dans les rues et les plans entre amis se faisaient plus souvent à l'intérieur. Depuis le jour où elles s'étaient retrouvées et qu'elles avaient transformé leur fausse relation en amitié solide, elles se voyaient très souvent. Elles ne faisaient rien d'extraordinaire. Elles se donnaient rendez-vous au salon de thé, se baladaient dans le quartier, jouaient parfois à la console ou allaient faire un tour au centre commercial et, enfin, se saoulaient de temps en temps, mais sans excès. Elles se soutenaient beaucoup mutuellement… Mais Janine se sentait de plus en plus bizarre. Elles ne s'étaient plus embrassées et n'avaient pas abordé le sujet, non parce qu'il était tabou mais parce qu'il semblait sans importance. Il n'empêche que Janine sentait grandir en elle un sentiment étonnant et nouveau, difficile à classer. Elle avait sans cesse envie d'être avec Mele. Elle s'amusait avec elle et l'encourageait à devenir mannequin. Ça gênait María Elena d'en parler, mais Janine la poussait à participer à un concours dont elle avait entendu parler.

Je ne voulais pas participer à ce concours organisé par une agence de mannequins, mais, en même temps, j'avais envie. Je veux dire, quelque chose en moi m'empêchait de le vouloir, d'en avoir envie comme d'un truc normal, mais Janine était tellement reloue… elle m'a littéralement forcée. Un jour, je me suis réveillée et elle m'avait transféré un mail de l'agence qui me convoquait pour un test. Elle m'avait inscrite en douce, la salope. Et, même si ma tête et mes pieds ne voulaient pas partir, j'ai écouté le reste de mon corps et je me suis présentée. Tout m'a mise hyper mal à l'aise. Être là, voir d'autres candidates, parler aux gens. Les vêtements qu'on m'a fait porter, le maquillage, la coiffure super cheloue qu'on m'a faite. La nervosité, le stress, le jugement des autres que je sentais en permanence. La honte, la peur, les genoux tremblants… Janine levait son pouce vers moi dès qu'elle croisait mon regard. Elle allait et venait, mais elle est restée tout le temps.

J'avais trop la trouille. Les talons étaient méga inconfortables et j'avais peur qu'un de mes seins ne sorte. Je n'ai pas beaucoup de poitrine, mais le décolleté était bizarre, très lâche, et je n'avais jamais porté quoi que ce soit du genre... Morte de trouille, j'ai pris position sur la marque au sol. Un photographe étranger, aucune idée de sa nationalité, m'a dit de me détendre, de me mettre comme ci ou comme ça, de poser ma main ici et là et, à un moment, mon corps s'est mis à bouger tout seul, comme par réflexe, comme si j'étais en pilotage automatique mais que je connaissais parfaitement les gestes. Un sentiment hyper bizarre. Je n'avais jamais posé avant, je déteste les photos ou, plutôt, j'ai toujours été convaincue de les détester, mais voilà... c'était bien. Je n'avais pas envie que le shooting s'arrête. J'ai regardé Janine, qui était bouche bée, perplexe, tout comme moi, mais je ne voulais pas perdre ma concentration. J'ai continué. On m'a changé de vêtements et je me suis lancée dans l'arène, j'ai tout donné, sans direction ni filet. Je suis un peu gênée de le penser, mais... être mannequin va à l'encontre de mes convictions. Je détestais ce boulot, je croyais que c'était un truc superficiel qui gonfle l'ego. Je pensais que c'était juste pour ceux qui s'y croient, qui n'ont pas de cerveau pour faire autre chose de leur vie... Mais soit j'avais tort, soit je n'ai pas de cervelle non plus. Je préfère penser que c'est la première possibilité. Je ne veux pas qu'on me juge parce que je suis moi-même... et c'est dingue que je souhaite ça alors que j'ai été la première à juger. On m'a félicitée, on a admiré mon aisance et y a même une meuf de l'agence qui a parlé de mon « talent naturel ». Moi ? La fille bizarre qui a perdu ses cheveux, celle qui a fait une cure de désintoxication, la serveuse du salon de thé franchisé, la taiseuse de dix-sept ans qui n'aspire à rien dans la vie… un talent naturel ?! J'y crois pas ! Mais ça m'a plu. Quand je suis sortie de là, j'avais la pêche… J'ai senti une montée bien plus forte qu'avec l'ecsta. Qu'est-ce qui m'arrivait ? D'accord… ça peut paraître exagéré, mais il ne faut pas oublier que je suis la fille blasée typique, du genre à contenir ses sentiments. En comparaison, cette exaltation était incroyable.

Mele était hallucinante devant l'objectif. Méconnaissable. Sa beauté explosait sous les projecteurs et tout le monde restait sans voix, comme moi.

C'était génial de la voir s'amuser et exprimer sa véritable personnalité. C'était surtout unique d'être présente sur place pendant que ça se passait, de partager quelque chose d'aussi intime. Je pense qu'elle va remporter ce putain de prix, c'est sûr. Ce qui s'est passé après était encore plus bizarre, surtout pour moi.

Melena sortit en courant de la petite loge aménagée à l'agence pour les candidates. Elle portait déjà ses vêtements habituels, bien éloignés de ceux qu'elle avait enfilés quelques minutes plus tôt et qu'elle avait défendus comme s'ils étaient les plus chers et les plus exclusifs du monde, mais comme elle ne s'était pas démaquillée elle ressemblait encore à un mannequin, en civil, mais un mannequin quand même. Janine l'attendait, prête à partager l'euphorie adolescente de son amie. Mele était ravie, elle n'avait jamais rien fait d'aussi génial et elle avait envie de mettre des mots sur tout ce qu'elle avait ressenti. Elle se jeta sur Janine, la serra dans ses bras en souriant et l'embrassa plusieurs fois. Un de ces baisers atterrit par hasard sur la bouche de sa copine. Mele, bien sûr, n'y prêta pas attention, mais Janine si. María Elena lui prit la main et l'entraîna vers une chaîne de café-resto, Vips, pour lui raconter tous les détails.

On peut le voir comme on veut, elle peut prétendre que ça n'avait aucune importance, mais en réalité elle m'a embrassée en plein sur la bouche. Et cette fois ce n'était pas une initiative commune. C'était elle. Évidemment, je ne l'ai pas souligné. La première fois qu'on s'est embrassées, c'était… naturel, un geste spontané et c'était… comment dire ?… normal, c'était normal, mais cette fois-ci, elle était très fière d'elle, surexcitée et elle l'a canalisé sous la forme d'un baiser. Bon, d'accord, elle ne m'a pas roulé une pelle, enfin peut-être, je ne sais plus. Non, objectivement c'était juste un petit bisou sur les lèvres, mais c'est pas un truc que se font des copines, sauf si elles sont dans une rave sous ecsta. On en était déjà à deux baisers. Pourquoi est-ce que j'y accorde autant d'importance et elle aussi peu ? Pourquoi ? Je ne sais pas…

Moi je sais. Janine en faisait tout un plat parce qu'elle était dans un sale état. Elle était paumée. Elle n'était déjà pas habituée à l'affection, à recevoir de l'attention, alors qu'une personne aussi indépendante que Melena s'intéresse à elle, passe du temps avec elle ou simplement l'estime, la place à un endroit où personne ne l'avait jamais placée, ça lui faisait un effet incroyable. Elle trouvait Mele belle, sympa et hyper intéressante. Janine était fan de mangas et d'histoires tragiques d'ados et son amie ressemblait à une de ses héroïnes préférées. Mais si Mele était l'héroïne, qui était Janine ? C'est ce qu'elle n'arrêtait pas de se demander. Mais elle ne voulait pas l'exprimer à voix haute, refusait d'en parler avec son amie de peur qu'elle ne la trouve bizarre et ne la rejette. Comme d'habitude, elle préféra se taire. Après être allées chez Vips, elles coururent à Las Encinas. Elles arrivèrent à temps pour les deux derniers cours et inventèrent une excuse, prétextant un passage aux urgences, un coup à la jambe et un accident, une histoire qui ne collait pas trop, mais qui n'eut aucune conséquence.

Gorka, lui, avait assisté à tous les cours, mais seulement *physiquement*, car sa tête était encore dans la rue de Paula, bloquée sur le moment de leur dispute devant les voisins curieux. Depuis ce soir-là, il était super préoccupé et accordait plus d'importance à sa rencontre avec Paula, à la douche froide qu'elle avait provoquée, à cette nouvelle qui lui avait fait l'effet d'une bombe, qu'à sa première relation sexuelle avec Andrea. Celle-ci était un peu vexée.

Génial, tu couches pour la première fois avec ton petit ami et il tire une gueule jusque par terre. J'ai attendu tellement de temps… J'étais persuadée que ça nous rapprocherait, que notre relation irait encore mieux et, au final, il est plus lointain que jamais… Pff, ça me fait vraiment chier.

Gorka évitait soigneusement le sujet, il ne trouvait pas cool de devoir parler d'une de ses ex, sans parler d'évoquer la grossesse ou l'avortement. Mais il se sentait vraiment mal et, même si c'était totalement irrationnel, il était incapable de contrôler l'expression aigrie qu'il avait affichée toute la journée. En tête à tête avec Andrea, il le cachait mieux, mais les commissures de ses lèvres restaient plissées comme si elles refusaient de sourire. Sa petite amie n'était pas idiote.

— Qu'est-ce qui t'arrive, mon cœur ? lui demanda-t-elle en lui caressant les cheveux.

Il ne répondit pas et s'allongea sur la pelouse de Las Encinas après avoir terminé son sandwich au poulet et au curry.

— Mon cœur, réponds-moi. Je me sens un peu bizarre. C'était bien l'autre jour. C'est ça qui te tracasse ?

— Non, c'est pas ça. Je vais bien, t'inquiète.

— Gorka... on a toujours été honnêtes. En fait, c'est une des choses que j'apprécie le plus dans notre relation. Même si parfois c'est hyper dur de se confier et qu'il faut qu'on se tire les vers du nez pour parler de sentiments, ça finit toujours par sortir... S'il te plaît, ne me force pas à insister jusqu'à devenir reloue pour que tu lâches enfin la vérité.

— Ma belle...

— Allez, vas-y, crache ta Valda et on verra comment on peut régler le problème.

Il se tourna vers Andrea et redécouvrit la merveilleuse petite amie qu'il avait. Les coins de ses lèvres cessèrent de retomber pour pointer vers le ciel (juste un peu) et il lui avoua tout. Ce qu'il lui arrivait, ce qu'il ressentait. Elle le serra tout contre elle. Elle ne le jugea pas, ne le bombarda pas de questions gênantes. Elle se contenta de l'écouter, de le comprendre et d'essayer de lui remonter le moral, mais elle savait qu'il n'y avait pas de mots magiques. Parfois, il vaut mieux se taire et simplement être là.

Je me suis senti mieux, évidemment. Andrea est une fille géniale, j'ai une chance de dingue. Ça n'a pas de sens que toute cette histoire avec Paula me plombe le moral. Je ne sais pas pourquoi je me suis énervé ni pourquoi je me suis senti si mal. C'est important, bien sûr, mais si elle me l'avait dit ça n'aurait rien changé... Je l'aurais encouragée à le faire, c'est sûr, on est trop jeunes, mais savoir que je n'avais pas assisté à un événement qui avait un rapport avec moi ou qu'elle ne m'avait pas mis au courant d'un truc aussi important m'a décontenancé. Et, quand il t'arrive un truc pareil, tu ne peux pas simplement tourner la page. En tout cas, moi, je n'en suis pas capable. Je n'arrive pas à me le sortir de la tête. Je suppose que ça va passer ou que je vais me convaincre que ce n'est pas si grave. Ce n'est pas parce qu'elle ne me l'a pas dit ou parce que j'ai quelque chose à voir avec cette grossesse, c'est parce que, même si notre histoire n'était pas parfaite, j'ai aimé Paula... d'abord comme une amie puis différemment quand notre relation a évolué. Ça me paraît injuste qu'elle ne m'ait pas fait confiance. Je l'aurais accompagnée, serrée dans mes bras et lui aurais dit de se détendre, que tout allait bien se passer. Elle ne m'a pas privé de l'aider à prendre une décision, mais d'être à ses côtés pour l'épauler, d'être son ami à un moment aussi important... C'est vrai qu'on s'était éloignés, mais il peut s'écouler mille ans, je suis fidèle aux personnes qui comptent pour moi. Et dans dix ans Paula sera toujours importante dans ma vie... Je ne sais pas, elle m'a fait beaucoup de mal, elle m'a pourri la vie, mais bon, comme tout le reste, ça passera.

Paula continuait à exécuter les ordres de Daniela comme un automate. Elle avait travaillé largement plus que prévu, plus d'heures qu'une mineure est autorisée à le faire sous contrat de quasi-stagiaire, qui n'était d'ailleurs pas vraiment un contrat ni rien… et quand elle posait la question sa cheffe lui répondait :

— Oui, Paula, je sais que tu fais des heures sup. Tu auras des jours de récup. Ne te plains pas non plus, tu ne fais pratiquement rien…

C'était la réponse de Daniela, toujours sur le ton de « je te fais déjà une immense faveur en t'adressant la parole ». Cet après-midi-là, Paula s'en fichait, elle avait la tête ailleurs… Elle distribua les colis Amazon et déambula dans le couloir en portant des choses d'une personne à l'autre comme un zombie. Elle fit plus de photocopies que ce que Daniela lui avait demandé, ce qui lui valut un savon.

— T'es stupide ou quoi, Paula ? Tu as fait trois fois trop de copies… qu'est-ce qu'on va faire de tout ça ? Elles sont en couleurs en plus ! Tu sais combien coûte l'encre ? Non, tu ne le sais pas… Tu ne sais rien ! Tu n'es qu'une gosse de riches qui joue à travailler… Laisse, je vais finir…

Ces insultes, qui l'auraient blessée en temps normal, entrèrent par une oreille et ressortirent par l'autre. Pourquoi ? Parce que Paula n'était pas stupide, mais surtout parce qu'elle n'était pas là. Elle n'arrêtait pas de penser à Gorka, à ce qu'il lui avait dit, ce qui provoquait un sentiment horrible, presque comme un plaisir masochiste, elle se rejouait la scène en boucle. Même si c'était une torture, elle était incapable de penser à autre chose. Elle le revoyait juste avant qu'il n'apprenne la nouvelle, tellement sympa, adorable, heureux, puis surgissait ce dégoût soudain pour elle. Paula avait le cœur en miettes. Comment aurait-elle pu s'intéresser à des photocopies pour le briefing à la con d'une marque de serviettes hygiéniques ? Elle n'avait qu'une envie : rentrer chez elle, retirer ses talons et se glisser dans son lit. Elle était tellement obnubilée par ses pensées qu'elle ne remarqua même pas quand Bruno passa devant elle et la salua chaleureusement. Dommage, il se sentit un peu bête de faire un geste gentil dans le vide.

Le salon de thé était déjà fermé, mais l'odeur de café flottait encore dans l'air. Je ne sais pas pourquoi, je portais mon stupide uniforme de taille 40. Les mains de Melena déboutonnaient lentement mon chemisier, faisant apparaître mon soutien-gorge décoré de petits cœurs. C'était mon préféré, mais à ce moment-là il m'a semblé ridicule. J'étais incapable d'articuler le moindre mot. Mon cœur battait la chamade et je me laissais faire. Melena me semblait plus experte en la matière et j'avais l'impression d'être une biche tremblante. Elle a commencé à m'embrasser dans le cou. Je ne sais pas comment on en est arrivées là ni qui a pris l'initiative… Probablement elle, parce que je n'aurais jamais osé toucher ne serait-ce qu'un de ses cheveux. Il ne faisait pas froid. Les vitres étaient embuées. Elle m'a accompagnée jusqu'au canapé, la place la plus populaire du lieu, toujours occupée en journée comme si on était dans Friends. *J'avais peur, mais je ne voulais pas empêcher que quoi que ce soit se passe. Ses mains caressaient tout mon corps comme si elles connaissaient parfaitement le chemin qu'elles devaient emprunter pour arriver au bon endroit et me procurer du plaisir. Je tremblais encore, mais j'ai décidé de prendre une initiative à mon tour et de l'embrasser sur la bouche, j'en mourais d'envie. Nos gestes délicats sont devenus plus précipités, mais toujours ordonnés, comme quand on répète une chorégraphie à pas lents, puis qu'on accélère une fois qu'on la connaît : on savait toutes les deux ce qu'on devait faire. On connaissait les étapes à suivre et notre inexpérience se mêlait à un savoir étrange, comme si nous avions enclenché le pilotage automatique. J'ai enlevé son soutien-gorge et j'ai découvert ses seins, elle a souri d'un air gêné, maintenant c'était moi qui dirigeais. Je l'ai prise par la taille, je l'ai allongée, et je me suis couchée sur elle. On s'est embrassées longuement et passionnément. Un long baiser mouillé. Son front était couvert de minuscules perles de sueur et, au lieu de me dégoûter, ça m'a encore plus excitée. Elle a enlevé ma jupe et mes jambes ont rejoint les siennes, sa peau contre ma peau. Deux corps entremêlés brûlant de désir. Je ne savais plus où se terminait le sien ni où commençait le mien. Sa main s'est glissée dans ma culotte. J'ai rougi, mais je ne l'ai pas arrêtée, elle a souri malicieusement et a commencé à me caresser de plus en plus, de plus en plus… Et je me suis réveillée.*

Janine se réveilla trempée de sueur, les oreilles aussi rouges que le nez de Rudolph. Son cœur battait à tout rompre. C'était un rêve très réaliste : sa culotte, comme dans son rêve, était super mouillée. Elle se sentait bizarre, honteuse, mais surmonta ces sensations et sa main profita de l'excitation. Dans sa tête, ce n'étaient pas ses doigts, mais ceux de Melena qui la touchaient. Il ne lui fallut pas longtemps. Elle jouit très vite. Puis, après l'orgasme, ses peurs et ses insécurités reprirent le dessus et elle fut prise de remords.

Putain, c'est pas comme si j'étais catho. Tout ça, c'est une question d'éducation. Ce n'est qu'un rêve, je n'ai pas choisi de rêver ça. Mon cerveau s'est mis à turbiner tout seul et a créé cette belle scène porno avec mon amie. Qu'est-ce que je dois faire ? M'en vouloir ? Me flageller ? Non ! Mais ça m'énerve vraiment de ne pas parvenir à me débarrasser de ce sentiment de culpabilité, comme si j'avais fait quelque chose de mal. C'est normal de se masturber, c'est normal de penser que c'est la main de quelqu'un d'autre qui me touche… tout le monde le fait. Tout le monde fait ça, non ? Mes frères le font tout le temps. Je les ai surpris un million de fois et ils cachent aussitôt leur bite du mieux qu'ils peuvent, mais je ne suis pas débile. Tu crois qu'ils s'en veulent après s'être branlés en pensant à… ce qu'ils pensent ? Je ne crois pas… Pourquoi moi je devrais m'en vouloir ? Pourquoi ? J'ai le droit de vivre normalement ce qui m'arrive, mais je sens que je suis programmée pour m'en vouloir d'être attirée par une fille… C'est nul. Et Melena ? Je me demande si elle rêve de moi aussi.

Melena avait d'autres préoccupations. Elle s'en voulait un peu de ne pas avoir parlé à sa mère de son incursion dans le monde de la mode. Elle n'était pas encore mannequin, mais elle avait participé au concours organisé par une agence et c'était un premier pas. Elle redoutait la réaction de sa mère, elle ne savait pas si elle essaierait de la dissuader ou si elle se moquerait d'elle. Elles étaient trop proches pour que Melena puisse lui cacher un truc pareil, mais en retour sa mère ne se gênerait pas pour lui dire en toute sincérité ce qu'elle en pensait. Et Melena était tellement enthousiaste qu'elle ne voulait pas qu'on vienne gâcher son rêve.

Pour ne rien arranger, ma mère était bizarre depuis plusieurs jours. Elle m'a quasiment forcée à retourner à l'école et à avoir des amies – enfin, une amie – et elle se tapait toute seule le boulot au salon de thé. Elle était cool, mais plus absente, plus fatiguée... Comment est-ce qu'elle réagirait si je lui apprenais que je veux me consacrer à une activité qui, selon elle, a gâché sa vie ? Inutile de tenter le diable : mieux vaut me taire et faire comme si de rien n'était... du moins tant que je n'ai rien de concret à lui apprendre. Oui, j'ai fait un essai, mais c'en est resté là... même si je meurs d'envie de recommencer. Cette fois, je ne vais pas me mentir. J'ai accepté l'idée, maintenant. J'adore imaginer que je serai mannequin un jour. Point. Et Janine... je la trouve sympa... Rhoo, si on m'avait dit ça l'année dernière, j'aurais préféré me jeter sous un train. Comme quoi...

Les sentiments confus que Janine éprouvait ne l'empêchaient en rien de jouer les enquêteuses, même si elle ne savait pas vraiment quoi faire. La vie ne ressemble pas à un film policier, c'est du moins ce qu'elle pensait. Elle était convaincue qu'un tueur rôdait dans la ville. Inconsciemment, les adultes préféraient faire comme si de rien n'était, pour que la mort des élèves de Las Encinas n'affecte pas leur confort de vie. Et que faisait Janine, en revanche, pour ne pas oublier les crimes ? Facile, quelque chose de très sain et, selon elle, de très normal : elle en parlait à Mario.

Non, pas avec le Ouija, c'est pas drôle. D'accord, j'ai déjà essayé, mais c'était nul, rien n'a bougé, les bougies ne se sont pas éteintes ni rien. Je m'attendais à ce qu'un souffle soulève les tentures, même avec les fenêtres fermées, mais non. S'il y avait des esprits dans ma chambre, ils n'avaient pas envie de faire de démonstration. Je lui parle, mais d'une manière saine, d'une manière normale... Je lui parle. Il ne me répond pas, évidemment, comment il pourrait me répondre ? Il est mort, je ne sais même pas s'il m'écoute, mais j'imagine que oui et je lui déballe tout… Je lui explique que je sais qu'il a été assassiné même si personne ne me croit, que j'ai essayé de parler à la police et je lui raconte ce qui m'arrive. Que j'en ai marre du lycée, que je ne sais pas ce que je ferai quand j'aurai terminé. Que je crois que ma mère est déprimée, puis que j'ai l'impression d'avoir des sentiments pour Melena, ce qui me met dans une drôle de position. Je ne sais pas si je suis lesbienne… D'ailleurs, pour tout avouer, je ne crois pas vraiment au concept de lesbianisme. Je veux dire, oui, je crois qu'une femme peut tomber amoureuse d'une autre femme, mais je pense qu'on essaie trop de coller des étiquettes sur tout. Chacun et chacune a sa sexualité et ça ne sert à rien d'essayer de mettre les gens dans un même sac. J'ai toujours aimé les mecs. Je n'ai jamais été intéressée par les filles… enfin, quand j'étais en CP, ma cousine Alodia m'a demandé de lui montrer « le mien » et elle m'a montré « le sien », j'ai accepté, mais ça n'avait rien d'érotique. Je n'ai jamais fantasmé sur les filles, et on s'en fout. Si ça se trouve, j'ai toujours été attirée par les mecs et maintenant je commence à tomber amoureuse des filles… Je m'en fiche. De toute façon, j'ai tellement peu de chances côté cœur que les filles m'enverront promener autant que les garçons. Ça m'est égal que Mele soit une fille, c'est clair, ce qui m'inquiète, c'est d'être en train de tomber amoureuse de quelqu'un qui ne partagera pas mes sentiments. Avant de discuter de ces sujets avec Mario, je parlais de tout ça avec l'axolotl et c'était encore plus pitoyable…

Janine adorait jouer à la roulette russe pour les siestes. Elle avait trouvé le nom dans un mème où un type couché dans son lit expliquait que le jeu consiste à faire une sieste au lit sans réveil… On peut se réveiller un quart d'heure ou quatre heures plus tard. Ce jour-là, pour Janine, c'était quatre heures. Il faisait noir et elle avait mal à la tête. Elle était tellement dans le gaz qu'elle avait perdu toute notion du temps. Elle se mit en position assise et s'examina dans le miroir du placard, qui lui renvoyait un reflet débraillé, des cheveux en pétard surmontés par une houppe sur le dessus et un visage bouffi. Elle était tellement crevée qu'elle aurait pu continuer à dormir jusqu'au lendemain, mais son estomac grondait et elle se remit à penser à Mario. Elle jeta un coup d'œil au Ouija sur la table et eut une idée.

D'accord, je suis la fille bizarre, celle qui a des idées un peu dingues, à qui personne ne prête attention et que les adultes ne prennent jamais au sérieux… la police ne m'a pas écoutée, mais il y a quelqu'un qui est peut-être capable de m'aider.

Il refit sa queue-de-cheval et courut en bas. Sa mère l'intercepta à la porte.

— Où vas-tu ? On va passer à table… Tu as mauvaise mine, tu as pleuré ?

— Non, maman, je n'ai pas pleuré, pas aujourd'hui. Je pars, je dois voir quelqu'un.

Sa mère porta la main à sa poitrine et saisit le poing noir suspendu à la chaînette, l'amulette qu'elle serrait pour se rassurer dès qu'elle était inquiète.

— Qu'est-ce qui te tracasse, maman ?

— Ma chérie, j'ai vu ce que tu as dans la chambre…

— Quoi ? J'ai plein de trucs dans ma chambre… Et puis NE FOUILLE PAS DANS MES AFFAIRES ! J'ai horreur de ça.

— Je ne fouille pas, mais il y a tout qui traîne… Tes frères sont beaucoup plus ordonnés que toi.

— C'est vraiment sexiste, maman. Comme je suis une fille, je dois être une fée du logis, c'est ça ?

— Ce n'est pas ce que je veux dire, ne déforme pas mes paroles et ne change pas de sujet, je te connais…

— Je peux y aller ?

— Non. Je veux que tu le jettes…

— Quoi ?

Sa mère ne savait pas comment lui dire ça, elle avait l'impression que, si elle prononçait le mot, le malheur s'abattrait sur la maison. Elle n'était pas très superstitieuse, mais elle préférait se montrer prudente, au cas où.

— Quoi, maman ?

— La planche de Ouija !

— Sérieux ? Mais enfin, c'est juste un jeu, ça se vend dans les magasins de jouets.

— Je me fiche de savoir où ça se vend et où tu l'as eu, je veux que tu t'en débarrasses tout de suite.

Janine soupira. Elle n'était pas d'humeur à entrer dans une dispute ridicule. Elle remonta sa fermeture éclair, prit ses clés au crochet près de la porte et s'apprêta à partir, mais sa mère n'avait pas fini.

— C'est très dangereux. Tu es folle ! Ton père et moi, on t'a toujours tout permis. Quand tu as teint tes cheveux en bleu, je ne t'ai pas punie, même si j'étais convaincue que tu avais abîmé ta chevelure pour toujours… Quand tu es allée en cachette au salon de mangas de Barcelone, je n'ai…

— *Encore* cette histoire ? C'est pas vrai !

— Nous faisons de notre mieux, ton père et moi, mais là, ça nous échappe… Nous comprenons que tu traverses une période difficile, mais c'est juste… Je vais devoir te punir à la fin.

Janine éclata de rire, réduisant à néant la crédibilité de sa mère et l'empêchant d'aller jusqu'au bout de sa pensée, comme d'habitude.

La porte d'entrée de la maison des parents de Mario était colossale. Elle annonçait que ce domicile était chic et que les pauvres n'y étaient pas les bienvenus. Janine était indécise sur de nombreux sujets. Elle pouvait hésiter des heures avant de choisir quelles chaussettes elle allait porter.

C'est vraiment injuste, merde. Il me faut du temps pour choisir mes chaussettes parce que, quand on porte un uniforme impersonnel, c'est le seul élément qu'on peut différencier et qui est un peu personnalisé. En réalité, les chaussettes blanches sont obligatoires, mais comme je passe inaperçue personne ne remarque que je joue avec les couleurs, les imprimés, les rayures… On fait des chaussettes vraiment cool de nos jours, c'est impossible de ne pas hésiter.

Elle était d'une nature indécise, mais quand elle se mettait une idée dans la tête elle prenait de l'assurance et son objectif était très clair. Elle avait l'impression que c'était son seul espoir.

Elle savait que se présenter chez des inconnus sans rendez-vous et sans prévenir n'était pas une bonne idée, mais les impulsions sont ainsi faites, elles ne préviennent pas et Janine ne faisait que suivre les siennes. Une femme de chambre latina en uniforme classique lui ouvrit la luxueuse porte blanche ornée d'un heurtoir à tête de lion dorée. Janine fut horrifiée à la fois par le heurtoir et par la tenue de l'employée. Ces signes ostentatoires de richesse la mirent sur ses gardes, elle ne faisait pas confiance aux gens qui font étalage de leur fortune et elle redoutait que les parents de Mario soient de vrais connards. Elle se mit à paniquer quand elle pénétra dans le hall d'entrée. Elle était chez des inconnus et n'avait pas de plan ni d'arguments solides… et tandis que la jeune fille en uniforme la guidait le long d'un couloir décoré de tableaux de tous les styles, elle se rendit compte qu'il était trop tard pour élaborer une stratégie convaincante.

Imagine la tronche de cette dame en train de manger un bol de soupe quand elle a vu entrer la fille qui a porté plainte contre son fils pour coups et violences. Elle a évidemment lâché sa cuillère, mais il n'y a pas eu d'éclaboussure, le geste n'était pas si théâtral que ça. Elle s'est levée d'un bond, presque comme si je l'avais surprise en train de faire un truc chelou, comme si c'était illégal de manger de la soupe dans ce pays. J'ai eu peur. Je n'avais rien préparé. Je savais plus ou moins vers où la conversation devait aller, mais je ne savais pas par où commencer. Heureusement, j'ai hérité des talents de comédienne d'une ancienne actrice d'Hollywood – bon, d'accord, pas vraiment – et, comme par magie, mes yeux se sont remplis de larmes, comme si le simple fait de la rencontrer était pour moi une épreuve insurmontable. Je ne sais pas si c'est parce qu'elle a vu mon air effrayé ou simplement parce qu'elle était très bien élevée, mais elle m'a invitée à m'asseoir sur un de ses horribles canapés rembourrés, avec un tissu à motifs bizarres qui ressemblaient à des fleurs, mais pourries et fanées. Ces horribles canapés valaient sans doute une fortune. Je ne me souviens pas exactement comment s'est déroulée la conversation. Elle m'a proposé de l'eau, j'ai accepté, et, avec le petit verre à la main, je lui ai annoncé que je voulais d'abord lui présenter mes excuses pour la plainte.

— Tu as fait ce que tu pensais devoir faire ou ce qu'on t'a dit de faire. Ça n'a plus d'importance maintenant…

Elle était sérieuse. Elle gardait son calme et était assise si droite dans son fauteuil qu'on aurait dit une prof de danse dans les films. Tu vois, le genre sévère et crispé ? Eh bien, pareil.

Janine, qui n'avait pas organisé ses arguments, se leva et lui remit la lettre.

— Qu'est-ce que c'est ?

— Lisez-la. C'est une lettre que j'ai reçue quelques jours après… quelques jours plus tard.

C'était impossible de deviner ce qui se jouait dans l'esprit de la mère de Mario. Elle fixa Janine gravement, examina la lettre pendant une seconde, puis releva les yeux vers elle.

Tu vois les personnages qui tirent des lasers avec leurs pupilles ? Comme Cyclope dans X-Men, *enfin, plus ou moins, parce que, lui, il porte des lunettes bizarres qui cachent ses yeux et contrôlent son pouvoir. Eh bien, la mère de Mario me fixait sans lunettes et la puissance de son regard était décuplée. Ses yeux étaient plantés en moi comme des couteaux. Je ne sais pas si elle me regardait avec haine, avec doute, avec pitié, avec ressentiment ou tout ça à la fois, mais j'aurais préféré qu'elle se mette à lire sans me regarder.*

La mère se tut plusieurs secondes, avant de rompre le silence en appelant :

— Doris !

On entendit les chaussures plates de la jeune employée approcher d'un pas précipité.

— Oui, madame ?

— Mes lunettes pour lire.

— Tout de suite.

Doris repartit précipitamment. Elle mit trente secondes pour revenir, pendant lesquelles on aurait pu couper au couteau la tension qui régnait dans le grand salon. Et Janine eut l'impression que cette demi-minute durait quatre heures. La bonne apporta les lunettes, la mère de Mario les chaussa et écarta la lettre de son visage. Elle commença à lire et, après trois lignes tout au plus, son rictus et son attitude de noblesse et de distance disparurent. Janine aperçut l'humanité d'une mère qui a perdu son fils adolescent. La dame se mit à pleurer et reposa la lettre sur la table.

— Je ne peux pas continuer, c'est trop… trop… intime. Qu'est-ce que tu veux ? Qu'est-ce que tu es venue faire ici ?

— Il faut vraiment que vous la lisiez, je vous en prie.

Janine faillit ajouter quelque chose comme « faites-le pour Mario », mais elle se ravisa ; elle trouvait que c'était un chantage émotionnel trop bon marché. Et ce qui n'était pas cher n'avait pas sa place dans cette luxueuse demeure.

— Je ne veux pas en lire plus. Si tu permets…

Elle leva une main pour indiquer la direction de la sortie.

— Doris, la jeune fille s'en va !

Janine se leva, résignée. Elle ne pouvait pas la forcer à croire à son hypothèse, mais elle pouvait au moins la contraindre à l'écouter. Elle ramassa la lettre et, profitant de ce qu'elle était plus près d'elle, elle lui exposa sa théorie.

— Mario n'aurait jamais fait une chose pareille. Vous le savez.

— Doris !

Doris revint, un peu déconcertée, en se séchant les mains.

— Reconduisez la jeune fille vers la porte.

— Écoutez-moi, je vous en prie ! Je ne le connaissais pas très bien…

— Eh bien, pour quelqu'un qui ne le connaissait pas, tu as parfaitement réussi à détruire sa vie.

Cette dernière phrase lui fit l'effet d'un coup de poing dans le ventre, mais Janine ne voulait pas se lancer dans un débat inutile pour se défendre, elle n'était pas venue pour ça.

— Il n'aurait jamais commis un geste pareil ! Pas de cette façon…

La mère se leva comme si le canapé était en feu, d'un bond étonnant pour quelqu'un de son âge. Ses yeux s'écarquillèrent, révélant un ciel bleu venu d'une autre planète. Ils avaient beau être magnifiques, ils étaient inondés de colère.

— Qu'est-ce que tu sais de mon fils ? Hein ?

— Pas grand-chose, mais je sais qu'il ne se serait jamais suicidé et encore moins comme ça. Je n'y crois pas. Votre fils, et vous pouvez me croire ou détourner le regard comme tout le monde, a été assassiné.

— Va-t'en maintenant ou j'appelle la police. J'ai un bouton sous cette table qui la fait arriver directement, sans que je donne aucune explication… Tu ne sais pas à qui tu as affaire !

— Appelez la police, bonne idée, et dites-leur de se bouger le cul, parce qu'ils ne font rien, ils ont classé le dossier de votre fils parce qu'ils sont paresseux. Mario a été assassiné.

En quelques phrases, la conversation était passée de zéro à cent sur l'échelle des cris et de l'emportement. Doris assistait à l'altercation comme si c'était un match de ping-pong et essayait d'attraper Janine par le bras pour l'emmener, mais son « s'il vous plaît, venez avec moi » fut noyé dans le bruit de la dispute.

— Tu as de la chance que mon mari soit en déplacement, sinon il t'aurait giflée, ici même !

Janine se détendit, hocha la tête et se dirigea vers le couloir, laissant la mère de Mario à la dérive dans une mer de larmes déchaînée, mais, avant de sortir, elle se retourna et déclara avec une sincérité absolue :

— Je veux juste rendre justice à votre fils. Il s'est passé des choses entre nous et on ne s'entendait pas, d'accord, mais il comptait beaucoup pour moi et je veux que justice soit faite… Vous pouvez comprendre ça ?

La mère de Mario la regarda une dernière fois, se laissa retomber dans son fauteuil et ne répondit rien. Janine comprit qu'elle avait une fois de plus perdu la bataille et sortit avec dignité. Doris l'arrêta une seconde à la porte en la retenant par le bras.

— C'était un bon garçon. Je ne pense pas non plus qu'il ait fait ça. Il était soupe au lait, mais il avait bon cœur…

Janine acquiesça avec un léger sourire avant de partir, soulagée qu'une personne au moins, même si c'était bien peu, soit d'accord avec elle. Dommage que ce ne soit pas la bonne personne qui l'ait crue. Vraiment dommage.

J'ai essayé, Mario. J'ai encore essayé.

Chapitre 7

— Je m'en vais, annonça tranquillement Paula alors qu'elle finissait de charger la bonbonne d'eau du distributeur.

— Où ça ? demanda Daniela sans y accorder d'importance. Il reste encore pas mal de temps avant ta pause.

— Non, je veux dire, je pars, définitivement.

— Ah, ah. Parfait. Eh bien, va prévenir les ressources humaines, pourquoi tu me dis ça à moi ?

— Merde ! ne put s'empêcher de lâcher Paula. Vous tenez absolument à être désagréable jusqu'au bout !

— Pardon ?

— Depuis le premier jour, vous faites tout pour me pourrir la vie. C'est quoi, le problème ? Qu'est-ce que je vous ai fait ? Hein ?

Au lieu d'affronter sa stagiaire, Daniela afficha un sourire discret, comme pour discréditer la question. Elle ne répondit pas, se contenta de soupirer et de reprendre son travail. Paula en avait déjà discuté avec sa mère et elle savait qu'objectivement Daniela, cette employée argentine amère qui ne souriait jamais, ne s'était pas comportée comme un monstre, mais qu'elle ne lui avait pas non plus rendu la vie facile. Pas à cause des millions de tâches qu'elle lui avait confiées, qui auraient mieux correspondu à un magasinier, mais parce qu'elle n'avait jamais fait le moindre signe de sympathie ou le moindre geste de reconnaissance. Et Paula, comme une enfant gâtée, exigeait de la gratitude pour l'efficacité dont elle avait fait preuve.

C'est la vraie vie, d'accord, j'ai retenu la leçon : c'est comme ça, quelqu'un de moins futé et qui ne fait pas preuve non plus d'une grande intelligence émotionnelle te donne des ordres et tire un malin plaisir de la difficulté de ces tâches. Bien compris. Mais je crois que ça peut changer. Pas pour moi – ce boulot, c'était plutôt un jeu – mais pour les Paula suivantes. Si Daniela avait été sympa avec moi, le stage se serait mieux passé… même si, bon, je cherche peut-être surtout à justifier mon départ. J'aurais pu travailler pendant un an plutôt que quelques mois, mais à vrai dire je ne sais pas ce que changer des bonbonnes d'eau, remplir la machine à café ou vider la corbeille à papiers m'apprendra sur la vie. Je sais que dans une fiction les scénaristes m'auraient rendu la tâche encore plus compliquée, en ajoutant des collègues insupportables ou en rendant Daniela plus caricaturale, pas simplement sèche, elle aurait sans doute ressemblé à Mlle Rougemont, l'affreuse gouvernante de Heidi. *Tu te souviens ? Moi oui ! Mais, en réalité, l'aigreur des autres n'a jamais que l'importance qu'on lui accorde. Une fois, je me suis assise à côté de Daniela à la pause-café pour voir si on pouvait un peu discuter : elle s'est levée et elle est partie…*

Peut-être que, si elle était restée, le masque serait tombé et elle m'aurait révélé que sous sa rancœur se cachait une personne plus gentille. Et je l'aurais considérée différemment. Ça ne coûte pas grand-chose de sourire et de se montrer gentil, je ne veux pas jouer les Madame Bonheur, mais nos actions et notre façon de nous comporter avec les autres ont beaucoup de… Je veux dire, elles nous définissent, non ?

Voilà comment Paula arrêta son stage. Elle n'a pas eu besoin de rassembler ses affaires dans un carton, parce qu'elle ne travaillait que depuis quelques mois et qu'elle n'avait rien apporté de personnel, pas même une photo ou une boule antistress, elle n'avait même pas d'endroit à elle pour laisser d'éventuels objets. Elle traversa le couloir, perchée sur ses talons, en se disant que c'était la dernière fois qu'elle mettait les pieds dans ce lieu. Elle entra dans l'ascenseur et une main se glissa tout à coup entre les portes pour les empêcher de se fermer. C'était Bruno, évidemment, avec son merveilleux sourire et sa tête de voyou inoffensif. La conversation fut un peu houleuse. Paula ne voulait rien savoir des garçons en ce moment. Elle avait jeté le Post-it semi-romantique à la poubelle. Elle n'avait pas pris la peine de le cacher et, si les toilettes mixtes avaient été parfaites pour qu'ils fassent connaissance, elles avaient aussi permis à Bruno de découvrir son geste d'affection froissé dans une poubelle remplie à ras bord de papier essuie-mains humide. Il ne lui demanda pas de se justifier : il avait eu un geste gentil, c'est tout, mais elle s'en voulait. Elle n'avait pas pensé que jeter ce petit mot était un geste de mépris envers Bruno, elle voyait ça comme une façon de renoncer à ce crush.

— Excuse-moi, je ne pensais pas que tu le verrais. Ça m'a vraiment fait plaisir et…

— Bref, la coupa Bruno.

Paula avait envie de le convaincre de sa bonne foi et, comme elle se sentait littéralement comme une merde, elle lui fit une proposition qu'elle n'aurait jamais osé lui lancer si elle n'avait pas eu peur de passer pour la pire des salopes.

— Je t'offre un café.

Il accepta.

Andrea était assise sur un des hauts tabourets du salon de thé, où flottait une douce odeur de café. Il y avait beaucoup de monde. Les clients entraient et sortaient, s'asseyaient ou discutaient avec leurs copains tandis qu'Amanda courait dans tous les sens. Andrea aimait observer la petite salle de son perchoir. Elle imaginait l'histoire des personnes occupées à siroter leur café ou à taper sur leur ordinateur portable. Ce n'était pas une idée très originale, si tu demandes autour de toi, plein de gens s'amusent à ça. Il n'y a pas besoin d'être un artiste pour imaginer la vie des personnes qu'on croise par hasard.

Melena sortit des toilettes avec un seau et une serpillière, le front en sueur. Elle vit Andrea et vint la rejoindre après s'être lavé les mains.

— Quelqu'un a jeté un rouleau entier dans les W-C. Un rouleau entier ! Et c'est bouché, évidemment… Qu'est-ce que je te sers ?

— J'ai demandé à ta mère un cappuccino au lait de soja, mais y a tellement de monde que, si ça se trouve, elle a zappé.

— T'inquiète, je te le prépare.

Qu'est-ce que Mele pensait d'Andrea ?

Eh bien, je ne la connais pas très bien... Elle est jolie et tout. Elle est sympa et toujours souriante, elle a l'air gentille. C'est pas un problème à mes yeux qu'elle soit avec Gorka parce que, même s'il me plaît vachement, c'est foutu. Pour commencer, je ne le vois jamais. Je me demande souvent si je l'aime toujours, mais la réponse est évidente, je ne vais pas me mentir... Je pense à lui tout le temps. Je pense à lui en faisant des trucs ordinaires. Tiens, pendant que je débouchais les toilettes, il est apparu dans ma tête trois ou quatre fois. Je ne veux pas que Gorka soit malheureux, par exemple, je ne souhaite pas que le meurtrier dont Janine parle tout le temps se pointe et tue Andrea pour qu'il soit libre et me remarque enfin, non. J'aime Gorka, je veux qu'il soit heureux et, s'il l'est avec cette fille, tant mieux... Bon, sincèrement, je trouve qu'elle a l'air un peu inintéressante. J'ai du mal à les imaginer en grande conversation ou prendre leur pied ensemble, mais si elle lui plaît... c'est sa vie.

Les clients quittaient le café, il se faisait tard, et Melena et sa mère étaient sur le point d'éteindre les appareils quand Paula arriva avec Bruno. Amanda courut vers eux et leur lança sans ménagement :

— On est en train de fermer.

Mele, qui ne voulait pas que Paula croie qu'elle n'était pas la bienvenue, convainquit sa mère de leur servir un simple café. Elle les escorta jusqu'à une table. Elle voulait que leur relation soit cordiale. Paula la regarda avec pitié en pensant à toutes les horreurs de l'année précédente, mais ne dit rien. Lorsque Melena arriva au comptoir, sa mère se plaignit à voix basse :

— Ma chérie, cette fille est un poison. Elle t'a pourri la vie. Je ne veux pas d'elle ici…

— Allez, maman.

— C'est toi qui me l'as raconté. Je ne l'aime pas. Elle t'a fait beaucoup de mal.

— Oui, et moi aussi je lui ai fait de la peine. Laisse tomber. Ça ne sert à rien d'être rancunière.

— Sers-la toi-même, alors. Je ne veux pas lui préparer un café, je serais tentée de cracher dans sa tasse.

— Allez, va derrière ou rentre chez nous, je rangerai.

— D'accord…

Amanda dénoua son tablier, prit son sac à main et s'en alla. Melena nota la commande de celle qui avait été son amie puis son ennemie et les servit tous les deux comme n'importe quels clients.

— C'est Paula, non ? lui demanda Andrea à voix basse.

— Oui…

— Je ne l'imaginais pas comme ça, mais dès qu'elle est entrée j'ai su que c'était elle. Quel culot.

— Oui, quel culot.

— Et le mec ? J'imagine que c'est son petit ami. Il est mignon, mais il a l'air plus âgé qu'elle.

— Ou alors il est usé, à force d'être avec elle.

— Non, il a presque trente ans, il est chauve. Rhoo, elle a fait vachement souffrir Gorka, non ?

— J'en sais rien.

Melena savait tout, évidemment, mais ça ne lui semblait pas correct d'en parler avec la petite amie du garçon qu'elle aimait en secret.

— Gorka ne m'en parle pas beaucoup, mais je sais que ça l'a marqué. Vous ne vous voyez pas beaucoup, si ?

— Gorka et moi ?

— Oui. Vous étiez très proches et…

— Bah, ce sont des choses qui arrivent. Je travaille énormément, je ne sors pas souvent…

— Je sais qu'il t'aime beaucoup.

— Merci, répondit Melena en essayant de mettre fin à la conversation.

Elle voulait continuer à travailler, elle n'était pas d'humeur à papoter, mais visiblement Andrea en avait envie pour deux.

La situation était particulière. On avait déjà échangé quelques banalités en classe, mais maintenant je l'avais devant moi et je voulais en profiter. J'avais avalé deux cappuccinos et ça me fait un effet dingue. La caféine, ça me provoque des trucs très étranges, presque comme de la cocaïne. Enfin, j'ai jamais essayé la coke, mais ça doit ressembler à ça, d'après ce que les gens racontent. J'ai pris des pilules une fois et ce n'était pas terrible comme expérience, j'ai pris plusieurs fois de l'ecsta aussi, mais je n'aime pas ça, ça me désinhibe trop et le lendemain je me sens hyper coupable. Je n'aime pas beaucoup les drogues et j'en suis fière. Les adolescents n'ont pas tous besoin de se défoncer quand ils sortent, j'ai essayé et ça ne me plaît pas. Les autres peuvent faire ce qu'ils veulent, vraiment, mais ces trucs qu'on avale ne rendent pas plus cool. Moi, ce que je trouve cool, c'est d'apprendre des langues, d'avoir un double diplôme ou de jouer du violoncelle. Les drogues, c'est facile d'en obtenir. Quand on a quinze ou seize ans, qu'on a passé le stade de vouloir se faire remarquer, ça perd de son attrait, du moins pour moi.

— Qu'est-ce qu'il vous est arrivé ?

— Quoi ?

Melena lâcha son chiffon humide. Elle trouvait la question trop intime, ça ne lui plaisait pas du tout.

— Je regrette parfois que Gorka n'ait pas plus d'amis, reprit Andrea. Enfin, il traîne parfois avec les gens de la salle de sport et tout ça, mais je sais qu'avec toi il avait une relation très particulière… Je suis sûre qu'il s'est comporté comme un con, ça lui arrive. Il a du mal à exprimer ce qu'il ressent, il faut lui tirer les vers du nez…

Ouf ! Sauvée par le gong : Janine venait de pousser la porte. Elle vit Paula et s'approcha. Elles échangèrent quelques nouvelles sans intérêt, comme deux amies qui se sont perdues de vue, puis elle se précipita vers le comptoir.

— C'est le petit ami de Paula ? Putain, il est super mignon.

— J'en sais rien. Je ne crois pas, c'est sûrement un collègue de travail, répondit Mele, qui ne paraissait pas intéressée par ce genre de ragots.

— Tu crois ? fit Janine, un peu déçue car elle, au contraire, adorait ce genre d'histoires.

Andrea se mêla à la conversation :

— Mele a raison. Regarde, il porte une chemise, un pantalon en toile : on dirait qu'il sort du boulot.

Pendant que les trois filles regardaient le couple en émettant toutes sortes d'hypothèses et en tentant de rester discrètes, Paula expliquait à Bruno pourquoi elle avait jeté son Post-it.

— Tu ne dois pas te justifier. Je ne te draguais pas. J'essayais juste d'être gentil, tu avais l'air d'en faire tout un drame, tu pleurais à chaudes larmes. Je me suis dit que ça te ferait plaisir.

— Ah bon, tu n'essayais pas du tout de me séduire ? Même pas un peu ?

— Non. Ça t'embête ? demanda-t-il en souriant.

— Non. Et je ne veux pas que tu croies que je me la raconte.

Paula était un peu déçue, mais elle n'était pas tout à fait convaincue par les explications de Bruno. Il avait été vraiment trop sympa avec elle. Il lui avait fait un poke dans l'ascenseur, l'avait aidée à porter ses ramettes de papier, lui faisait signe de loin. Tout ça ressemblait à de la drague.

— Je te trouve très jolie, c'est vrai, et je suis sûr que sous ce déguisement d'employée de bureau se cache une fille drôle et sympa...

— Déguisement ? Hé !

— Tu t'habilles comme ça d'habitude ?

— Comment *comme ça*, imbécile ? plaisanta Paula.

— Avec des talons, des jupes étroites et des chemisiers stricts.

— Écoute, en réalité, je ne sais même plus comment je m'habille. J'en sais rien. J'aime pas mes fringues, elles ne me représentent pas... C'est possible que je me déguise, comme tu dis, pour donner l'impression d'être une fille sérieuse, mais j'adore déconner.

— Ah oui ?

— Oui.

— Parfait.

Bruno se leva et marcha jusqu'au comptoir.

— Excusez-moi, on pourrait avoir quelques shots ?

Melena jeta un coup d'œil à l'étagère.

— Eh bien, il ne nous reste pas grand-chose comme alcool, déclara-t-elle en cherchant le regard complice de Janine. Ça va, ça ?

Melena posa sur le comptoir une sorte de cognac, le genre d'alcool que sa mère versait dans les cafés lorsque des messieurs plus âgés réclamaient un *carajillo*, un café mêlé à un alcool fort.

— Bon, pas trop le choix, j'imagine. C'est OK, je vais prendre ça.

— Je vous les apporte tout de suite.

Bruno alla se rasseoir et, une minute plus tard, Melena déposa deux petits verres de cognac sur la table. Paula n'en croyait pas ses yeux.

— Je ne compte pas boire cette merde. C'est quoi ?

— Tu ne veux pas trinquer, mademoiselle l'employée de bureau ?

— Tu me lances un défi ? Parfait. Melena ! N'emporte pas la bouteille, laisse-la.

Melena abandonna la bouteille sur la table sans poser de questions. Ce n'était pas un rendez-vous amoureux, loin de là, mais Bruno et Paula finirent inévitablement par se rapprocher. Ils discutaient et n'arrêtaient pas de rire, parce qu'ils s'amusaient et que le cognac faisait son effet. Les trois filles qui étaient encore dans le salon de thé hallucinaient, mais pas autant que Gorka. Quand il entra et trouva Paula occupée à plaisanter avec un mec, ça lui fit l'effet d'un coup de poing dans le ventre.

Après sa révélation terrible, mon moral était au plus bas depuis plusieurs jours, alors tomber sur elle, sans doute bien bourrée, m'a fait me sentir plus mal encore. Est-ce que j'étais jaloux ? À fond ! Je ne l'aime pas, c'est pire que ça, je ne veux même pas la croiser, mais c'est vraiment nul de se retrouver face à une personne qui a été si importante dans sa vie en train de rire et de s'amuser avec un BG… un vieux, en plus !

Paula remarqua aussi Gorka, mais préféra ne pas le saluer, de peur que ça ne tourne à l'engueulade. Gorka embrassa sa petite amie en tirant la tronche et demanda s'ils pouvaient s'en aller rapidement. Elle comprit parfaitement la situation et accepta la proposition, mais en profita pour lancer une invitation surprise à Janine et Melena.

— Les filles, je ne sais pas si vous comptez aller au gala de charité que Lu et Cayetana organisent, mais je voudrais faire une petite fête à la maison avant. Pas une soirée concurrente, je ne boycotte pas la leur, mais ça me ferait plaisir que vous passiez boire un verre et qu'on y aille ensemble après.

La proposition laissa tout le monde un peu perplexe, Gorka le premier. Il avait l'impression qu'Andrea essayait d'élargir son cercle d'amis et elle le confirma ensuite dans la voiture.

— Mon cœur, j'ai pas envie d'une relation trop fusionnelle. C'est super qu'on passe le plus de temps possible ensemble, mais c'est aussi important d'avoir des potes, que tu fasses des trucs sans moi, que tu sortes et que tu continues à faire ce dont tu as envie…

— Je t'étouffe ? demanda-t-il, parce qu'il n'était pas sûr de bien comprendre l'intention d'Andrea.

— Mais non, que t'es bête ! Je trouve juste que Janine et Melena ont l'air sympas et, avant, vous étiez super copains…

— Tu as gaffé, mais c'est pas grave.

— Je suis désolée, je croyais bien faire.

Andrea s'en voulait. Elle n'avait jamais su pour quelle raison Melena et Gorka étaient en froid. Elle s'était dit que c'était une bonne idée de prendre les choses en main, mais Gorka n'était pas du tout d'accord. Ils ne se disputèrent pas. Quand la conversation prit fin, Gorka regretta d'avoir un peu élevé la voix et Andrea s'en voulait d'avoir pris cette initiative. Elle proposa d'annuler l'avant-soirée, mais il lui signala que ce serait pire. La petite fête fut donc maintenue.

Janine et Melena avaient largement de quoi discuter. Elles n'étaient pas particulièrement commères, mais les ragots leur étaient servis sur un plateau. Andrea qui les invitait à une fête ! Rhoo, Paula avec un mec, incroyable ! Gorka qui les foudroyait du regard… Elles passèrent des heures à papoter allongées sur le lit de Janine en se passant un joint pas très chargé et un paquet de chips au goût barbecue qui dura moins de cinq minutes.

Une fois qu'elles furent bien défoncées et que les rires s'apaisèrent, un étrange malaise s'installa entre elles, mais pas de façon symétrique. Janine examinait les lèvres de son amie en repensant à son rêve torride. Elle avait envie de se jeter sur elle mais se retenait. Son regard étrange n'échappa pas à María Elena.

— Qu'est-ce qu'il y a ?

— Quoi ? fit Janine en jouant les innocentes.

— Pourquoi tu me regardais comme ça ?

— Quoi ? Comme quoi ?

— Pourquoi tu réponds à une question par une question ?

— Oh ! Et pourquoi tu me demandes tout ça ?

— Tout quoi ?

Cette conversation absurde finit en éclat de rire et les deux se sentirent très bêtes, mais au bout d'un moment, en haletant comme si elles venaient de courir un marathon, elles se contemplèrent à nouveau en silence.

— Le truc, c'est que j'ai envie de t'embrasser, Mele.

Ce n'était pas une demande, Janine se contentait d'énoncer une réalité sans attendre quoi que ce soit en retour. Comme Mele ne savait pas quoi dire, elle ne répondit pas et Janine se lança dans une explication de ce qui lui passait par la tête.

— Je veux dire, j'ai envie. J'ai envie de t'embrasser, de m'approcher, de coller mes lèvres contre les tiennes, de te rouler une pelle, de te toucher les cheveux, mais pas comme une lesbienne, comme quelqu'un qui a besoin d'affection… putain, c'est trop bizarre…

— Oui…

— Ça avait beaucoup plus de sens dans ma tête. Rhoo, la honte.

— Non, ne sois pas gênée… Mais je te plais ?

— Non, bien sûr que non ! Enfin, si ! Je ne sais pas !

Janine se leva d'un bond et s'approcha de l'étagère de l'axolotl. Elle était nerveuse, son corps avait du mal à se détendre et à se laisser emporter par la marijuana.

— Janine, parle-moi… Ne te censure pas, je ne te juge pas.

— Je sais, c'est pour ça que je t'en ai parlé et aussi parce que je suis stone… Je sais que tu ne vas pas me juger. Il n'y a rien à dire, d'ailleurs.

— Tu fantasmes sur moi ?

Le sourire de Mele était rempli de malice. Ça avait l'air de l'amuser, de pousser son amie dans les cordes et de lui arracher ses secrets les plus intimes.

— Est-ce que je fantasme sur toi, Mele ? Eh bien, je ne sais pas… oui, un peu, mais pas genre érotique, plutôt genre amour. Je ne m'imagine pas te caresser, plutôt t'embrasser et te serrer dans mes bras…

— Si tu veux me faire un câlin, je pense que tu devrais.

— Non, c'est trop bizarre.

Janine rougit et s'adossa au mur. Melena se leva du lit et s'avança lentement en se laissant distraire par les objets sur le bureau, en jetant un coup d'œil aux livres et aux mangas sur les étagères, mais en se rapprochant. Elle ne regardait pas Janine, mais elle se dirigeait vers elle.

— Tu peux me prendre dans tes bras si tu veux.

— Non, je ne veux pas.

— Sûre ? la défia Mele en plantant ses yeux dans les siens.

Elles se fixèrent en silence. Janine se mit à tirer les petites peaux de ses pouces, comme si elle cherchait une activité pour la distraire du regard de Mele, mais ce n'était pas suffisant.

— Melena, je ne sais pas si tu me comprends…

— Je crois qu'on a trop fumé.

— Tu as faim ?

Mele fit non de la tête et mit un terme à la conversation en s'asseyant dans le fauteuil pivotant du bureau. Mais Janine voulait absolument terminer son explication.

— Je me sens hyper seule, Mele.

— C'est pour ça que tu veux sortir avec moi ?

— Non, idiote, je ne veux pas sortir avec toi, mais j'ai besoin d'affection. C'est pas sexuel, j'ai besoin de pouvoir m'appuyer sur quelqu'un, tu comprends ? Dormir avec quelqu'un...

— Tu peux compter sur moi pour plein de choses, mais je ne suis pas cette personne.

— Je sais ! Mais je suis tellement bien avec toi, j'ai tout le temps envie de te voir, tu es si belle, si lumineuse...

— T'exagères !

— Non ! En plus, on est très semblables toutes les deux : négatives, sombres et un peu rejetées par les autres. Ne fais pas semblant d'être surprise maintenant, merde ! Tu m'as embrassée deux fois, espèce de cochonne !

Janine lui jeta un coussin avec tant de force que Mele faillit tomber du fauteuil. Elle tenta d'expliquer à Janine que c'était génial qu'elles soient si bien ensemble et que, si elles avaient envie de s'embrasser, elles devaient le faire mais que, même si elles étaient très ouvertes d'esprit, c'était normal qu'elles n'en parlent pas.

— Oui, je sais, Janine. L'autre jour, j'étais euphorique et je t'ai embrassée sur un coup de tête et, la première fois, c'est venu tout seul... Ça t'embête ? Je veux dire, si l'occasion se représente, tu ne veux pas que je le fasse ? Non, toi, ce que tu veux, c'est que ça se passe.

Et elle éclata de rire en fixant son amie.

— Mele, ne te moque pas de moi, méchante !

Les rires cédèrent la place à une conversation plus intime. María Elena expliqua qu'elle se sentait vraiment à l'aise avec Janine et qu'elle ne voulait pas la perdre, mais qu'elle était amoureuse de quelqu'un d'autre et que c'était impossible pour elle de voir les autres poissons dans l'océan tant que ça durait, puis elle enchaîna avec d'autres comparaisons et métaphores faciles.

— Mele, je ne veux pas que tu interprètes mes paroles de travers, je ne parle pas d'amour non plus. Je ne suis pas amoureuse de toi.

— Si, un peu.

— Pas du tout !

Elles ne s'embrassèrent pas. Elles discutèrent encore un peu, mais elles finirent par changer de sujet et lâcher l'affaire. Janine était un peu apaisée par rapport à cette histoire de baiser, mais elle avait dissimulé ses sentiments réels. Ils n'étaient pas démesurés, mais elle n'avait pas été totalement honnête.

Et qu'est-ce qui s'était passé au cours du rendez-vous improvisé de Bruno et Paula ? Pas grand-chose… Ah, si ! Elle avait vomi dans la rue.

L'horreur. On a bu cette merde que Melena nous a servie. À mon avis, elle l'a fait exprès : elle savait que c'était un tord-boyaux. J'ai bu comme si c'était un breuvage divin. On s'est bien amusés. Bruno est très sympa et super beau, c'est un gars qui sait user de son charme, si l'expression a un sens. Il utilise ses atouts ? Je ne sais pas… Peut-être que je suis encore saoule. Il a dit clairement qu'il ne voulait pas sortir avec moi et bla, bla, bla… mais son langage corporel disait le contraire. Il me touchait, me fixait, me lançait des compliments déguisés… Je suis peut-être un peu lente à la détente parfois, mais je ne suis pas idiote…

Est-ce que j'aurais voulu qu'il se passe quelque chose ? Oui, mais j'ai complètement raté ma chance quand j'ai dégueulé au pied d'un panneau stop. C'était tout sauf érotique et sensuel…

Et s'il avait l'intention de tenter le coup l'envie a dû lui passer en me voyant essuyer le vomi de mon visage avec ma main... main que j'ai ensuite frottée sur ma jupe. Beurk, je n'arrête pas de penser aux morceaux de spaghettis carbonara qui sortaient de mon nez. La très grande classe. Je pense que si j'avais pas tout foiré, peut-être, juste peut-être, j'aurais pu vivre une histoire avec ce type, mais on va devoir en rester là... C'est dommage, parce que je ne pouvais pas m'empêcher de regarder ses mains, sa façon de s'exprimer et je me disais que c'était révélateur de ses talents au lit. Rhoo, quelle obsédée ! C'est juste que ça fait longtemps, TRÈÈÈS longtemps que j'ai pas... Mais je ne compte pas télécharger Tinder pour autant : je ne veux pas coucher avec n'importe qui. Tu me connais. Si je le faisais, je baisserais ma culotte et mes défenses, je me ferais avoir. Pas question. Ce que je vais faire de ma vie ? Là maintenant, je dois trouver des excuses, faire croire que j'ai des idées pour mon avenir, histoire que mes parents ne paniquent pas, mais je me sens comme une merde. Une grosse merde. Tu vois les écouteurs de mauvaise qualité comme ceux qu'on te donne dans l'avion, qui ont traîné toute la journée au fond d'un sac plein de trucs et qui, quand tu les sors, sont tellement emmêlés que tu te dis qu'il vaut mieux les jeter plutôt que d'essayer de défaire les nœuds ? Ben ça, c'est moi.

Aujourd'hui, je me jetterais à la poubelle. Pas seulement à cause de la gueule de bois, aussi à cause de mon autre problème : Gorka. Tu croyais que c'était réglé ? Pas du tout. J'ai complètement gâché nos retrouvailles et, évidemment, ça me faisait quelque chose de savoir qu'il était amoureux d'une fille, qu'il était heureux et tout ça... et je pense beaucoup à lui. Pff, quelle merde.

Gorka était à la salle de sport. Il avait pris une douche et, comme il avait travaillé ses pectoraux et ses abdos, il avait pour habitude d'enchaîner avec un selfie dans le miroir, pour frimer et recevoir trois ou quatre commentaires flatteurs de followers qu'il ne connaissait même pas. Depuis qu'il était avec Andrea, il le faisait moins, mais ce jour-là il se sentait en pleine forme, se trouvait beau et prit une photo. Puis, alors qu'il observait son reflet, juste couvert de sa serviette, les cheveux mouillés, il réalisa quelque chose. C'était une révélation presque inconsciente, pas une idée claire déposée dans la boîte de réception de ses pensées, plutôt une impression vague, une espèce de suggestion, mais dévastatrice parce qu'elle engendra un effet boule de neige. D'abord presque rien, puis une boule, enfin une avalanche :

Et si je n'étais pas amoureux d'Andrea ? Si je ne l'avais jamais vraiment été ? Merde, je n'en ai jamais douté, mais je n'y ai pas vraiment réfléchi non plus. C'est une meuf qui mérite un dix, elle est super bonne, elle est à la fois innocente et sexy, elle est intelligente et on est trop bien assortis, mais tomber sur Paula c'était… la merde. Est-ce que j'aime Andrea ? Oui, c'est obligé. Je l'ai senti et je ne me mentais pas, mais aujourd'hui, que veux-tu que je te dise ? J'ai pas envie de la voir… Non, ce n'est pas possible. Non. C'est juste une fausse alerte… ou pas. Je l'aime, c'est sûr. Ces conneries dans ma tête, c'est parce que j'ai revu Paula et que j'ai trop retourné cette histoire dans tous les sens. C'était nul, on ne devrait pas réfléchir comme ça. Merde. J'ai envie de ne penser à rien. Mais je ne vais pas aller retrouver Andrea, je vais rentrer à la maison, voir s'il y a des potes en ligne pour faire quelques parties de Pro Evolution *puis pioncer.*

Gorka n'arrivait pas à fermer l'œil. Il se disait que c'était à cause d'Andrea, mais c'était autre chose. Si on imagine que son cœur était un salon, on aurait pu dire qu'il y avait de la crasse amoncelée sous le tapis et qu'au lieu de ramasser et de nettoyer avant d'emménager il avait posé des meubles partout en espérant que la saleté cachée disparaisse d'elle-même. Mais c'était impossible. Mieux vaut soulever le tapis, même si ça fait peur et qu'on n'en a vraiment pas envie, et affronter ce qui se trouve en dessous. Dans le cas de Gorka, la crasse accumulée avait un nom, mais il ne le savait pas encore. Ou il préférait ne pas le savoir.

Le lendemain matin à Las Encinas, les élèves étaient particulièrement silencieux. Les adolescents étaient probablement absorbés par leurs problèmes et leurs histoires personnelles, même s'ils étaient obligés de porter l'uniforme et d'user leurs fesses sur les chaises en écoutant des leçons qu'ils auraient oubliées le jour suivant. Andrea en avait marre. Son visage n'était pas aussi lumineux et angélique que d'habitude. Elle était apathique. C'était normal : elle ne comprenait rien de ce qui se jouait autour d'elle et se sentait coupable sans savoir pourquoi.

Depuis que j'ai couché avec Gorka, tout va de mal en pis. C'est une mauvaise passe à traverser. Sa rencontre avec Paula l'a bouleversé. Je comprends et je l'accepte complètement. J'ai deux options. Soit ne pas m'en mêler et lui laisser de l'espace, soit, ce qui me semble une meilleure idée, être là pour lui, le chouchouter et lui donner de l'amour... Je veux qu'il sente que je suis disponible pour chasser les idées noires qu'il a dans la tête. Hier, après la salle de sport, il devait venir dormir chez moi, mais il a annulé. Il doit se sentir perdu. Qu'est-ce que je dois faire ? Je reste à l'écart ou je lui viens en aide ? Ma sœur me recommande de le laisser tranquille, mais mon instinct me murmure de le serrer dans mes bras. Qu'il sente que je suis paisible, que je suis un pilier, que je suis forte et qu'il peut s'appuyer sur moi, même s'il est mal. Il sera reconnaissant. Enfin, je ne sais pas s'il s'en rendra compte. Je ne sais pas…

Andrea posa la main sur la cuisse de son petit ami et il ne la regarda même pas. Puis elle se mit à frotter légèrement la jambe de Gorka comme si elle voulait le réchauffer. Il tourna la tête et sourit – ou quelque chose d'approchant – et elle comprit qu'elle devait arrêter. Elle ne savait pas que c'était à cause d'un conflit intérieur, elle pensait qu'il ne voulait pas que le prof le remarque… Entre les cours, ils ne se parlèrent pas beaucoup. En réalité, il filait sans cesse aux toilettes pour éviter de devoir la regarder droit dans les yeux. Comment des sentiments peuvent-ils changer si rapidement ? Comment on peut redescendre si vite d'un petit nuage rempli de cœurs et si confortable ? Gorka l'ignorait, mais il sentait qu'il se passait un truc. Il avait beau se poser un tas de questions ou essayer de mettre des mots sur ce qu'il ressentait, il ne trouvait pas de réponse ou d'étiquette à coller sur ses sentiments. Et il ne pouvait s'empêcher de penser à la putain d'avant-soirée que sa copine avait organisée pour le soir même, juste avant le gala de charité de Lu et Cayetana.

C'est qui, Cayetana, putain ? J'ai même pas échangé trois mots avec elle… elle a l'air d'une fille superficielle et creuse. Ça se voit à trois kilomètres qu'elle meurt d'envie de se jeter sur Polo. Pourquoi je dois aller à sa fête à la con ? Parce que les gens qui ont du fric se sentent obligés de se montrer et de se pavaner dans ces soirées de merde sous peine de passer pour des rats, des égoïstes. Je ne suis pas un radin, j'ai fait don de plein de pognon y a pas longtemps, à Halloween… Ces soirées de bienfaisance, c'est comme des mariages. En théorie, t'es pas obligé de donner, mais en réalité, t'as pas le choix si tu veux pas passer pour un connard. Puis t'y vas, tu bois, tu crèves la dalle parce que le traiteur, c'est juste pour les photos, ça ne te remplit pas l'estomac. Ensuite tout le monde rentre à la maison. Si t'as de la chance, tu chopes du McDo ou un truc du genre en chemin. J'ai pas envie d'y aller. Ni au machin d'Andrea ni à cette connerie de charité.

Melena fit irruption dans les toilettes des garçons comme si c'était la chose la plus naturelle du monde. Gorka fut surpris de la voir mais, comme il s'était de toute évidence réfugié ici pour se cacher, ils étaient en quelque sorte tous les deux pris la main dans le sac.

— Qu'est-ce que t'as, mon vieux ? lui demanda-t-elle avec le même calme que s'ils étaient aussi proches qu'avant la rentrée.

— Moi ? Rien. T'as rien à faire ici.

— Toi non plus. T'es pas obligé de me raconter, ça fait un moment qu'on ne se parle plus trop tous les deux…

— Et donc ?

— Gorka, ça se voit de ouf que t'as un problème…

— À ce point-là ?

— Les autres ne le remarquent peut-être pas, mais je te connais trop bien. Ta copine croit sans doute que t'as pas digéré ton petit déj, mais moi je sais que tu as un estomac à toute épreuve et que tu te caches…

Ce speech de Melena les ramena des mois en arrière, à l'époque où ils discutaient tout le temps, où ils étaient super complices.

— Je suis dans la merde, Mele.

— Ça je sais. Pourquoi ?

— Ma petite amie est géniale, mais je ne crois pas… Je ne l'aime pas. Je veux dire, pas de la manière dont je devrais l'aimer.

— Ah bon ? Y a une *bonne* manière ? demanda-t-elle pour minimiser le problème.

— Oui, putain ! L'aimer comme je lui dis que je l'aime ! Je me suis menti à moi-même. Je continue à le faire. Ou pas… Je ne sais pas… Putain, quel bordel.

La sonnerie annonçant le début du cours suivant retentit, interrompant leur conversation et les ramenant à la réalité. Ils ne pouvaient pas prolonger cet échange dans les toilettes. Gorka se dirigea vers la porte en soupirant et Melena lui lança :

— Si tu veux parler, mec…

Il répondit sans se retourner :

— Ouais, tranquille.

Ils regagnèrent tous deux leur place au fond de la classe.

Paula ne comprenait pas ce que cette robe fichait sur son lit, elle ne pensait pas mériter un cadeau. Il n'y avait pas eu de tension à la maison après sa démission, elle n'avait pas eu droit non plus à une leçon typique du style

« on s'y attendait ». Ses parents avaient un peu abordé le sujet parce qu'ils se sentaient obligés et lui avaient accordé du temps pour réfléchir à ce qu'elle voulait faire de sa vie à court terme. Ils s'étaient montrés très compréhensifs, estimant qu'ils devaient soutenir Paula à tout moment et encore plus dans les phases de crise et de doute.

— Maman, c'est quoi cette robe ? cria-t-elle depuis le couloir.

— On est invités à une fête ce soir. C'est un gala de charité... Ça fait longtemps qu'on n'est pas sortis et c'est pour une bonne cause.

— J'ai la flemme, se plaignit Paula.

— Oh, et tu crois que moi non ?

La mère n'ajouta rien, elle ignora sa fille et se mit à laisser des messages vocaux comme si la fin du monde était pour le lendemain, préférant n'accorder aucune importance au commentaire de sa fille ni à la soirée.

Andrea avait essuyé quelques refus de Gorka via WhatsApp. Ses messages étaient pires que monosyllabiques et elle avait donc décidé d'annuler l'avant-soirée.

J'ai fini par comprendre. Tout a mal tourné quand j'ai eu la stupide idée d'organiser cette fête. Ça me paraissait évident que Gorka était de mauvaise humeur parce qu'il n'avait pas envie de prendre un verre avec ses ex-amies. Mais quand je lui ai écrit pour lui annoncer l'annulation, au lieu de me répondre « Super ma belle, merci, excuse-moi de m'être comporté comme un con, ça me faisait chier », il m'a répondu : « Cool, on se voit là-bas. » Oui, avec un point final ! Pas d'émoticône, pas de bisou ou quoi que ce soit, juste un point et les points – cette petite particule à la fin de tout –, pour moi, c'est la chose la plus flippante et la plus froide du monde. Ça me glace. Il n'y a rien de pire. Point.

T'as vu ça ? Regarde bien. Il n'y a rien de pire, on est d'accord ? C'est comme une arme. Ça paraît insignifiant, c'est plus petit qu'une lettre minuscule, mais bien plus chargé de sens. Ici, je l'ai lu comme un mauvais présage. Je commence à flipper, maintenant, je me rends compte que c'était pas à cause de l'avant-soirée qu'il faisait la tête, j'arrête pas de me dire que c'était une erreur de coucher ensemble. Il a toujours dit que ça risquait de tout foutre en l'air, il avait peur que les choses se compliquent entre nous. Et, comme s'il était médium, il avait raison… Non, c'est impossible. Quoi qu'il se passe, ça peut s'arranger. Gorka m'aime et ça, c'est quelque chose de fort.

La pauvre Andrea se cramponnait à cette idée comme si c'était la seule chose qui faisait tenir le château de cartes qu'était devenue leur relation.

Janine était ravie que le plan d'Andrea soit annulé, parce qu'elle se débattait avec sa garde-robe et, comme toujours, perdait le match. Mele avait compris que la relation entre Gorka et sa copine battait de l'aile, il n'y avait pas besoin d'être très perspicace pour arriver à cette conclusion. Après la conversation interrompue dans les toilettes du lycée, le message annulant l'avant-soirée sous-entendait clairement que le couple à la mode de Las Encinas allait se séparer. Melena n'était pas heureuse de l'apprendre, mais… en fait, si.

Si la vie avait été un film, une comédie romantique ou une de ces séries qui prennent un lycée pour décor, le réalisateur et le monteur se seraient mis d'accord pour qu'à ce moment précis démarre une séquence musicale montrant tous les protagonistes en train d'enfiler leurs plus beaux habits pour aller au gala de charité, sur fond de musique festive ou de morceau pop à la mode.

Mais, comme on n'était pas dans un film américain, mieux vaut sauter cette partie. Ils se mirent sur leur trente et un. Melena, pas vraiment : elle portait une robe noire toute simple, mais avait appris quelques trucs de maquillage lors de la séance photo et, pour la première fois, elle prit du plaisir à se préparer devant le miroir. Sa mère l'observait de la porte et la bombardait de questions.

« Tu y vas avec qui ? »

« Il y aura qui ? »

« Tu rentres à quelle heure ? »

« Tu as besoin de quelque chose ? »

« Tu veux que je t'accompagne ? »

Melena ne comptait pas laisser un centime à ce gala de charité et se fichait pas mal de ce que les gens en penseraient. Elles n'étaient pas pauvres, mais elles n'avaient pas trop d'argent non plus, alors, plutôt que de l'envoyer à des filles pauvres dans un pays sous-développé, elle préférait en profiter elle-même.

— Oui, viens, maman. Ce sera sympa, comme ça tu sortiras. T'as qu'à mettre une de tes belles robes.

— Houlà, non, laisse tomber… Je passe mon tour. En plus, ces robes… Rhoo, tu crois que ce cul rentre dedans ?

— Quel cul ? N'importe quoi !

— Celui-là !

Amanda attrapa ses fesses à deux mains comme si elle pétrissait un gros pain. C'est vrai qu'elle avait pris quelques kilos. Avant, elle avait une vie plus… nomade, disons, elle sortait beaucoup plus, sa vie était moins saine en général. Mais depuis que son quotidien avait changé, son corps aussi. Objectivement, elle était incroyablement belle et avait l'air en meilleure santé mais, quand on est habituée à peser cinquante kilos, c'est difficile d'accepter d'en peser soixante-dix et elle ne se trouvait pas du tout séduisante. Par ailleurs, elle n'avait pas envie de se retrouver face à des gens de la jet-set qui la connaissaient, mais avaient rapidement disparu des radars lorsqu'elle s'était reconvertie en serveuse dans un salon de thé de quartier.

— Tu es magnifique, ma chérie. Tu as regardé un tuto ? J'adore ce que tu as fait à tes yeux…

Melena eut envie de lui avouer la vérité, de dire : « Écoute, maman… je veux être mannequin et j'ai pris des photos professionnelles pour un concours organisé par une agence », mais elle se tut. Elle ne se sentait toujours pas prête à révéler ce secret. Et, même si sa mère était perspicace, elle ne pouvait pas deviner ça, quoique…

— Qu'est-ce qu'il t'arrive, ma chérie ? lui demanda-t-elle en s'approchant et en la regardant dans le miroir en souriant.

Melena rougit jusqu'aux oreilles.

— Rien…

— Allez, tu prends ta mère pour une idiote, c'est ça ?

— Qu'est-ce que tu racontes ? Allez, laisse-moi, je suis en retard…

— Tu es amoureuse ? Tu as une lueur particulière dans les yeux…

— Maman ! Tu sais que je déteste parler de ça. Non, allez, va-t'en, ouste !

Sa mère se mit à rire trop fort en essayant de la chatouiller comme si elle était encore une petite fille, mais Melena la poussa hors de la pièce et ferma la porte. La jeune fille ne se sentait pas euphorique uniquement à cause de la carrière de mannequin – qui n'avait pas encore commencé, d'ailleurs –, mais aussi parce qu'elle ne pouvait s'empêcher d'avoir un peu d'espoir depuis qu'elle savait que Gorka n'était pas amoureux de sa petite amie. Elle restait cependant convaincue de n'avoir aucune chance avec lui. Gorka l'avait même soupçonnée d'être une meurtrière et elle savait qu'il ne l'aimerait jamais de la même manière qu'elle l'aimait. Elle aurait déjà de la chance de regagner la place d'amie qu'elle avait perdue. Mais, elle avait beau se répéter comme un mantra « Gorka ne t'aimera jamais, Gorka ne t'aimera jamais », une chance existait, très mince, que le facteur de surprise joue et Melena s'y cramponnait comme à une bouée de sauvetage.

Gorka ne t'aimera jamais, mais si...

Ce mantra était beaucoup plus amusant, car il permettait d'imaginer des possibilités infinies et des futurs bien plus tentants et réjouissants que la réalité. Elle s'examina dans le miroir et, même si elle n'était pas prétentieuse et qu'elle s'était toujours sentie médiocre, ce qu'elle vit lui plut beaucoup et elle se dit :

Eh ben, aujourd'hui je suis... plutôt pas mal. Putain, je suis sexy, merde.

Janine se battait avec son Babyliss. Beaucoup de filles de Las Encinas engageaient des maquilleurs et des coiffeurs professionnels pour ce type d'événement, mais elle venait d'une famille de nouveaux riches et la plupart des habitudes des filles de Las Encinas ne lui venaient même pas à l'esprit. Elle se disait toujours :

Ces pétasses sont trop douées pour se maquiller. Comment elles font, putain ?

Elle ne se doutait pas que les meilleurs maquilleurs, contre rémunération, se déplaçaient dans les luxueuses villas pour que les filles et les garçons soient nickel, car le maquillage n'est pas réservé qu'aux filles. Tu croyais que si ? Non. Plus de nos jours… C'est l'élite des adolescents, chacun doit montrer son meilleur visage et les stories ne font pas de distinction de genre. La pauvre Janine ne savait pas si ses cheveux étaient bien ou s'ils ressemblaient à du chou frisé passé à la friteuse. Elle s'acharnait à essayer de se coiffer comme Boucle d'or et le résultat faisait plutôt penser à la fille de *L'Exorciste* après une soirée trop arrosée. Une horreur. Elle piqua une colère et se braqua :

Tant pis, je n'y vais pas. Qu'ils aillent se faire foutre. Je suis horrible. Je n'y vais pas.

Puis elle se remonta le moral, changea d'avis et continua de s'apprêter, jusqu'à ce que le trait d'eye-liner de son œil gauche lui résiste. Elle n'arrivait à rien, pas même avec l'espèce de tampon acheté sur Aliexpress, qui était censé tracer la ligne parfaite. Le résultat était cochonné et elle dut l'effacer plusieurs fois, en frottant le noir sur toute sa paupière. Elle repartit de plus belle :

Rien à foutre. Je n'y vais pas. Pas question.

C'était pareil avec la robe, qui ne lui allait pas aussi bien que dans son souvenir ou qui lui paraissait too much.

Je ne suis pas convaincue par le doré, c'est trop bling-bling, c'est un gala de charité et ça va avoir l'air insultant. JE N'AI RIEN À ME METTRE. Je n'y vais pas.

Allongée sur le sol, boudinée dans une robe très courte qui ressemblait à la couverture de survie que les ambulanciers donnent aux victimes qui ont survécu à un massacre, avec un œil parfaitement maquillé et l'autre qui semblait s'être battu avec lui-même, elle décida de regarder les stories des autres pour avoir une idée de l'allure qu'aurait la soirée. Avant de paniquer devant les invitées bien foutues et tirées à quatre épingles, elle s'aperçut qu'il y avait un mail dans sa boîte de réception.

Imagine sa surprise quand elle remarqua qu'il avait été envoyé par l'agence de mannequins et lui annonçait que Melena avait remporté le concours. L'agence joignait une magnifique photo en jpg qui venait d'être publiée sur le profil Insta officiel, avec l'annonce du nom de la gagnante et de leur intention de travailler avec elle. En un instant, Janine oublia sa robe et son œil de raton laveur écrasé. SON AMIE AVAIT RÉALISÉ UN RÊVE, et en partie grâce à elle, qui l'avait poussée à participer et qui l'avait inscrite au concours, ce qui expliquait pourquoi elle avait reçu ce mail. Elle bondit et poussa des cris de joie comme une folle, elle aurait serré l'axolotl dans ses bras s'il n'avait pas été une bestiole gluante de la taille de la main d'un enfant de cinq ans. Sa mère, alertée par les hurlements, entra dans sa chambre. La pauvre ne savait plus vers qui se tourner pour comprendre sa fille.

— Ma chérie, qu'est-ce qui t'arrive maintenant ? Qu'est-ce que c'est que ces cris ?

— Oh, maman, je suis tellement heureuse.

Janine étreignit sa mère comme si c'était elle qui avait gagné le concours, mais elle était si hystérique que sa mère se mit à pleurer en silence, ce que sa fille ne remarqua même pas.

Ma fille ne va pas bien. Pas bien du tout… parfois elle pleure, parfois elle saute de joie, et elle ne nous dit jamais rien. Si on nous appelle un jour pour nous prévenir qu'elle s'est jetée d'un pont, je ne serais pas surprise et, si on me téléphone pour m'informer qu'elle s'est enfuie à Taïwan enceinte d'un Taïwanais, ça ne me semblerait pas impossible… Elle est à un âge si difficile. L'adolescence est très difficile. Pas pour elle, mais pour nous. Oh, mon Dieu…

Janine aurait pu appeler son amie pour lui annoncer la nouvelle ou lui faire suivre le mail, mais elle trouva mieux : imprimer la photo. C'est ce qu'elle fit, puis elle fouilla la maison comme une folle à la recherche d'un cadre qui pourrait accueillir le cliché. Elle n'en trouva qu'un qui convenait plus ou moins, qui exposait une photo d'elle le jour de sa communion. Elle retira son portrait sans hésiter, le remplaça par celui de Melena et sortit de chez elle toute souriante. Juste avant, elle répara les dégâts de sa paupière gauche. Imagine la tête sa mère en découvrant une photo de sa fille le jour de sa communion, habillée en blanc, abandonnée sur le sol du salon…

Ma fille ne va pas bien. Je ne la comprends pas. Son père et ses frères non plus. Mais tout le monde dira la même chose : elle ne va pas bien.

La terrasse perchée sur le toit d'un hôtel était splendide. Les invités en tenue de soirée se pavanaient sous les guirlandes de lampions blancs. Robes de haute couture, nœuds papillon, faux sourires et alcool coulant à flots : on se serait cru au réveillon du Nouvel An. Lu, qui avait organisé l'événement, n'avait pas lésiné sur les détails. Cayetana et elle débordaient d'énergie, chouchoutaient les invités et s'arrangeaient pour que les euros viennent gonfler un compte bancaire… Pas vraiment celui d'une ONG, celui de Cayetana plutôt, mais c'est une autre histoire, qui finira mal.

Andrea salua les organisatrices et présenta ses parents, même si tout le monde savait qui était son père et connaissait ses idées, ce dont sa fille était fière, pour être honnête. Gorka ne tarda pas à apparaître. Il ne s'était pas donné beaucoup de mal, mais un garçon aussi mignon que lui en costume et avec un nœud papillon n'a pas besoin de tonnes d'artifices pour paraître spectaculaire. Les émotions et les sentiments de Gorka fonctionnaient comme la roulette russe : ils pouvaient être limpides ou pas du tout, chargés de sens ou non, et il lui fallait de multiples tentatives pour trouver dans le barillet de son cerveau l'emplacement qui contenait ce qu'il voulait dire et qu'il tire. Il examinait Andrea, qui était magnifique dans une robe rouge à paillettes et dos nu, mais ne comprenait pas ce qu'il ressentait ou ne voulait pas le comprendre. Et, même s'il avait du mal à exprimer ses émotions, la transparence était une de ses vertus, ou un de ses défauts majeurs, selon le point de vue. Et que fit-il, du coup ? Facile. Ce que tout garçon de dix-sept ans paumé émotionnellement aurait fait : il fila au bar, but verre sur verre et tenta d'éviter sa petite amie pour ne pas provoquer de dispute. Il croisa Guzmán et ils échangèrent quelques phrases pour se plaindre d'être déguisés en pingouin et de devoir faire bonne figure dans une tenue pareille.

La pauvre Andrea ne savait plus quoi faire. La tactique qui consistait à manifester tout son amour était un échec total. Elle avait eu des gestes affectueux pour Gorka tout au long de la journée et lui avait envoyé un message sans lui poser de questions, comme seule une petite amie géniale l'aurait fait, sans lui montrer, comme avec un miroir, l'étrangeté de son comportement. Lorsqu'il était arrivé à la fête, elle avait opté pour la stratégie conseillée par sa sœur : ne pas le harceler, l'ignorer, lui laisser tout l'espace qu'il voulait, mais ça la rongeait de l'intérieur. Elle était incapable de suivre une conversation toute bête, son esprit était ailleurs… tentant de sonder le cœur de Gorka sans trouver de réponse, alors qu'elle était convaincue qu'il lui appartenait. C'est du moins ce qu'il lui avait laissé croire.

Objectivement, si on analysait l'histoire du couple, si on passait en revue leurs moments les plus importants, on pouvait se tromper complètement et parier que ce qui arrivait à Gorka, c'était que, comme il avait couché avec

Andrea, il avait perdu tout intérêt pour elle. Mais il n'était pas le genre de salaud qui utilise les filles, au contraire... Le fait qu'il ait attendu pour coucher avec elle le classait dans une catégorie de mecs à part. Andrea n'avait pas le moins du monde envie de se tracasser comme ça, elle trouvait son attitude ridicule. S'il se passait un truc, elle voulait juste savoir ce que c'était, c'était normal qu'elle sache. Elle aborda donc Gorka.

Elle avait envie de foncer tête baissée mais se força à lui parler comme une petite amie conciliante, prête à arranger les choses, à l'écouter, à le comprendre...

— Mon cœur...

— Dis-moi, répondit-il en vidant le verre qu'il tenait en main.

— Tu bois beaucoup.

— Ah bon ? Tu trouves ?

— Tu n'as rien dit de ma robe...

— Tu es magnifique, affirma-t-il sans même la regarder.

— Qu'est-ce qui t'arrive ? insista-t-elle en essayant de garder son calme.

— Rien, je suis un peu... Je ne suis pas bien. Ça ira mieux demain.

— D'accord. Mais si tu as quelque chose à me dire, tu peux... Je t'aime.

Entendre ces mots sortir de la bouche de cette petite amie qu'il croyait ne pas aimer lui fit un effet étrange. Presque comme une insulte. La sincérité et l'amour d'Andrea l'irritaient parce qu'il commençait à être en colère contre lui-même. Il ne voulait pas lui faire de mal, mais il ne savait pas comment gérer la situation. Il ne savait ni que faire ni que dire. Il ne s'était jamais retrouvé dans cette position. Il ne voulait pas la larguer là, comme ça, parce qu'il ne faisait pas entièrement confiance à ses sentiments. Il avait peur de tout gâcher. D'un autre côté, il ne parvenait pas à faire comme si tout était normal, il était incapable de mentir, surtout à elle.

— Je ne suis pas bien, Andrea, finit-il par avouer.

— Pourquoi ? J'ai fait quelque chose ?

— Non, ce n'est pas à cause de toi… Rhoo, merde.

— C'est à propos de l'autre jour, c'est ça ?

— Parce que tu as invité mes amies ? Non, ne dis pas n'importe quoi.

— Alors quoi ? Je suis perdue. Mets-toi à ma place. On couche enfin ensemble et tout semble aller pour le mieux, puis tu deviens bizarre et tu me dis que c'est à cause de Paula, à cause de l'avortement, mais je continue à me dire que tu n'as pas aimé le faire avec moi, que je suis le pire coup de ta vie et je me sens mal.

— Andrea… C'est pas ça, ça n'a rien à voir avec toi, je t'assure. Ne te fâche pas, mais ne me mets pas la pression, s'il te plaît, d'accord ?

La jeune fille était blessée. Elle s'était investie sans retenue dans leur relation et maintenant elle était paumée, incapable de résoudre le problème, parce qu'elle ne comprenait pas ce qui se passait. Au lieu d'insister et de se montrer reloue, elle fit ce que Gorka lui demandait.

— OK. Je serai avec mes parents, si tu veux nous parler ou faire comme si de rien n'était, prétendre que tout est comme avant, tu peux venir. Ça me ferait plaisir.

Il acquiesça et elle s'éloigna, furieuse. Gorka était dans le même état et s'en voulait de s'être montré aussi froid avec elle, mais il ne savait pas quoi faire d'autre. Il commanda un nouveau verre.

Lorsque Melena débarqua à la soirée, plusieurs invités la dévisagèrent comme si elle était une célébrité. Non pas à cause de son maquillage ou de sa robe noire toute simple, mais plutôt de... son aura ou quelque chose du genre, si ça existe. Elle dégageait une assurance impressionnante. Elle ne repéra personne qu'elle connaissait, jusqu'à ce qu'elle remarque que Gorka descendait des coupes de champagne comme si sa vie en dépendait. Mais avant de le rejoindre elle fut interceptée par la tornade Janine, qui l'écrasa littéralement. Heureusement, Mele avait appris à maintenir son équilibre même sur des talons. Elle parvint à ne pas tomber, évitant ainsi qu'elles ne soient toutes deux la risée de l'assemblée et qu'on leur demande de quitter le luxueux hôtel. Janine n'eut pas besoin d'ouvrir la bouche ni d'expliquer quoi que ce soit, elle lui tendit juste le magnifique portrait encadré. Melena n'était pas méconnaissable sur la photo, elle était plus elle-même que jamais et elle n'avait pas l'habitude de se voir telle qu'elle était vraiment. Le cliché n'avait rien d'extraordinaire, mais il y avait quelque chose dans son expression, dans son regard lumineux qui faisait qu'on avait du mal à détacher les yeux d'elle. María Elena prit le cadre et fit deux pas sans regarder où elle allait. Elle aurait pu exploser de joie comme Janine, mais elle n'en fit rien. Elle prit une profonde inspiration, releva la tête et demanda :

— J'ai gagné... Est-ce que j'ai gagné ?

— Oui, ma belle.

Toute l'explosion que le prix aurait pu déclencher fut condensée, mais pas réduite, elle était bien présente. Tu as déjà écrasé une tranche de pain de mie ? Ça peut paraître idiot, mais c'est ce que Melena fit. On peut compacter toute la tranche en une petite boule, chasser l'air et ne garder que la pâte comprimée. Melena prit toute l'euphorie que le prix lui faisait ressentir, la compressa et l'avala. La masse était la même, mais la taille était réduite.

— Je suis super heureuse, déclara-t-elle les yeux vitreux.

— C'est normal, tu le mérites…

— Tu crois ? chuchota-t-elle, doutant d'elle-même.

— C'est évident.

Elles se jetèrent dans les bras l'une de l'autre et se serrèrent, puis Melena déclara :

— Je ne vais pas m'en aller en courant, il faut fêter ça, mais, tu sais, j'ai hâte de rentrer à la maison et de l'annoncer à ma mère…

Melena réalisa soudain pour quelle raison elle n'avait pas encore parlé à sa mère de son intention de suivre la même voie qu'elle. Pas seulement parce qu'elle avait toujours méprisé cette profession et qu'elle redoutait par conséquent de passer pour une girouette ou une idiote. Non, elle avait attendu d'avoir un soutien, quelqu'un qui croie en elle, parce qu'elle était incapable de le faire elle-même, elle n'avait pas ce pouvoir. En revanche, lui lancer : « Maman, j'ai gagné un concours et je suis super contente, je veux tenter ma chance » était très différent. L'approbation du jury lui donnait de la crédibilité et, plus important encore, la confiance en elle dont elle manquait. Melena déambula la photo à la main, pas pour se vanter, vu qu'elle ne la montra à personne, mais parce que son sac n'était pas assez grand et que le sachet en plastique avec le logo d'un supermarché dans lequel Janine avait apporté le cliché aurait fait tache dans un endroit aussi luxueux.

Les parents de Paula avaient beaucoup d'amis et allaient de groupe en groupe pour prendre des nouvelles de tous. Si on les avait regardés à travers le chas d'une aiguille, pas eux, mais tous les invités, on se serait rendu compte que les sourires des parents de Paula étaient les plus sincères et les plus adaptés à la situation. Ils savaient comment se comporter dans ce genre d'événement, ils avaient de la classe, mais agissaient avec naturel et ça se voyait.

Paula avait un truc dans l'œil, un cil ou une fibre, et elle se dirigea vers les toilettes dans sa robe bleu clair éblouissante. En chemin, elle tomba sur Gorka. Ce n'était pas des retrouvailles, plutôt un simple accident, elle ne voyait rien, et elle se frottait la paupière. Quant à lui, il ne voyait pas grand-chose non plus à cause de ses problèmes personnels.

Pause.

Le temps ne s'arrêta pas, mais, lorsqu'ils se rencontrèrent, ils étaient tous les deux comme des volcans sur le point d'entrer en éruption. Rien d'autre n'avait d'importance. Elle le reconnut, bien sûr, et il regarda la blonde de ses rêves sans même penser qu'il avait essayé de la haïr à cause de l'avortement secret.

— Excuse-moi. Je ne vois rien, précisa-t-elle.

Paula voulut entrer dans les toilettes, mais la porte était fermée. Elle pesta intérieurement et attendit en se frottant la paupière. Gorka voulut s'en aller, mais on aurait dit qu'une force supérieure, agissant comme un aimant, le retenait. Il resta planté là sans rien faire. Ça dura quelques secondes, puis il se décida. Il revint sur ses pas, s'approcha de Paula, la saisit par le menton, souleva son visage et examina son œil sans rien dire. Il souffla doucement dessus, ce qu'elle trouva super sexy, et lui chuchota :

— Tu m'as vraiment cassé.

Il n'y avait pas d'amertume dans cet aveu ou, s'il y en avait, elle était imperceptible dans le murmure : on aurait dit qu'il l'invitait à danser un slow. Elle l'examina, il était très près de son visage.

— Je suis désolée… J'ai été nulle.

— Tu peux le dire, répondit-il sans lâcher son menton.

Andrea essayait de suivre les indications de Gorka, de ne pas le bousculer, de ne pas être tout le temps sur son dos, mais au bout du compte elle ne le quitta pas des yeux de la soirée. À un moment donné, elle ne le vit plus et se mit à stresser. Elle se lança à sa recherche et le trouva, sans qu'il s'en rende compte. Cette scène, qui pourrait s'intituler « Gorka tient son ex par le menton et retrouve le grand amour », lui brisa le cœur. Elle aurait pu les interrompre, hurler, mais elle n'en fit rien. Elle s'éloigna en silence, faisant preuve d'une discrétion et d'une maîtrise de soi exceptionnelles, même si à l'intérieur il n'y avait que des larmes, du feu et de la frustration. Elle n'alla pas très loin, car Lu réclama l'attention de tous et se lança dans un discours que personne n'oublierait jamais. Elle y dénonçait les manipulations de sa camarade de classe Cayetana et condamnait au passage toutes les personnes présentes à travers des phrases auxquelles tout le monde pouvait s'identifier… Quand Lu parla de mensonge, Andrea ne parvint plus à contenir ses larmes et se mit à pleurer en silence. Elle avait compris qu'elle était disqualifiée de la course pour gagner l'amour de Gorka. Elle l'avait perdu. Il n'y avait pas besoin d'être très perspicace pour réaliser qu'il ne la regarderait jamais comme il regardait Paula ce soir-là.

Les deux tourtereaux n'écoutaient pas le monologue de Lucrecia, ils étaient isolés du reste du monde, près de la porte fermée des toilettes. Des étincelles volaient à nouveau entre eux.

— Ce qui m'a fait mal, c'est pas que tu ne me l'aies pas dit. C'est de ne pas avoir été là pour m'occuper de toi.

Paula se sentit tellement en sécurité en entendant ces mots que, même si Gorka avait été absent pendant cette période si dure pour elle, elle eut soudain l'impression qu'il avait été avec elle. Comme si quelqu'un s'était introduit dans son esprit pour modifier ses souvenirs et avait ajouté Gorka à ses côtés quand elle sanglotait sur son lit dans un désarroi total ou qu'elle se demandait pourquoi la salle d'opération était peinte en bleu. Elle avait l'impression qu'il avait été là même si ce n'était pas vrai. Elle lisait la sincérité dans ses yeux et était hypnotisée. Elle avait envie de l'embrasser, mais elle savait qu'elle ne pouvait pas le faire, qu'elle ne devait pas, ce qui ne l'empêchait pas d'en mourir d'envie. Qu'est-ce qui lui arrivait ? Elle le désirait plus que tout. Pourtant, jusque-là, elle croyait qu'elle avait tiré un trait définitif sur lui, que c'était une affaire classée, et pourtant son cœur battait à tout rompre. Ce qui arrivait à Paula se produisait aussi chez Gorka. Ils se regardaient et ressentaient la même chose en même temps. Ça semble cliché, mais c'était inexplicable.

— Je suis amoureux de toi. Je l'ai toujours été. J'ai essayé de me mentir et je fais du mal à Andrea, mais je sais que je ne ressentirai jamais pour elle ce que je ressens pour toi en ce moment, Paula. Ne me demande pas pourquoi, parce que même moi je ne le comprends pas… mais je sais que je t'aime.

Les yeux de Gorka étaient embués de larmes, mais il n'y avait pas la moindre tristesse dans son expression, plutôt du calme et de la sérénité… comme quand on retrouve les clés de la maison après avoir cru les perdre, comme quand on retire un poids de ses épaules. Il l'avait enlevé. Le poids n'était pas Andrea, non, la pauvre, le poids était l'incertitude, les tâtonnements… La porte des toilettes s'ouvrit et deux filles en sortirent. Elles s'y étaient sans doute enfermées pour sniffer de la cocaïne. Comme si elle était poussée par son cœur et non par sa tête, Paula prit la main de Gorka et le tira à l'intérieur. Elle poussa le verrou, le regarda dans les yeux et n'eut pas besoin de dire quoi que ce soit pour qu'il comprenne. Ils ne se lâchèrent pas la main et seul le miroir fut témoin du magnifique baiser qu'ils échangèrent, un baiser qui ne ressemblait à aucun de ceux qu'ils s'étaient déjà donnés. Un baiser mérité, nécessaire et nouveau. Ils ne firent pas de plan. Ils ne pensèrent pas à ce qui se passerait si quelqu'un les surprenait. Ils se laissèrent guider par tous les sentiments qu'ils avaient mis en suspens. Le reste n'avait plus la moindre importance. Je suppose que c'est ça, l'amour, quand tout le reste compte si peu qu'on ne pense plus aux conséquences des actes fous qu'aimer nous pousse à commettre.

Mais même s'ils étaient inconscients, ils n'étaient pas des salauds et, quand le baiser se transforma en étreinte,

Gorka paniqua à cause des dommages collatéraux que ce geste allait causer, surtout à cause de SA COPINE. IL AVAIT UNE COPINE et, même s'il venait d'oublier cette donnée pendant trente secondes, le temps d'un baiser enivrant, la réalité lui fit l'effet d'une douche froide.

— On fait quoi, maintenant ? demanda une Paula souriante, déchirée entre l'impatience, l'excitation et la crainte.

— Tu sors maintenant et moi un peu plus tard et on ne se regarde plus jusqu'à demain, mais je penserai à toi et à ce baiser jusqu'à ce qu'on se retrouve.

Les idées se mettaient en place dans la tête de Gorka. On aurait dit que les décisions qu'ils venaient d'annoncer faisaient partie d'un plan qu'il fomentait depuis longtemps, mais pas du tout. Le contact avec Paula ce soir lui avait explosé au visage. Depuis qu'il l'avait revue dans leur quartier, ses sentiments tournaient en lui à toute allure comme une machine à laver en phase d'essorage. Quand on la voit tourner, les vêtements forment une masse d'une couleur uniforme, assez moche. Mais, quand le lavage s'achève et que la machine s'arrête, on distingue à nouveau facilement les vêtements à l'intérieur. Un pantalon est un pantalon, un T-shirt est un T-shirt. Ce qui venait d'arriver à Gorka était aussi simple que ça. Voir Paula au gala de charité avait réveillé l'amour qu'il ressentait. Cet amour n'avait jamais tout à fait disparu, même Gorka tentait de se convaincre du contraire.

En sortant des toilettes, Paula avait l'impression de léviter. Elle était tellement absorbée par ses pensées qu'elle ne remarqua pas qu'il restait très peu de monde sur la terrasse. Elle tomba sur sa mère, qui lui expliqua que l'événement de charité n'était qu'une escroquerie échafaudée par Cayetana et elles s'en allèrent avec leur père et mari.

Melena n'était pas partie. Elle était sur un nuage avec son cadre photo et les quatre – voire huit – coupes de champagne qu'elle avait avalées. Janine, qui avait une petite vessie, prit la relève aux toilettes et Melena s'approcha de Gorka. Elle lui montra la photo, toute contente.

— Waouh ! Tu es spectaculaire. Tu es magnifique ! C'est quoi ?

— Je t'expliquerai. Mais, hé, comment ça va, toi ? Et ton truc… ce matin on n'a pas pu finir d'en parler.

Comme elle lui avait montré sa photo et dévoilé ce que cette image représentait à ce moment précis de sa vie, il eut aussi envie de partager ce qui était important pour lui et, au lieu de se retenir, il sourit.

— Ça va… Enfin, non, ça ne va pas… mais si. Tu sais, je me suis vraiment planté, Melena. J'ai été aveugle pendant super longtemps…

— Qu'est-ce que tu veux dire ?

— Je me suis menti, j'ai regardé ailleurs et en fait, putain, c'est une grosse connerie.

— De quoi tu parles ?! finit par s'énerver Melena.

— Je ne sais pas si je dois te le dire.

— Dis-le-moi !

— Je suis amoureux de quelqu'un d'autre, je ne suis pas amoureux d'Andrea… Tu ne devines pas ?

Erreur. Grosse erreur. Attention, très grosse erreur ! Cette alerte aurait dû retentir dans leurs deux têtes, surtout dans celle de Gorka, qui n'était pas du tout conscient de ce qu'il laissait entendre. Melena, désinhibée par l'alcool, se tenait devant le garçon de ses rêves, qui portait un costume et un nœud papillon et disait des choses qu'elle pensait comprendre…

— Donne-moi des indices, insista-t-elle, en lui touchant délicatement le bras.

— Quelqu'un qui a toujours été là pour moi.

— Ah ?

— Une amie… Une amie qui compte beaucoup pour moi et dont je m'étais éloigné sans raison.

Cette dernière phrase, celle qui fit tout basculer pour toujours, celle que Melena, pauvre innocente, interpréta de travers. Ce n'était pas sa faute, tous les signes pointaient vers elle comme des panneaux indicateurs.

— Tu n'es pas obligé de le dire.

Non, elle ne l'embrassa pas, elle fit pire : elle se livra.

— J'ai toujours été amoureuse de toi, Gorka, ce n'est pas n'importe quoi, ce que tu as lu dans mon journal… Je ne t'ai pas attendu, non, mais je n'ai pas cessé de t'aimer en secret. Alors, pour moi, entendre ça, c'est…

Melena s'interrompit en voyant le visage du garçon passer du rouge au blanc, puis au jaune. Il n'eut pas besoin de dire quoi que ce soit. Melena, la plus endurcie de la bande, ressentit soudain la honte la plus terrible de l'univers. Elle fut prise d'une nausée, de sanglots, de tremblements, de sueurs froides, démontrant ainsi que le corps et les émotions sont toujours liés. Il voulut lui demander pardon, s'excuser pour le malentendu, mais avant que Melena ne perde tout contrôle de ses mouvements elle réussit à secouer légèrement la tête, en faisant un non presque imperceptible qu'il comprit.

Imagine un magasin de vaisselle. Le genre de boutique où les gens vont pour déposer leur liste de mariage. Des tasses et des vases en porcelaine de Chine ou de Saxe. Des étagères chargées d'assiettes peintes à la main avec de délicates fleurs dorées… Imagine maintenant une boule de démolition, comme celle du clip de Miley Cyrus, entrant au ralenti dans la petite boutique et détruisant tout sur son passage. Imagine les débris de ces objets magnifiques qui ne sont plus rien. Les morceaux tranchants et redoutables qui, quelques secondes auparavant, constituaient une merveille façonnée par un artiste. Voilà ce qu'était le cœur – et la vie – de Melena à ce moment-là : les restes dévastés dans le sillage d'une boule de démolition. Elle n'était plus rien. Des débris, de la douleur et du verre cassé.

Quand on a un accident de voiture, on oublie ce qui s'est passé quelques secondes avant l'impact. On se souvient être monté dans la voiture, s'être assis à la place du passager ou conduire en chantant les chansons de la radio, puis plus rien jusqu'à l'hôpital. C'est ce qui arriva à Melena. Le choc de son erreur fut si violent que son esprit ne put le supporter… Elle ne savait pas ce qui s'était passé, elle ne savait pas ce qui était en train de se passer. Elle ne savait pas si elle devait mettre le pied droit devant, puis le pied gauche, pour marcher. Elle se cramponnait à sa photo comme à une bouée de sauvetage orange qu'on jette aux naufragés depuis les bateaux. Elle était à la dérive. Mais, lorsque son téléphone sonna dans la rue et qu'elle entendit la voix de sa mère, elle fondit en larmes en se souvenant mot pour mot de ce qu'elle avait dit. Elle qui n'aimait pas parler de ce qu'elle ressentait ne put s'empêcher de tout balancer, comme une rafale de chagrin et de peine... Elles pleurèrent toutes les deux au téléphone. Et à chaque mot du récit de Melena elles ressentirent toutes les deux la douleur comme des coups de poignard dans la colonne vertébrale.

La souffrance était aussi terrible pour la mère que pour la fille.

Quand Janine sortit des toilettes et ne vit personne, elle eut une fois de plus l'impression d'être la loseuse de service, la cinquième roue du carrosse, celle qui ne compte pour personne, et sa robe, à laquelle elle s'était habituée, lui parut à nouveau ridicule. Elle aurait pu envoyer un message à Melena pour voir où elle était, mais elle trouvait injuste de l'avoir aidée à réaliser son rêve, de lui avoir apporté la photo dans le cadre qui contenait jusque-là son portrait de communion et de ne recevoir pour remerciement que l'indifférence et le silence. Elle se dit qu'elle avait suffisamment de mobiles pour être elle-même le tueur en série de Las Encinas, qu'elle avait assez de raisons pour les éliminer tous. *Quelle vie de merde*, conclut-elle. Mais les choses se compliquèrent encore lorsqu'elle rentra chez elle. Sa mère l'attendait pour une nouvelle réunion de crise centrée sur elle, son comportement et tout le toutim. Ses parents mentionnèrent un bon psychiatre, qui était un ami de la famille, et la mère fit remarquer :

— Tu ne nous dis jamais rien, ma fille, on ne sait rien de toi.

Ce à quoi Janine répondit avec un sérieux peu caractéristique :

— Vous voulez savoir ? Très bien. Je ne suis pas folle, maman. L'année dernière a été horrible pour moi. J'ai porté plainte pour coups et blessures contre le garçon qui m'a déflorée. Il est mort et on nous a fait croire que c'était un suicide, mais je *sais* – j'en mettrais ma main au feu – que c'était un meurtre, putain ! Qu'il a été tué par le même gars qui a tué sa conne d'ex-petite amie. Mais non, ce n'est pas moi le meurtrier... Je suis juste une ado de corpulence normale, mais la société essaie de me faire croire que je suis grosse. Je ne le suis pas, putain ! Je ne suis pas grosse. Et, si je l'étais, ce ne serait pas grave mais on me regarde de travers parce que je porte du 40. On me regarde comme si je me nourrissais de bébés humains au petit déjeuner. Et ça, c'est très dur. Et j'ai cru que j'étais lesbienne cette semaine. Ça n'a pas duré longtemps, mais de toute façon je trouve qu'on ne devrait pas coller d'étiquettes sur la sexualité des gens. Même moi je ne devrais pas essayer de m'en trouver une. Alors, oui, j'ai embrassé ma meilleure amie plusieurs fois, mais je ne pourrais pas dire que je suis lesbienne, même si j'ai envie de lui bouffer la bouche, peut-être les seins et peut-être aussi la chatte, enfin, bref... Et aujourd'hui je suis allée à une soirée où tout le monde est parti sans me dire au revoir comme si je n'existais pas et je commence à penser que je suis invisible comme la fille dans un épisode de *Buffy contre les vampires*. C'est une série que vous n'avez jamais regardée et vous ne savez même pas que c'est une de mes séries préférées. Parce que maintenant vous voulez tout savoir, mais jamais en dix-sept ans vous ne m'avez demandé quoi que ce soit sur moi, mes goûts ou mes loisirs. Peut-être que je suis vraiment invisible. C'est ça, on ne me voit pas ?

Vous comprenez ce que je dis ? Non, hein ? Alors, ne me faites pas le coup des parents cool qui ont tout essayé avec leur fille, parce que vous n'avez jamais essayé de m'approcher. Vous êtes comme tous les autres. Toi, maman, tu ne fais que te balader dans la maison avec une expression amère, comme si la vie t'avait fait passer sous un putain de rouleau compresseur. Un rouleau compresseur, oui. Et papa… papa… Je parie que tu ne sais même pas de quelle couleur sont mes yeux. Si je te le demandais, tu devrais te creuser la tête. Vous pouvez m'emmener chez un psychiatre ou là où vous voulez, mais ça ne servira à rien. Il ne me verra pas, parce que je suis invisible, c'est pour ça que la police ne m'a pas vue quand je leur ai expliqué tout ce que je savais, c'est pour ça que personne ne me voit quand je passe dans le couloir du lycée… personne ne me voit. L'adolescence c'est un chemin super solitaire.

Elle se tut et essaya de reprendre l'air qui lui manquait, car elle avait parlé si vite qu'elle en avait oublié de respirer. Elle souffla calmement et s'assit par terre, affalée sur le sol, sans se soucier de paraître ridicule avec son maquillage qui avait coulé et cette robe dorée très courte dans laquelle elle avait réussi à entrer, mais qu'elle allait sûrement devoir découper avec des ciseaux pour la retirer. Son père se mit à pleurer, créant un effet domino. D'abord lui, puis la mère et enfin la protagoniste principale de la scène. Janine se sentait comme une merde, mais en voyant que ses parents la serraient dans leurs bras avec amour sans poser de questions, les transformant tous les trois en un amas de larmes, elle comprit qu'elle n'était pas invisible. Du moins, pas pour eux.

— Ma chérie, je sais parfaitement de quelle couleur sont tes yeux.

— Ah oui, alors dis-moi ? demanda-t-elle en reniflant.

— De la couleur la plus belle que j'aie jamais vue.

Et ils restèrent encore un moment à se serrer dans les bras en pleurant.

Chapitre 8

On pourrait dire que cette soirée avait été la pire de toutes pour la plupart des invités du gala de charité, comme si un être malfaisant avait jeté un mauvais sort au lieu, à l'événement et à tous les invités présents, mais la nuit était encore longue, elle ne faisait que commencer.

Des gouttes d'eau très chaudes tombaient sur le corps et les cheveux d'Andrea. Elle n'aimait pas se mouiller les cheveux avant d'aller dormir, mais elle n'aimait pas non plus la sensation douloureuse qu'elle éprouvait. Elle espérait que l'eau pourrait atténuer sa douleur. Ça ne marcha pas et elle sortit de la douche avec la sensation d'avoir mangé du fer rouillé. Elle se sécha du mieux qu'elle pouvait. Elle était tellement meurtrie…

Comment ai-je pu être assez bête pour y croire ? Comment ai-je pu me laisser aller et lâcher le frein à main ? Pourquoi je ne l'ai pas tiré ? Il m'avait parlé de Paula, peu, c'est vrai, il évitait le sujet en me laissant supposer qu'il cachait beaucoup plus qu'il ne disait… C'était trop beau pour être vrai. Enfin, ce n'était pas parfait non plus, c'était compliqué... mais je l'aime. Je ne peux pas arrêter d'avoir des sentiments comme si j'avais un interrupteur.

Andrea était une fille très intelligente et très mature. Elle n'essayait pas de se mentir avec des conclusions fausses du type :

C'était peut-être une illusion d'optique.

J'ai peut-être imaginé la scène.

C'était peut-être juste deux amis contents de se retrouver à une soirée.

Non. Elle avait vu Gorka de ses propres yeux et elle l'avait vu regarder son ex comme il ne l'avait jamais regardée elle. Andrea était toujours amoureuse de lui et n'était pas capable de ressentir de haine. En fait, elle plaignait Gorka, se disait qu'il devait être mal. Elle décida de lui faciliter la tâche. Étant donné qu'elle souffrait aussi fort que si elle avait été amputée d'un membre, elle préféra supporter seule la douleur et anticiper. Elle connaissait Gorka, elle savait qu'il n'était pas doué pour partager ce qu'il avait sur le cœur. Si elle devait attendre qu'il se bouge les fesses, elle risquait de poireauter longtemps. Elle rédigea un message, qu'elle hésita à envoyer. Elle le supprima plusieurs fois. Elle pleura et l'écrivit à nouveau. Elle changea la formulation, mais elle n'aimait pas la nouvelle version et préféra tout reprendre à zéro, être aussi honnête que possible et lui simplifier les choses. Après tout, elle était toujours amoureuse de lui et, quand on aime vraiment quelqu'un, on essaie de le protéger à tout prix.

Gorka. Je comprends très bien. Tu n'as pas besoin de m'écrire, de me dire quoi que ce soit. Je sais que ce doit être un moment difficile pour toi, c'est dur pour moi aussi, mais je veux que tu sois heureux, que tout s'arrange dans ta vie comme tu le souhaites, même si je me retrouve en dehors de l'équation. Paula semble être une fille géniale. Tu m'as rendue très heureuse le temps qu'on est restés ensemble. Merci pour tout. Ne me réponds pas et ne t'excuse pas. Je t'ai facilité la tâche, je t'en prie, je te demande de faire pareil pour moi, d'accord ? Arrange-toi pour qu'il n'y ait pas de malaise pendant les cours qu'on suit ensemble, d'accord ? Je t'aime. Je t'embrasse. Ah, au fait : tu avais raison à propos de la malédiction du sexe... Baiser n'apporte que des complications. 😄

Elle avait inséré une émoticône souriant aux yeux plissés, mais elle ne souriait pas du tout. C'était encore une stratégie pour éviter que son ex-petit ami ne souffre. Gorka ne lut pas le message, il était en train de courir jusque chez Melena pour tenter de réparer sa gaffe monumentale. Comme ils allaient tous les deux dans la même direction, la logique aurait voulu qu'ils arrivent en même temps ou qu'ils se croisent en route, mais le coup de fil qu'elle avait passé à sa mère l'avait écartée de son chemin et elle était encore loin.

Gorka arriva à la porte et, sans s'inquiéter de l'heure, appuya sur la sonnette avec insistance. Personne ne vint ouvrir. Il était convaincu que son amie ne voulait pas répondre et continua de sonner. Une série de *diiiiiiiing* stridents retentit avant un *dong* plus grave. Mais rien. Il tambourina plusieurs fois sur le battant. Rien. Mais il n'abandonna pas. Il avait l'impression de toujours se planter au bout du compte avec Melena. Il était hors de question que ça se passe cette fois encore.

Putain, je voulais la serrer dans mes bras comme jamais. Je voulais m'excuser auprès d'elle d'avoir été un pareil connard et de ne pas avoir pensé à elle. Je voulais lui dire qu'elle compte énormément pour moi, qu'il fallait surtout qu'elle ne se sente pas comme une merde, que moi aussi je savais que notre amitié était spéciale. Je ne suis pas très doué pour parler. Avec moi, c'est la loterie. Parfois ça passe, parfois ça casse. Mais, depuis que j'avais réalisé l'intensité de mes sentiments pour Paula, je voulais faire les choses bien et je ne voulais pas traîner… comment dire ?… de casseroles derrière moi. Je devais tout régler pour être bien et pour que Melena soit bien, c'était important pour moi. C'était important aussi qu'Andrea aille bien… Je voulais tout arranger, réparer les dégâts avant qu'il ne soit trop tard.

Gorka n'était pas dans son état normal. La pêche que lui avait donnée le baiser de Paula, la tristesse d'avoir blessé Melena, la frustration de sentir qu'il trompait Andrea, tout ça se mélangeait pour lui insuffler une énergie surhumaine. Il courut à l'arrière de la maison et, à sa grande surprise, trouva la porte de la cuisine ouverte, mais toutes les lumières éteintes… À ce moment-là, son élan ralentit un peu. Il se dit qu'il ne pouvait pas entrer en criant comme un fou dans la maison, parce que la mère de Mele dormait peut-être. Il traversa la cuisine sans un bruit, presque sur la pointe des pieds, et entra dans le salon. À cause de l'obscurité, il n'avait pas remarqué qu'une autre personne se trouvait dans la cuisine, une silhouette tapie derrière la porte. Dès que cette mystérieuse personne s'assura qu'il avait quitté la pièce, elle fonça vers le tiroir et en sortit un couteau, le plus grand de tous. Rien de plus facile pour quelqu'un qui porte une cagoule et une veste sombre que de se fondre dans la nuit. Gorka monta l'escalier discrètement, sans même se tenir à la rampe de peur de briser le silence qui régnait dans la maison. Il entendait sa respiration agitée, sa salive dans sa bouche… *Crouic !* Quelque chose grinça derrière lui. Il se retourna et chuchota :

— Mele…

Il crut voir quelqu'un sortir du salon, fit demi-tour et dévala l'escalier en toute hâte, mais avant qu'il atteigne la porte un couteau se planta dans son flanc. L'agresseur, qui s'était réfugié dans les toilettes, venait de bondir et d'enfoncer la lame au hasard. Gorka lâcha un grognement. Ce n'était pas un cri de douleur. J'imagine que la surprise de l'attaque et l'incompréhension totale ont transformé ce qui aurait dû être un hurlement déchirant en un son étrange et inattendu. L'assassin masqué n'avait pas de temps à perdre. Sans hésiter, il glissa son avant-bras sous le menton de Gorka, l'étranglant par-derrière, mais le garçon, même gravement blessé, était solide et musclé, il n'eut aucun mal à repousser son assaillant. Le couteau tomba au sol en même temps que le tueur, puis ce fut au tour de Gorka, quand l'inconnu l'attrapa par les pieds. Cette fois, le garçon cria de toutes ses forces. Il appelait à l'aide, mais personne ne l'entendait. Il était étourdi, perdait du sang, ne voyait rien dans le noir et sentait les murs tourner autour de lui. Il ne réalisait pas que son adversaire se cramponnait à ses jambes et grimpait sur lui, le couteau serré dans la main droite, pour l'attaquer à nouveau. Gorka tenta de riposter du mieux qu'il pouvait, mais ses forces commençaient à l'abandonner. Alors qu'il s'apprêtait à jeter l'éponge et à se laisser faire, des clés tournèrent dans la serrure de la porte d'entrée. La victime et son bourreau dressèrent l'oreille. Gorka profita de ce moment de confusion pour mettre en pratique les heures d'entraînement sur le sac de frappe à la salle : il canalisa toute sa force dans un coup droit qui écarta l'assaillant masqué, mais ce dernier détala vers l'étage dès que le battant s'ouvrit.

Melena, ce qu'il en restait du moins, entra dans la maison sans savoir que le garçon qui lui avait brisé le cœur était étendu sur le sol, se vidant de son sang comme un porc à l'abattoir. Dès qu'elle l'aperçut, elle oublia son mal-être pour se jeter sur lui et l'aider. L'hémoglobine se répandait lentement autour de Gorka, il fallait appeler une ambulance au plus vite.

— Le tueur est… Le tueur…

— Quoi ?

— En haut…

Melena eut soudain l'impression que le monde s'écroulait autour d'elle. À l'étage se trouvait la chose la plus précieuse à ses yeux : sa mère. Si l'assassin s'était introduit dans la maison et aventuré à l'étage, Melena allait y trouver un cadavre. Elle se fichait de se mettre en danger ou d'être la prochaine victime : elle monta en chuchotant quelque chose de presque imperceptible :

— Faites qu'elle soit encore en vie, je vous en prie, faites qu'elle soit en vie.

Elle serrait le cadre photo – qu'elle n'avait pas lâché de la soirée – comme si c'était l'arme la plus dangereuse qui soit, comme si elle pouvait se défendre avec un morceau de plastique peint en doré. C'était sa seule défense. Melena atteignit le couloir et aperçut des gouttes de sang éparpillées. Elles étaient si petites qu'elles ne traçaient pas un chemin clair. Elles semblaient tombées au hasard. Tous les poils de son corps étaient déjà hérissés, mais ils se dressèrent plus encore quand elle remarqua que la porte de la chambre de sa mère était entrouverte. Un rai de lumière filtrait de l'intérieur, comme gêné, comme s'il ne voulait pas tacher le couloir.

— Maman, murmura-t-elle.

Pas de réponse. Melena posa la paume sur le battant et le repoussa lentement.

— Ne rentre pas ! l'implora Amanda.

Mais c'est bien connu : si on interdit quoi que ce soit à un ado, il se retrouve attiré comme un papillon de nuit par la lumière. *Pourquoi ne l'ai-je pas écoutée ?* se maudit Melena en découvrant sa mère assise dans le petit fauteuil devant la coiffeuse, tentant d'éponger le sang qui coulait suite au coup de poing de Gorka. Elle portait un blazer de Las Encinas et frottait son visage avec un tissu qui ressemblait à une cagoule. La scène ne laissait aucune place au doute, pourtant Melena refusait d'assembler les pièces de ce puzzle simplissime. Elle ne voulait pas qu'elles s'emboîtent, refusait que ce soit réel. Elle ne voulait pas mettre des mots sur la scène et admettre la réalité. Amanda était bien plus calme que ce qu'on attendrait d'une tueuse en série prise la main dans le sac.

Sa voix était tremblante et ses gestes plus lents que d'habitude, mais il n'y avait aucune trace d'hystérie ou de nervosité. Au contraire, un calme impressionnant régnait, le calme de celle qui réalise que la bataille est perdue.

— Tu m'as construit la meilleure vie possible et je voulais que la tienne aussi soit belle. Je suis désolée…

— Quoi ? Je ne comprends pas…

Melena n'était pas préparée à entendre cette information, son cerveau n'arrivait pas à la traiter. Elle reconnaissait les mots, mais elle ne les comprenait pas.

— Je ne voulais pas que tu saches, je ne voulais pas que tu saches… Et voilà. Ça devait arriver tôt ou tard.

— Maman…

— Ma fille chérie. Tu as été tellement merveilleuse. Tu as pris soin de moi, sans rancune, sans haine, sans ressentiment alors que je t'avais toujours traitée comme une merde… Je le savais, ma chérie, je l'ai toujours su. Il m'a fallu un certain temps pour le réaliser. Mon cerveau ne voulait pas se rappeler quelle salope j'avais été avec toi, quelle mauvaise mère j'avais été… mais je m'en suis souvenue et c'était tellement douloureux que je ne savais pas comment réparer les dégâts que j'avais causés. Tout ce que je pouvais faire, c'était te protéger… Essayer de rendre le monde, qui t'avait tant fait souffrir depuis ton enfance, moins méchant, nettoyer la rue des rats furieux qui pourraient s'en prendre à toi.

Melena avança vers sa mère : elle ne fit que deux pas et celle-ci l'arrêta.

— Non, ne t'approche pas. Je voulais te rendre heureuse… mais visiblement j'en suis incapable… je n'en suis pas capable…

La jeune fille était en état de choc. Elle n'arrivait pas à assimiler une révélation aussi choquante. Comme elle n'avait plus la force de poser des questions, de débattre, de pleurer ou de crier, elle se tut. Amanda pointa du doigt la photo encadrée.

— Qu'est-ce que c'est ?

Elle tendit le bras, épuisée, saisit le cadre et l'examina. Son menton se mit à trembler. Elle se couvrit le visage en pleurant, comme si elle voulait garder cette émotion pour elle seule.

— Tu as gagné ? Tu ne voulais pas me le dire… C'est ton amie Janine qui me l'a appris. Elle a la langue bien pendue et elle voulait que je sache. Elle a bien fait. Pauvre Janine… elle avait raison. Tu pensais que je me fâcherais contre toi parce que tu voulais être mannequin ? Vraiment ? Je ne pourrais jamais être en colère contre ma fille, qui m'a ramenée à la vie… qui m'a offert tout son temps, sa jeunesse… Tu es magnifique, ma fille. Je suis très fière de toi. Vraiment. J'espère que tu pourras me pardonner un jour, pour ça, pour le reste… pour tout. Je ne veux plus être un fardeau, je ne veux plus que tu aies à supporter ta mère vieille et folle…

Des sirènes retentirent au loin. Melena se tourna vers la porte, alarmée. Cela ne dura qu'une seconde, qui suffit à Amanda pour plonger la lame dans son cou. Elle ne fit pas d'entaille, elle ne s'ouvrit pas la gorge. Elle enfonça la lame comme une épée. *Zing !* Elle s'effondra d'un coup sur la commode. La tueuse en série était morte et avec elle la mère de Melena, et Melena aussi. Elle ne perdit pas la vie, mais fut la dernière victime. Elle s'allongea sur le lit, les yeux ouverts, et se mit à fredonner une chanson qui lui vint en tête comme par réflexe, une chanson de Natalia Lacunza intitulée *Nana triste*. Elle ne la connaissait pas très bien, seuls certains bouts de phrases étaient intelligibles, formant une mélodie inquiétante qui ne ressemblait à rien de connu. Quelqu'un entra dans la chambre, Melena entendit des voix, des cris, vit une lumière braquée dans ses yeux, puis sentit qu'on la manipulait comme une poupée de chiffon. Elle avait l'impression de n'être que ça : un objet inanimé manipulé par des inconnus, vide, sans vie...

Gorka, sur le point de perdre connaissance, avait appelé la police et le reste s'était enchaîné logiquement.

Quelques jours plus tard, Samuel disparut, mais personne ne put accuser le tueur d'adolescents, même pas Janine, car la réponse à son mystère était désormais connue de tous. Elle n'avait pas du tout l'impression d'avoir gagné. La vérité était si violente et brutale que Janine n'aurait pas osé se sentir victorieuse ou frapper du poing sur la table en lançant un « je l'avais bien dit ». Non. Le seul moment où elle ressentit un certain plaisir, c'est au moment où l'inspecteur Ramos se présenta chez elle et, après avoir demandé la permission aux parents de la jeune fille, s'excusa de ne pas l'avoir prise au sérieux. Il était gêné. Il avait fait asseoir la coupable dans la salle d'interrogatoire et, au lieu d'enquêter et de croire sur parole une jeune fille, pour ne pas se compliquer la vie il l'avait ignorée. Il s'en voulait, remettait en question son professionnalisme et son savoir-faire. Janine le remercia pour cette attention et précisa que ce n'était pas à elle qu'il devait demander pardon, mais aux parents de Mario et de Wendy, les véritables victimes dans l'histoire. Et pourtant on racontait un peu partout que Janine avait joué avec succès les détectives. C'était la première fois qu'une rumeur positive circulait à son sujet. Incroyable, non ? Janine, jadis critiquée par tous, puis invisible par la suite, devint soudain l'une des filles les plus populaires du lycée. Le nombre de ses followers grimpa en flèche, mais pas son ego.

Tout le monde se bousculait dans la chambre de Gorka. Son père était très fier de lui et de la blessure de guerre qui pouvait étayer le récit de son affrontement avec le tueur masqué.

Certaines cicatrices sont douloureuses et d'autres forment une jolie marque : c'était le cas de celle que Gorka aurait au côté pour toujours. Il était attaché à cette belle entaille qui lui permettait d'entamer de nombreuses conversations. Il se rétablit vite, mais il eut tout le temps de réfléchir et de mettre de l'ordre dans sa vie. Vingt-quatre heures passent bien plus lentement à l'hôpital qu'à l'extérieur. Il discuta d'abord avec Paula, puis avec Andrea… Chacune eut droit à son discours, ses vérités, ses excuses et ses clarifications. Les deux jeunes filles se croisèrent, mais il n'y a eu ni tension ni prise de bec. N'exagérons rien : elles ne devinrent pas amies pour autant, mais elles se saluèrent cordialement. Andrea ne pouvait pas lutter contre un amour qui paraissait si évident.

Qu'est-ce que je peux faire ? Ils sont écœurants, c'en est dégueulasse à regarder. Je préfère m'éloigner plutôt que de voir cette relation collante et sirupeuse… Je ne sais pas, pourtant, je ne leur souhaite que du bonheur. Quand j'ai appris que Gorka avait été poignardé, pas juste giflé ou quoi, le monde s'est écroulé autour de moi, j'avais envie de mourir, mais quand j'ai constaté qu'il était en bonne santé et heureux... C'est pour ça que j'ai couru à l'hôpital. J'avais besoin de lire sur son visage que ce que j'avais surpris à la soirée de bienfaisance était bien réel, que je ne m'étais pas fait un film. J'ai beau être observatrice, je lui accordais le bénéfice du doute...

Gorka a été très correct avec moi. Il s'est donné beaucoup de mal pour que je comprenne ce qui lui arrivait : qu'il aimait Paula, qu'il ne voulait pas me tromper, qu'il croyait m'aimer, que c'était très facile de m'aimer et des trucs du genre. Ça m'a fait plaisir, bien sûr, je méritais ces compliments parce que je me suis montrée fair-play. J'en suis fière et je suis contente qu'il soit heureux et en bonne santé.

Un jour, alors qu'on était saouls, on avait imaginé se faire un tatouage ensemble et, entre deux rires, il m'a dit : « Putain, heureusement qu'on ne l'a pas fait ! » J'ai répondu : « Gorka, ma relation avec toi a été magnifique et très spéciale. Tu feras toujours partie de ma vie et de mon histoire, ça ne s'oublie pas. Si on avait les mêmes tatouages, ça me rappellerait juste les bons moments qu'on a vécus ensemble. Ce n'est pas parce que c'est fini et que ça s'est terminé comme ça que je regrette quoi que ce soit... enfin, à part le fait de ne pas t'avoir violé le deuxième jour. C'est comme ça. »

Paula joua les infirmières pendant les semaines de convalescence de Gorka. Comme elle ne travaillait et n'étudiait pas, elle pouvait se consacrer exclusivement à rattraper le temps perdu avec lui. Ils regardaient des émissions serrés dans le lit d'hôpital de quatre-vingt-dix centimètres de large. Ils regardaient des vidéos stupides de chutes et des conneries sur YouTube. Ils éclataient de rire. En gros, c'est ce qu'ils faisaient la plupart du temps, ils riaient, ils en avaient vraiment besoin. Ce qui s'était passé était horrible, mais ça ne servait à rien d'être triste : ils tentaient d'égayer au maximum leur quotidien. Si, avec Andrea, Gorka avait mis des plombes à se décider à faire l'amour, avec Paula cette fois il n'y réfléchit pas à deux fois. Dès qu'ils se retrouvèrent seuls, ils laissèrent leurs hormones prendre le dessus, ils succombèrent à l'excitation et au désir. La chambre d'hôpital n'était pas l'endroit le plus romantique du monde, mais ils s'en fichaient. Gorka fit de son mieux. Imagine, avec les points de suture, la douleur et tout… Paula tenta en vain de le persuader que c'était une mauvaise idée…

Las Encinas était comme l'axolotl, ses blessures cicatrisaient rapidement. Même si Amanda, cette ancienne Miss Espagne devenue serveuse par amour pour sa fille, était une tueuse, on racontait déjà qu'une série pour Netflix était en préparation, avec Raquel Meroño dans le rôle principal, une actrice qui avait joué dans *Al salir de clase*, une série espagnole copiée sur *Beverly Hills 90210* que personne ne connaissait à Las Encinas mais qui avait été très populaire dans les années 2000. En fin de compte, les gens faisaient ce qu'ils faisaient de mieux dans cette ville : ils tournaient la page, soignaient leurs blessures et tentaient de camoufler les traces et les séquelles.

La vie ne fonctionne pas comme une fiction. Elle n'a pas de fin, ou plutôt, si, mais pas au moment où une intrigue se termine. Le générique ne se met pas à défiler parce que tu as largué ton copain ou ta copine ou parce que tu commences le boulot de tes rêves. Il se passe des choses, des histoires débutent, d'autres s'achèvent, parfois brusquement ou avec des longueurs plutôt ennuyeuses. Mais ça ne signifie rien. La vie regorge de fins heureuses et d'autres qui le sont moins, on doit apprendre à les surmonter, à ne leur accorder que l'importance qu'elles méritent. Une chose est certaine : elles ne doivent jamais nous arrêter, car ça nous empêcherait de voir les opportunités qui s'offrent encore à nous et les portes qui s'ouvrent. La seule fin, la seule qui compte vraiment, c'est la fin ultime. Elle viendra tôt ou tard et on ne devrait pas s'en tracasser. La tueuse a été démasquée et, oui, la vie a continué. Les couloirs de Las Encinas ont à nouveau été le théâtre d'amours à sens unique, de non-dits et de secrets révélés. De souffrance et de moments incroyables, d'instants d'insouciance, de premières fois et… pourquoi pas… de mystères.

Épilogue

Melena avait l'impression d'être à sa place dans la clinique où elle était internée. Les meilleurs jours, elle parlait normalement et on aurait pu croire qu'elle allait rapidement surmonter l'épreuve qu'elle traversait ; les moins bons, elle restait plongée dans un mutisme où elle était absente, où elle fredonnait tout au plus, sans rien exprimer à haute voix. Malheureusement, le jour où Gorka rassembla assez de courage pour lui rendre visite n'était pas un des meilleurs. Le garçon avait été prévenu qu'elle n'ouvrirait peut-être pas la bouche et c'est ce qui se passa, mais il devinait que Melena l'écoutait. Et, même si ça paraît un peu cruel, il préférait que la conversation se passe comme ça. Il savait exactement ce qu'il voulait lui dire et ne souhaitait pas qu'une certaine pression sociale ou même de la honte l'empêche de sortir son speech tout préparé. Il la regarda. Elle n'avait pas mauvaise mine. Il lui prit la main et lui détailla point par point toutes les choses qu'il aurait voulu lui expliquer le soir du gala, après ses aveux et le malentendu qui s'ensuivit. Même s'il savait ce qu'il voulait lui faire comprendre, ça restait compliqué pour lui de s'exprimer. Il laissa donc parler son cœur, son vécu et toute son histoire avec Melena. Ça paraît cucul, mais c'est ainsi qu'il ressentit les choses. Gorka lui parla de leur rencontre, il évoqua beaucoup de souvenirs idiots qu'ils avaient en commun pour qu'elle sache que depuis le début il l'avait trouvée géniale et qu'il l'avait toujours classée dans une catégorie à part, réservée jusque-là à sa famille. Ce n'était pas simple, surtout parce qu'elle avait des sentiments pour lui, mais cette catégorie était très importante à ses yeux, inébranlable. Même si ce n'est pas le terme qu'il employa, c'est exactement le sens de ce qu'il essayait de dire en se dépêtrant avec des concepts abstraits.

— Pour moi, la famille passe avant tout. Ça va peut-être te faire de la peine que je te considère comme quelqu'un de ma famille, mais il ne faut pas. Je peux être en colère, me disputer, au final ma famille est toujours là pour moi et je suis toujours là pour elle, tu comprends ? C'est bien plus fort que n'importe quelle histoire d'amour… Je sais que c'est compliqué à comprendre, mais ce que je veux dire, c'est que je t'aimerai toujours, quoi qu'il arrive, qu'on soit séparés, qu'on se fâche, qu'on se perde de vue ou qu'on soit plus proches que jamais. Même si des années passent sans qu'on se voie ou qu'on passe du temps ensemble tous les après-midi… Je serai toujours là pour toi et je sais que tu seras là pour moi aussi. Je suis là pour toi. Tu ne dois jamais en douter. Je t'apprécie, pas seulement parce que tu es marrante ou parce que tu peux rire de moi, de toi, de tout le monde… parce que tu es une meuf incroyable. Je suis là pour toi parce que tu es ma famille et que je t'aime.

Au lieu de répondre, Melena se mit à rire. Pas très bruyamment, mais c'était de toute évidence sa façon de se moquer de lui, de sa déclaration nunuche et de ce pacte qui lui offrait cette place privilégiée, un peu à part.

Et, chose promise, chose due, Gorka revint plusieurs fois. Parfois, il tombait sur une patiente complètement inerte qui avait le même visage que son amie, mais le plus souvent il retrouvait sa Melena habituelle et son humour grinçant, sa capacité à déjouer et à tourner en dérision toutes les difficultés. L'affaire de sa mère avait été tellement médiatisée qu'elle recevait à la clinique des lettres de soutien d'inconnus ou des confessions sans intérêt. Ils les lisaient ensemble en se promenant dans le jardin. Melena expliquait à son ami la raison de l'internement de chacun des malades du centre. C'était un établissement privé très cher et Mele ne sut jamais que c'étaient les parents de Gorka qui réglaient les factures. Ils lui étaient très reconnaissants, car si elle n'avait pas ouvert la porte à ce moment précis leur fils ne s'en serait pas sorti et aurait figuré à son tour sur la liste des victimes. Gorka ne voulait pas que Melena séjourne dans n'importe quelle clinique, il était ravi de pouvoir l'aider. La famille est là pour ça, non ? Pour prendre soin d'elle-même et veiller au bien-être de tous ses membres.

Les médecins ne savaient pas trop comment traiter le cas de Melena. Ils étaient déconcertés par les hauts et les bas. Certains disaient que parfois elle se déconnectait du monde pour tenir le coup, parce que si elle réfléchissait trop à ce qui s'était passé la réalité lui paraîtrait insupportable et elle jetterait l'éponge. La première fois qu'on l'avait interrogée elle avait tout raconté en détail, mais à présent elle ne se souvenait plus de rien. Grâce à ses déclarations, toute la lumière avait pu être faite sur l'affaire avant qu'elle ne soit définitivement classée. Depuis le jour où elle avait détaillé l'épisode, quand les médecins l'interrogeaient sur ce qu'elle avait vu ce soir-là dans la chambre de sa mère, elle répondait toujours la même chose :

— Je ne me souviens de rien de la soirée. Je me suis maquillée, j'ai enfilé une robe noire et je me suis réveillée à l'hôpital.

C'était peut-être la vérité. Ou pas. Elle seule le savait.

Paula envisagea sérieusement de se réinscrire à Las Encinas, mais finit par abandonner l'idée.

Je crois que ça aurait été trop bizarre de revenir au lycée à ce moment-là. Pas parce que j'avais raté les cours, avec quelques bonnes remises à niveau j'aurais rattrapé mon retard sans problème, mais parce que ça me semblait vache pour Andrea… Je trouve qu'elle a super bien réagi à sa rupture avec Gorka, elle lui a tout servi sur un plateau, elle lui a juste demandé qu'il n'y ait pas de malaise en classe… et voir son ex me donner la main, vu qu'on est tout le temps collés, ça n'aurait pas été cool pour elle. Pourquoi la mettre dans une position aussi inconfortable ? Je ne suis pas jalouse que mon petit ami soit en cours avec son ex, pas du tout, parce que je lui fais confiance et que je sais que ce qu'il ressent est aussi sincère que mes sentiments pour lui. On a tous les deux suivi le même parcours entrecoupé de pauses. Un coup je t'aime, un coup je ne t'aime plus, un coup je t'oublie… un coup tu y crois parce que l'évidence t'a explosé à la figure. Je ne peux pas imaginer ma vie sans lui et sans pouvoir exprimer ce que je ressens à chaque instant.

On peut dire que j'ai un cœur d'artichaut et des crushs sur des garçons qui ne s'intéressent pas à moi, que je me suis promis de ne plus tomber amoureuse pour ne pas me laisser distraire de ma trajectoire, mais finalement je me suis laissé terrasser par l'amour. Attention, aimer Gorka ou avoir un petit ami ne veut pas dire que je me fiche complètement du reste. Non, je me bats tous les jours pour me trouver, m'écouter, me comprendre et essayer de découvrir qui je veux être dans la vie. Mais sans pression, car la pression n'aide en rien dans ces cas-là. C'est déjà difficile de prendre des décisions importantes, si on ajoute à ça le stress… Mes parents ne me mettent pas la pression, heureusement. Je parviens à me détendre et j'espère avoir une révélation, découvrir que je veux être plombière, présidente du gouvernement de l'Espagne, esthéticienne, bouchère comme les parents de Janine, flic, prof ou mère ou… tout à la fois. On verra. Pour le moment, ça m'est égal. Tout ira bien et tout finira par se mettre en place, j'en suis convaincue.

Andrea, elle, avait bien changé. Pas de façon préméditée, mais quelque chose en elle s'était brisé. Même si c'était une fille très mature et raisonnable, elle avait toujours eu un côté enfantin et elle avait désormais perdu ce charme un peu naïf. Son histoire avec Gorka l'avait meurtrie, même si elle avait très bien fait croire le contraire. Ses parents lui avaient appris à se montrer compréhensive, à dialoguer et à rester toujours fidèle à ses sentiments, mais elle avait l'impression que, si elle montrait publiquement à quel point elle se sentait faible, elle les trahirait. Ils auraient certainement jugé qu'elle en faisait tout un plat, qu'un amour d'ado n'avait pas d'importance, et elle n'était prête à encaisser ni ce genre de clichés ni d'éventuelles critiques au sujet de son ex. Elle s'entendait plutôt bien avec lui en classe, mais ne pouvait s'empêcher de draguer d'autres gars devant lui. Elle ne le faisait pas exprès – ou peut-être que si – mais ça n'avait aucun effet. Sauf que sa réputation de fille toujours sage, polie et gentille changea… Elle était libérée sexuellement et la frustration qu'elle avait ressentie pendant presque toute sa relation avec Gorka se traduisit par un comportement étrange. Elle passa de bras en bras et de lit en lit pendant quelques mois. Personne n'était censé remettre son comportement en question, elle ne faisait rien de mal, elle ne jouait avec les sentiments de personne. Mais quand ça se sut Andrea perdit plusieurs marches sur le podium de la popularité et fut reléguée aux dernières places. Petit à petit, elle se retrouva au fond de la classe, cet endroit qui était si familier à Janine et à Gorka. Je précise qu'elle ne couchait pas avec des garçons de façon destructrice. Elle le faisait parce qu'elle aimait ça et qu'elle voulait en profiter au cas où elle aurait un nouveau petit ami, parce qu'elle croyait en la fidélité. Elle explorait son corps et celui de beaucoup de types, au cas où la monogamie viendrait tout changer.

Et Janine ? Ah… Janine utilisa tout ce qui lui était arrivé de la seule manière qu'elle connaissait : en créant une histoire de fiction. Une bande dessinée pour enfants dont l'héroïne était la détective J., une adolescente un peu ronde qui découvrait et résolvait des mystères dans son lycée. On l'accusa de plagiat parce que son projet ressemblait étrangement à *Détective Conan*, un manga beaucoup plus réussi que sa BD – qui fut un échec, ne nous mentons pas –, mais elle se fichait de ce que les autres disaient ou ne disaient pas. Est-ce qu'elle est sortie avec des filles par la suite ? Eh bien, oui, et avec quelques garçons aussi… Elle continua de défendre le concept de « chacun son étiquette » et de se présenter comme « Janinesexuelle » sans autre précision. Quand elle regardait dans le rétroviseur, elle ne pouvait pas se plaindre, parce que objectivement elle avait obtenu des choses dont elle avait toujours rêvé. Elle était populaire, elle se sentait à l'aise avec elle-même et, même si ses parents ne la comprenaient pas toujours, ils avaient cessé de la traiter comme une bête de foire et écoutaient attentivement ses histoires et le récit de ses combats, pour suivre sa vie par épisodes. Elle n'avait ni petit ami ni petite amie et cela la stressait parfois, mais cette déception momentanée lui permettait de se sentir en vie. Ce passage à vide durait quelques heures, au cours desquelles elle se plaignait un peu, puis elle s'en remettait et reprenait ses activités. Elle allait notamment rendre visite à Mele. Quand elle avait appris le drame qui s'était joué, elle avait mis de côté la tristesse d'avoir été plantée à la soirée de gala. Mele était son amie, pas tout à fait un membre de sa famille, comme pour Gorka, mais elle était une de ses rares amies et elle appréciait beaucoup le temps qu'elle passait avec elle. Melena la félicitait dès qu'elle en avait l'occasion, mais ne se privait pas de lui lancer des piques du genre : « C'est de la merde, ton histoire de détective. C'est nul et la fille en couverture ne te ressemble pas du tout. Fais autre chose… » Janine savait qu'elle n'en pensait pas un mot et était amusée que Mele la taquine. Quand elle arrivait à la clinique, Melena l'accueillait toujours en criant :

— Merde, voilà la gouine, la reloue. Je suis cinglée, mais je ne sortirai pas avec toi, n'insiste pas…

Au fond, elles avaient encore besoin l'une de l'autre et ça leur faisait du bien de se voir de temps en temps. Les jours où Mele était un zombie, Janine en profitait pour lui raconter des ragots. Après avoir appris que c'était Polo qui avait tué Marina, elle se lança dans un monologue interminable ! Elle était en état de choc et aurait pu en parler pendant des heures. C'était tellement chiant que même Melena sortit de sa torpeur pour le lui dire :

— Putain, Janine, tu vas la fermer ?

Un de ces après-midi où Janine revenait d'une visite à son amie, elle changea d'itinéraire et le vélo l'emmena, presque comme poussé par son inconscient, vers le lac artificiel où Mario était mort. Cet endroit la bouleversait et elle n'y était pas retournée depuis la découverte de l'écouteur sans fil. Elle s'assit sur le sol, loin du rivage, et savoura la douceur de l'air sur son visage. Elle ferma les yeux un instant et, lorsqu'elle les rouvrit, elle sortit la lettre de Mario et la brûla en guise d'adieu. Elle continuerait à s'adresser à lui parfois, mais de moins en moins, jusqu'à ce qu'un jour elle cesse de lui parler naturellement. Chacun soigne ses blessures du mieux qu'il peut. Elle rentra chez elle avec un sentiment de sérénité étonnant. Une fois dans sa chambre, elle se mit à réfléchir en examinant l'axolotl…

Tu savais qu'il existe des abris pour ces animaux ? Janine ne le savait pas non plus, mais elle en trouva un sur Internet, merci Google et ses solutions. Elle en avait marre de voir la pauvre bête la fixer en silence et avait pitié de son manque d'espace. Ça ne lui semblait pas juste que l'axolotl soit enfermé dans sa chambre. Brûler la lettre l'avait complètement libérée et elle voulait que l'animal soit libre lui aussi. Elle savait que le relâcher dans un étang équivalait à une condamnation à mort et elle ne lui voulait aucun mal, même si elle ne s'était pas vraiment attachée à lui. Elle contacta un refuge et ils le relâchèrent dans une immense piscine où il rejoignit bon nombre de ses congénères. Janine craignait un peu que, comme il était nouveau, il se fasse harceler par les autres, mais elle était convaincue qu'il deviendrait plus fort et s'adapterait au bout du compte. Tout le monde finit par s'adapter, tôt ou tard.

Pour l'éditeur, le principe est d'utiliser des papiers composés de fibres naturelles, renouvelables, recyclables et fabriquées à partir de bois issus de forêts qui adoptent un système d'aménagement durable. En outre, l'éditeur attend de ses fournisseurs de papier qu'ils s'inscrivent dans une démarche de certification environnementale reconnue.

Composition et mise en pages : Nord Compo

PAPIER À BASE DE
FIBRES CERTIFIÉES

hachette s'engage pour
l'environnement en réduisant
l'empreinte carbone de ses livres.
Celle de cet exemplaire est de :
300 g éq. CO_2
Rendez-vous sur
www.hachette-durable.fr

Achevé d'imprimer en France
par le groupe CPI Brodard et Taupin
Dépôt légal 1re publication septembre 2020
31.3893.4 – ISBN 978-2-01-711446-8
Édition : 01 – Dépôt légal : août 2020
N° d'impression : 3039413